谨以此散文集献给一直奔跑在靠近水、走进水、喜欢水、敬畏水路上的人！用文字的微力量来为水喜忧，为水迸发，为水坚守，为水诵歌……让浙江的水呈现出一个个君子、才子、佳人、英雄……用这样脸谱化的形式，以一种历史和现实交汇的独特韵味流淌到你面前。

晔冰

沈晔冰 · 著

流淌的江南

浙江工商大学出版社

图书在版编目(CIP)数据

流淌的江南 / 沈晔冰著. — 杭州：浙江工商大学
出版社，2019.7

ISBN 978-7-5178-3349-9

Ⅰ. ①流… Ⅱ. ①沈… Ⅲ. ①散文集－中国－当代
Ⅳ. ①I267

中国版本图书馆 CIP 数据核字(2019)第 145731 号

流淌的江南
LIUTANG DE JIANGNAN
沈晔冰 著

出 品 人	鲍观明
策划编辑	沈　娴
责任编辑	费一琛　沈　娴
封面设计	王妤驰
封面题签	陈加元
内文题签	沈建荣
责任印制	包建辉
出版发行	浙江工商大学出版社
	(杭州市教工路 198 号　邮政编码 310012)
	(E-mail:zjgsupress@163.com)
	(网址:http://www.zjgsupress.com)
	电话:0571－88904980,88831806(传真)
排　　版	杭州朝曦图文设计有限公司
印　　刷	杭州高腾印务有限公司
开　　本	880mm×1230mm　1/32
印　　张	9.25
字　　数	186 千
版印次	2019 年 7 月第 1 版　2019 年 7 月第 1 次印刷
书　　号	ISBN 978-7-5178-3349-9
定　　价	48.00 元

序　流水的呼吸

流水是清澈的。

自石缝渗出，滴滴晶莹。继而汇聚山涧，涓涓清泉。再顺流而下，汩汩成河。生来本该洁净。若显为浑浊，必是遭受了外界污染。

流水是彩色的。

春天侧畔垂柳飘拂，早把新绿染透水层。秋来夹岸红枫如炬，便将火红抖落水面。五彩河，七彩滩，不知迷醉了多少人。

流水是流动的。

在常人眼中，这是必须的，不流动哪能称为流水？流水当然在流动，于是人们也就熟视无睹了。

流水是静止的。

能见此境地者，为数不多。久久凝视着，想起白居易的文："公独何人，心如止水；风雨如晦，鸡鸣不已。"念到袁宏道的诗："心如止水堪容月，身似寒株也著花。"心像静止不动的水一样平静，不为外界所动。

身居江南水乡嘉兴的晔冰，是一位写诗和写散文的作者。她写过一本关于浙江水的诗集《流淌的诗画》，写过一本散文集《流淌的时光》，如今又写散文集《流淌的江南》。

这一路流淌，非常人所能为。这一路流淌，当与天地感应。

流水是清澈的。

此书开篇可读到："当 G20 峰会花落杭州,我再遇见一袭晚冬的西湖,柳叶写满了迫不及待探春的欲望,凛冽的北风变得慈祥,枝干不忍扰乱她们的轻歌曼舞,忠实地守在堤边,痴心不渝地在西湖边默默守望。暖暖的粼光波动,走过繁华季节的一片残荷将清寒留给岁月……"在作者诗意的笔下,西湖的梦在不远的前方。水光如伴,这是一场信念的引领。

在《宁静中灿烂的三隐潭》中,"在离别雪窦山、离别三隐潭时,我不禁停住脚,频频回望。三隐潭瀑布时时不同,月月风流,晴雨有别。转而想到人生也应如此,青山绿水美景终究会远去,虽难免困难和曲折,却可以保持积极、乐观、平和的心态,宛如三隐潭的一泓碧水,在宁静中绚烂"。

在《石梁水暖》中,"我将脚步放慢,将自己融入此山此水,在喧嚣的都市中逐渐枯萎的身心,开始在林间的白雾中苏醒过来。过去和未来都消失了,我看见朦胧的林间隐约露出的斑斓,化身为穿行在《绿野仙踪》中奥兹国里的小精灵"。

作者将水之德、水之品、水之界能及的地方,都呈现于读者眼前。

流水是彩色的。

展开《流淌的江南》,小楫渔人,落霞飞鸟,闪烁的桅灯,摇曳的苇荡,烟雨中的小桥,柔风下的流水,都为萌动的诗意所染色。泉水的甘润,芦花的芳香,竹林的清雅,白鹭的灵气,圆月的祥和,都为恒久的天地而动情。

作者的感怀和吟唱,已融入对历史的追忆、现实的思索和未来的期待。《漂洋过海遇见你——花鸟岛》中,这般写道:"花鸟岛的渔民一直以大海般宽阔的胸怀，包容着来自五湖四海的人，他们天然质朴、勤劳善良的性情，带着海水的咸腥。渔民们过着与世无争、宁静遗世的生活，而这些正是浮躁时代，身处繁华的都市人内心深处一直渴求的……远离城市，远离车马，好像是生命画卷上泼洒的一片蓝色水墨画，纯净、圆润，溢散着一抹淡淡的诗意和温情。"

流水是流动的。

作者爱在水上或水间或水旁，回忆、联想和捕捉题材，孕育文章。无论是绍兴的东湖、嘉兴的南湖，还是温州的楠溪江，作者在景语、事语、情语的抒写中，轻点缓画，情深意浓，有一种特别的意味萦绕其间。作者用水一样的情感，水一样的文字，静静地、淡淡地渗透着乡愁的味道，这使《流淌的江南》有了一种湿湿的愁绪，浅浅的忧郁。

作者以自己独特的视角，或俯瞰或远眺或靠近每一条水，用心去解读有关水的史料，沉浸在水的喜怒哀乐之中。沿着作者的文字，可看到浙江的水域风情；细心品读，几乎每篇散文都能看到理想与现实的碰撞。真实是散文的生命，而思想是散文的灵魂。看似每一篇散文都是随手拈来，其实写同一种题材就需要考虑该如何遣词造句才能避免雷同，并不是人人都愿意做的。读这本《流淌的江南》时，觉得景和词都恰好，文字间透着澄澈的个性和对人生初心的坚持。

流水是静止的。

见一深潭，已是心如凝碧。

即使面朝大海，也能于波涛中见其宁静。

作者来到舟山枸杞岛这片海域，"微风拂面的午后，阳光依旧温暖，当海浪拍打沙滩，当海风把云吹散，想想自己费劲地在海浪翻腾中寻找绿色之源，站在废弃的房屋内看出去，是一大片一大片的层层叠叠的绿，心还是安静的"。"望尽天涯路，这里的大片绿海就是我生命中的一双隐形的翅膀，把心灵放在宁静的绿海时光里，那是一种灵魂的放松，那是一种醒着的睡"。

作者多次表达"愿此作流水，潜浮蕊中尘"那份恬淡、平静、自然之心志，希望自己能做到宠辱不惊、淡泊名利，心如水清、心如水静，淡收"无尤"于世。

她在写水中找到人生快乐之源，然而，当下写散文尤其是写没有任何商业宣传的散文是没法获得什么名和利的，仅仅是因为其名字和水有关？出生、成长、工作之地和水有关？其实不然。这是一种由心而生的爱水，才会不计名利地在工作极其忙碌，身体也不是最好的情况下，坚持写出第三本"流淌"。

有这样的心境，才能于水一样的"清透"与"平静"中，尽展心中浙江水之美、水之雄、水之澄！

老子说，"上善若水"。在老子看来，天下至高的品性莫若水性，水能够衡量出个人道德品质的标准与处世修养的尺度，同时更体现出一种顺其自然而与世无争的人生心态。

作者善用婉约的文字书写水景，语感唯美、淡泊，还隐藏着淡淡的愁，如烟如雾，似薄纱，透视可见真情。善于把美好藏于心中，将自己过滤沉淀，保留诗意的情怀，面对生活中的诸多不如意，渐渐地多一分从容。

心居有诗与散文的水乡泽国，晔冰率性而写，由情作文，字出情现，写出一纸朴素、婉约、散淡。

有智者评述，作者以韧笔写使命，以柔笔写胜景，以诗笔写情怀，以诚笔写敬畏。

　　纵观《流淌的江南》中的文字，遣词造句全是口语化的，没有刻意的斧凿之痕。词虽浅意却深，这亦是作者那种积极可贵的真诚、朴素的品质体现。

　　一颗诗人之心，无论如何都难以泯灭。

　　对水的讲述中，就有一首诗《坐看洛溪，一处桃源》：

　　　　洛溪是久别的

　　　　阳光沿着春秋战国的路

　　　　扬起的每一道马鞭

　　　　洒下来起伏的版图

　　　　走过唐朝的巷道，宋朝的河流

　　　　元朝的水塘，明朝的呼吸

　　　　重逢于天与地之间

　　　　是一份琥珀色的姜茶，热气腾腾

　　　　描摹进一段阳光的爱情中，它是优美的桑田

　　　　乍寒还寒地阴几天就又晴开了

　　她有诗意世界的抱负和激情，在这个物欲时代中秉持着无畏的立场，用文字传达着自己对水的敬畏和水的情怀。

　　流水非流水，那是精神的涌动，那是生命的呼吸。

浙江省作家协会原副主席
浙江省作家协会原报告文学创委会主任　　袁亚平

目录

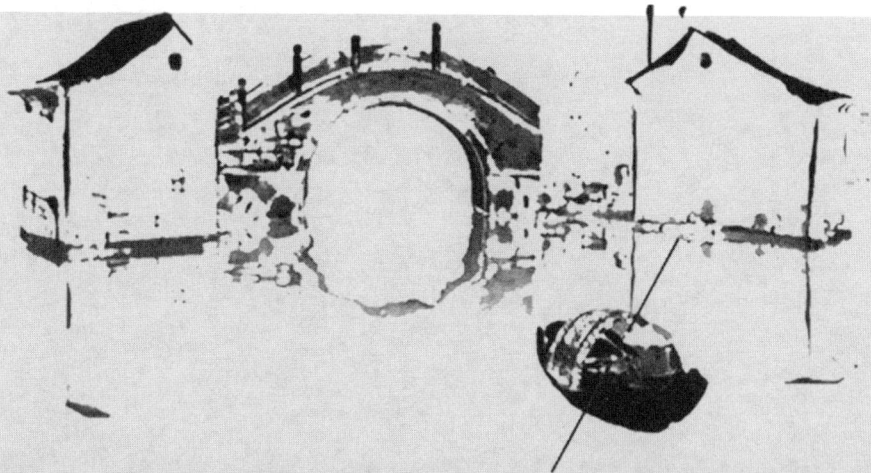

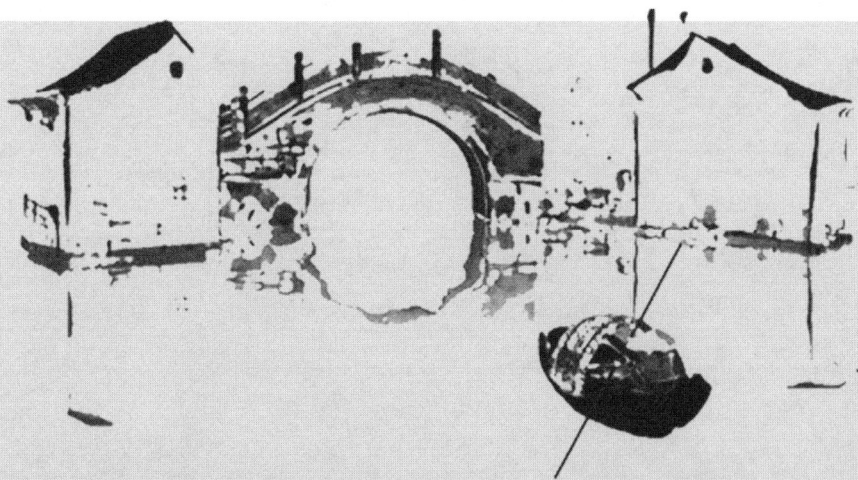

壹

杭州
江南好

西湖，G20峰会的衣襟

冬天，你轻舞飞扬

当G20峰会花落杭州，我再遇见一袭晚冬的西湖，柳叶写满了迫不及待探春的欲望，凛冽的北风变得慈祥，枝干不忍扰乱她们的轻歌曼舞，忠实地守在堤边，痴心不渝地在西湖边默默守望。暖暖的粼光波动，走过繁华季节的一片残荷将清寒留给岁月，几对鸳鸯或白鹭在荷秆间穿梭嬉戏，荷秆悬在水面，宛如箭在弦上，随时待命，一幅抽象画悬浮在西湖上，读出你的使命和豪情，读出别样的欢喜和向往。柳枝低首随风轻扬，舞出冬日的别样风情。

春天，你漾满笑意

三月初春，遇见含苞的西湖，就如知道喜事一般，西湖烟雾缭绕，似披着轻纱的仙女，一改往日的温柔。一行垂柳翠绿，轻拂水面；一片桃花嫣然，期待地发芽；一地小草轻摇，温润了白堤的一岸杨柳；一声呖呖的莺啼，携着一腔欣欣然的情愫，穿越苏堤流年的沧桑，奔走相告于红尘苏堤。饱蘸浓墨的笔逐渐填满了笑意，悄悄地渲染着烟雨中的你。清韵袅袅的西湖,我踮起脚将它系在盼望 G20 峰会到来的衣襟上。

夏天,你回眸一笑

夏初,终于又见西湖通透的模样,不高的山绕在身边,你绿波荡漾,柳条飘飘,树连着青山,一切静静地相伴欢喜,轻轻地推开你那久远而青葱的心门,几千年来的吟咏,打磨悠悠流水,流淌着暗香的千年往事,湖蒙上了一层薄薄的古香古色,一段段令人魂牵的爱情,让你变得清亮却浓郁,清风吹净了杭州人脸上辛苦的尘埃,一弯垂柳妖娆了西湖的裙裾,一潭碧荷漾开了夏天的笑颜,遮掩了鲤鱼的美眸。今年的初夏,断桥不断,沾湿白娘子许仙相遇的长衫;今年初夏,长桥不长,弯腰拾起苏小小的痴念;今年初夏,孤山不孤,紫色的油纸伞支起呢喃低语的温柔。无数金鳞随着苏堤古道洒落,惊起了几只毛茸茸的松鼠,把笑意跳落一地,捎给夏季的西湖。

秋天,你一笔勾勒 G20

秋风起,路旁一排排梧桐树的树干苍劲,伸向天空,恰似昌硕老人的篆刻,和着地面的一阵风发出沙沙的响声。西泠桥边的湖岸,两棵苍凉的柳树,似时光隧道的传音,把地球上的人牵到了西湖畔。石莲亭里,静静地听着松涛声声,一片湖光烟霭,幽静而曼妙。每一片树叶中,躲藏着一个大自然的生命,荷叶在秋风中蜷缩。夏天不经意地去,秋天也不经意地来。并蒂莲里的暖,被一只 G20 峰会的吉祥鸟衔走,你依偎在秋的肩上,一笔一笔地勾勒着,夹带着全世界的期盼,研磨成了你手中辗转的情怀,浸染在秋色的绚烂画卷里。西湖穿上霓裳，一层如梦的蓝紫色雾气，泛起一片闪烁的白色。静坐在长椅上，西湖的水贴在眼前，湖上船影点点，是愁眠的渔火，是隐隐约约的三潭印月，蓄满了灵性的西湖若即若离。偶尔，鲤鱼跃出水面，看看这外面的世界，惊动了夜色，惊动了西湖的宁静，西湖顿时生动起来。

六和塔玲珑的剪影在一片墨青中隐没，浓雾中的灵隐寺，苍郁的钟声撩拨着宁静的心弦，堤旁的绿柳俯身，撩拨着玉立的保俶塔，在云烟里美目盼兮。风是温柔的，月是温柔的，人也是温柔的。一片灿烂的笑容，放在充满柔情的心海，G20 峰会清晰的脚印，远远近近，长长短短，走进了林徽因的心房，疏疏密密地铺满了西湖的每一处。一枚枚圆形的邮戳，悄然地敲在西湖的肩上，是 G20 峰会和西湖相遇的记号吗？

隐居的唐诗宋词都请出来了，与苏堤美妙地聊起天，粼粼水波停留在时光的隧道里，谁动人的笑靥，走进了湖畔居？一杯温润的龙井茶，竟有些西湖的味道。湖间的喷泉演奏起绿色的岛、蓝色的湖，凿出的层层叠翠，化作写给 G20 峰会的诗，只有你，能读懂杭州人乃至地球人平平仄仄的心跳。我们牵手走过一朵又一朵粉红色的荷花，沿着碧绿手掌的脉络。当杭州人手擎清亮的月光，碰响了 G20 峰会的讯号，于是，你在繁星里放声歌唱，你眉梢的一缕绿绿的欢喜，在烟波之间，如此热烈地绽放。

西湖位于浙江省杭州市，是中国首批国家重点风景名胜区之一和中国十大风景名胜之一。它是中国主要的观赏性淡水湖泊之一，也是现今《世界遗产名录》中少数几个和中国唯一一个湖泊类文化遗产。

遗落在千岛湖中的乡愁

　　2014 年夏天，我们钱塘江抒怀采风团来到倾慕已久的千岛湖。在别有一番风情的浸润中，我们辗转来到龙川湾姜家镇。进入初夏的龙川湾，伫立在山道旁，朦胧的远山，笼罩着一层轻纱，影影绰绰，在缥缈的云烟中忽远忽近，若即若离，就像是几笔淡墨抹在灰蓝色的天际。我们乘着游车，进入满目是绿的山林，一阵寒意扑面而来，我不禁把长围巾裹住自己的手臂，往团友身边靠了靠。

　　一路上，我们的游车沿着蜿蜒曲折的小路前行，两边茂林修竹。树林里，空气特别新鲜，幽雅宁静，仿佛置身于无声世界。到了 70 公社，感受怀旧的知青文化，一批"50 后""60 后"作家老师仿佛回到了上山下乡的年代，煤油灯、集体吃饭的大灶头、白色的缸杯……无不用无声的语言告诉我们那段"知识青年到农村去"的特殊历史。

　　带着历史的记忆，我们来到小镇——姜家镇。夏天，黄色的油菜花的色调绘就了一幅风情万种的景象。环视一圈，湖中有镇，镇中有湖,恍如仙境,淡淡疏离的薄烟笼罩在小镇的上空,那白墙黑瓦的朴素楼房就像未经装扮的少女,婷婷窈窕立在湖畔。淡墨色的天空与一幢幢参差的小楼倒映在泛着丝丝涟漪的河水里,晕染在一起,轻轻荡漾。

走进姜家的山水,不知不觉会有一种空灵的感觉在一片幽幽怀古之情里弥漫开来,去感叹由沉睡于千岛湖湖底的狮城所赋予的心灵之清涤。1959 年 9 月,因兴建新安江水电站,新安江截流,库区蓄水,始于汉、唐年间的"贺城""狮城",连同周遭二十七个乡镇、一千三百多个村庄、三十万亩良田和数千间民房被悄然淹没在这片碧波之下。

淳安古城又称贺城,始建于建安十三年(208)。古钱币状精工细琢的"商"字形门廊下成片的徽式大宅,昭示着新安江畔徽商商路枢纽的繁华富庶。这里曾商人云集,盛极一时。如今,却沉睡在湖底,被世人遗忘。古往今来,许多文人硕儒都曾来过这里,名篇佳作汇集,人文古迹遍地。遂安的历史比淳安短一些。据载,遂安县城为唐武德四年(621)迁至今遂安地界,因背依五狮山,故又称狮城。狮城水陆交通便利,乃浙西重镇,洪秀全之弟洪仁玕曾率太平军驻军北门。狮城城内多名胜古迹,有明清时期的古塔、牌坊及岳庙、城隍庙、忠烈桥、五狮书院等,还有历代古墓葬。

近些年,科学家运用现代科技,使狮城又展现在我们的眼前。在古狮城里,潜水员们发现,城内部分民房的木梁、楼梯、砖墙保存完好,并未腐烂,有的大宅院围墙完好无损,房内仍是雕梁画栋。拂去墙上的淤泥,城墙石缝里的石灰保存完好;气势宏伟的拱形西城门也完好地耸立在水中,并且可以开合,上面的铆钉和铁环仍清晰可见……

2005 年，当地旅游部门再次有了新发现，千岛湖水底除了有狮城和贺城两座千年古城，还有威坪、港口、茶园三个大型古集镇，数座水下古城共同构成了一个完整的水下古建筑群。另外，镇中的牌坊多达二百六十五座。除了一座孔庙、一个书院、五座旌节坊、一座龙立坊，还有一棵传说中被朱元璋倒插而活的柏树。

狮城，如同海明威笔下的《乞力马扎罗的雪》中山上那头沉睡的狮子，沉静、寂寞，与世无争。我的脑海中突然浮现出"水之灵"演出中久久不肯离开的村民们，那种不可割舍的亲情、乡情，那种似乎斩断自己的腿骨又连着筋的惨痛心情，在"不带旧家具，只带新思想"的感召下，老乡们看到千岛湖烟波浩渺，故乡已经深不可及，只能成为遥远的记忆和深藏在心灵深处的梦。

两座古城沉入水底，让人心痛惋惜，但也带来了另一番绝世的、不可复制的美丽——因拦坝蓄水形成了一个世界上岛屿最多的景色炫目的人工湖——千岛湖。它与加拿大渥太华金斯顿千岛湖、湖北黄石阳新仙岛湖并称为"世界三大千岛湖"。千岛湖的水质在中国大江大湖中位居优质水之首，是国家一级水体，不经任何处理即可达饮用水标准，被誉为"天下第一秀水"。

我们走进狮城博物馆，看到了一个令人震撼之物：狮城全景模型。它以水下探测声呐图为基础，以移民前狮城住户及房屋登记资料为参考，以数十名狮城老人回忆为依据，以 200：1 的比例再现了狮城在千岛湖形成前的真实面貌，让前来寻根的移民也能领略当年的雄伟清韵和触摸故乡的温度。

在车上还听闻了一个传奇：有一位叫余年春的老师为了再续故乡情，花了十三年时间纯手工绘制了三幅手工画，再现了当时两座古城的风貌，画面细致到可以沿着城内的街巷，看看自己的祖辈或者自己曾经居住在哪里。一个封存在湖底五十多年的记忆在余年春老师手里苏醒，一座拥有一千四百年历史的古城在狮城博物馆里也基本复活。贴满八百多张照片的照片墙、实景图以及种种陈列，让狮城博物馆成为三十几万移民游子的心灵栖息地。

夜深了，只有风流动的声音，在下榻的宾馆内读到了童禅福老师撰写的长篇档案报告文学《国家特别行动》，读到了狮城人的眷恋。或许历史只有诉说出来才有生命，读罢，脑海中涌现出一个一个艰难别离的镜头和移民后的重重境遇，一份沉甸甸的乡情弥漫在字里行间。淳安仍旧是这批几十万移民的根，他们不会忘记淳安是他们永远的家。童老师以这样的方式记下父辈们的悲壮，历经二十多年的磋磨，踏进一千多家散落在各地的新安江水库移民家的门槛，记录下当时移民时的真人真事，目的是让我们在领略千岛湖那一湖清亮的同时，记住那些曾在这里生活过的人。

真是"一江碧波绕山镇，天光云影美如画"。千岛湖边的姜家镇，进可享市井繁华，退可居湖边净心。前可欣赏水倒映着岛、岛掩映着水的美景，退可拾起遗落在湖中的点点滴滴和永驻心头的乡愁。

千岛湖位于浙江省杭州市西部的淳安县境内，前身为新安江水库，是1959年为建造新安江水电站拦坝蓄水而形成的人工湖，面积为五百八十平方千米。姜家镇位于淳安县西南，是遂安文明的发祥地和新安文化的传延之地，1958年因修建新安江水库而沉入水底的遂安古城——狮城，便是姜家镇历史文脉的源头。

烟水人间的西溪湿地

　　杭州的美,除艳若西子的西湖、波澜壮阔的钱塘江,还有让宋高宗迷恋而留下的西溪湿地。秋天,在西溪湿地最美的季节,走进它为我排开的盛宴,我的心中尽管恬淡安宁,却抑制不住对美的迫切向往。漫步西溪的河边,我仿佛在追寻生命的足迹。西溪只是一缕秋风,便已经意趣无穷,足够让我沉醉了。

　　秋风拂面,身边流过西溪的水,空旷溪岸边,一些闲散的风柳晕染出树冠的一片氤氲。芦荡中倏地飞起一群白鹭。此时,西溪是仙酿,如此的清冽、醇香。

　　烟水人间,一曲溪流一曲烟。西溪有六条河流纵横交汇,水道间洲渚星罗棋布,船在这里自然就是西溪的轿子了。朋友给我们安排了一条摇橹船,让我们慢慢晃悠,好好和西溪来一次"拥抱"。从资料上看,历史中的西溪犹如另一幅《清明上河图》。

　　大家坐在船里,迎着水面上吹来的阵阵凉风,看着溪水在船的两边缓慢地向后滑过,感到十分轻松与惬意。透过舷窗向外望去,两岸长满了芦苇和茅草,一直延伸到水里,一点也看不见岸上的泥土;间或有几棵根古干斜的柳树将柳枝伸近河面,游船似乎要劈开随风摇曳的柳枝才能继续前行;船行水声偶尔也会惊起一群水鸟,它们扑棱着翅膀从芦苇丛中飞出,引起大家的一片惊叹。此情此景,又有谁敢说这不是一幅充满江南风情的水墨画呢?

极目眺望,水流弯弯曲曲,或开阔或狭窄,伴着蜿蜒的河道一直向前延伸,往往在"山重水复疑无路"时,船头轻轻地一拨,马上就"柳暗花明又一村",让我们充分体验到了在水荡里穿行的无穷魅力和乐趣。

在船行的过程中,从斜刺的港汊里偶尔也会划出一叶小舟。见那艄公坐在船尾优哉游哉地划着单桨,气定而神闲;小舟则船头微翘,在溪水里缓慢前行,船过而无痕。此时此刻,我顿时想起了宋人徐俯《春游湖》里的诗句:小舟撑出柳阴来。用这首诗的意境形容这里不也很是恰如其分吗?

临窗观景,近处旱柳垂枝,倒影被碧波涟漪荡漾成翠色映像,随处可见的柿子树黄叶寥然,却尤其显得枝干利落。远处芦苇丛生,草木葱茏,秋气飒然,色彩丰富,但觉目之所及皆美色,心之所至皆神怡。行舟途中,总以为水到尽头,待想上岸品味"行至水穷处,坐看云起时"的意境,船头忽然调转,又进入了另外一处风景,不禁感叹西溪如白纱遮面的少女,只见翠裳明眸,却难一览风姿,这也正是西溪让人们流连忘返的魅力所在吧。

船向北行,目标是渔村烟雨,阅尽沿途两岸风景,一蓬蓬的芦苇及不知名的紫色小花随处可见,河道时宽时窄,宁静的河面上偶尔有几只水鸟掠过。河堤颇有特色,摒弃了生硬的石坎,采用一根根的柳树桩紧密相连。湿地河港交叉弯曲,这个湾口的弯曲形状是不是有点像鸭脖子?听说湿地有个名叫"鸭子湾"的湾口,也许就是这儿吧。

我们的船靠岸了，上岸就到了渔村烟雨，烟水渔庄是一组临水而居、错落有致、水乡名居式的开放型木结构建筑。在这儿，人、烟、水共处，犹如身临仙境，民居内现多开辟为各种陈列室。首先来到"桑蚕丝绸故事"室。自唐代以来，西溪便以桑蚕著称。有一件举人服据传是从明末清初流传至今的，是西溪人选用上等真丝材料，手工编织而成，宽大、舒适、精细。这是西溪人中举后必穿的衣服。

微风从河面吹来，带来丝丝凉意，漫步于斑驳陆离的小石板路上，放眼满目翠绿，好不悠然自得。循着水道，穿过两岸原生丛林，带着泥土的芳香，少顷便登陆来到了"西溪人家"。刚进入蚕室和纺纱坊，我就被一道朱漆屏风所吸引，屏风的镂窗中间镶嵌着几幅表现古时西溪居民纺纱的系列图案画。图画里的居民均为妇女，从侧面反映了当年男耕女织的农业生活。虽然生活平淡从容，西溪人却扎根在这一方水土，繁衍生息了几千年。刺绣坊中有一女子埋头穿线落针，偶尔抬头看看我们这些过路人，仿若和我们是两个世界，一点没有受到干扰。她正在刺绣的是一幅色彩绚丽的秋景图，浓墨重彩堪比刚才水路所见的风景。"西溪人家"中另外几个展厅还展示了当地人婚嫁迎娶的习俗和劳动居家用的物什。

周围还有一幢幢临水而建的小楼，都是由原来两层木结构的农家民居改造而成，品茶、赏湖合二为一，好不惬意。原来在烟水渔庄，这样的西溪问茶处有多个。最别出心裁的是西溪老船茶坞。茶桌在船上，路边水塘里众多小鱼欢蹦乱跳，大树枝繁叶茂，结满了红果，掉下的红果就是鱼儿最好的食物。

我们又坐船了，到"深水潭"去。沿岸的这些芦苇真是伸手可及，沿途还看到了凌波桥、新西桥，这些都是走环园步道时要经过的桥。湿地水路四通八达，一路上河道既有与桥平行的，也有垂直的，我们的游船穿过这些桥，便到了"深潭口"，大家一一下船，漫步在旧时石平桥上。在西溪湿地里，有很多这样的三孔条石平桥。有水就有桥，西溪的桥极具特色，大多只是简单的一块石板，桥面平直，没有桥栏，或栏杆很低。据说这种桥是清朝道光年间一位叫张大仙的石匠造的，没有坡，没有栏，这样造桥既省钱，又方便了当地农民挑担过桥，免得碰撞。这些古桥几乎全为历史的遗留，那些斑驳的桥名很多已很难辨认，它们不仅承载了过桥的人，更承载了久远而厚重的年华。河岸边还可见西溪独有的水阁，为了节约土地和方便交通，西溪人在水边上打桩建阁，自然也就有了河埠，后来建造的建筑物也都统一了风格，只是临水多为较大的码头。正是这些人文景观，让西溪多了一份生活气息。西溪之水，柔情依旧，却因其融于自然而别有一番野趣闲情。自然，西溪之胜，独在于水。是那百转千回、纵横交错的河渚，让西溪的灵魂变得鲜活生动，令游人陶醉；是那曲折通幽、路径万变的水道，让西溪的容颜姿态万千，难以遍历。行舟西溪，心已落入那一弘清波，涤荡了尘世喧嚣，融化了凡俗欲望。

我们继续乘船，河流纵横交错，水陆兼杂并有，陆地的植被由于紧挨着河流，长势极其凶猛，能见到的草地多有没人之深。各种树木粗细不一，高矮不等，不甚规则地长在溪流两旁或湿地中间，开着奇异的花，结着奇异的果，时有不知名的鸟儿飞过或栖息在枝头，水中有鱼儿畅游，兼有野鸭在清澈的水湾处嬉游，一派纯正自然的感觉。

溪流的两岸多是苇草，高大而浓密，也说明这船道是从苇草中开辟出来的。行在这种两岸夹一水的水路中，就会想起书中说到的野外探险。河岸边的树木显得挺拔、清爽、精神，也有白鹭成双成对地栖息在树枝上，很惬意的样子。船儿沿着七弯八绕的河道，向东北方向悠悠行驶，没多久便到了景点——三潭口。大家下了船，走过破碎的石板铺就的林荫小道，间或古老的石板平桥，看到这儿的两层西溪民居明显不同于烟水渔庄临水而筑的民居，都是分列于小路两侧，静候远方来客。向前没走几步，在小路另一侧，与刚才冷清的民居形成鲜明对比的是一家热闹的西溪艺铺。

小舟行过曲折的水道，一路的景致总是在不断变化中给人以惊喜。沿途的河坎已经被水流冲洗得斑驳陆离，盘根错节的树根、疏密不均的杂草、岸边丛生的绿荫都在水流的洗礼中展现出顽强的生命力。前方河面开阔起来，原来深潭口到了。深潭口又名深潭港，是蒋村的所在地，位于西溪湿地的西北部。《南漳子》记载："深潭口，非舟不渡；闻有龙，深潭不可测。"四周河水呈十字形在此处交叉相连，水面宽广，加上独特的地理优势和环境氛围，最适宜开展龙舟竞划。因此，深潭口自古就是蒋村龙舟盛会所在地。每年端午节，人来舟往，热闹非凡，为西溪的乡俗风情增色不少。相传清乾隆帝南巡时，曾在深潭口观赏蒋村龙舟赛，欣而口敕"龙舟盛会"。自此西溪龙舟声名远播。

沿潭从东北向西南走，前方只见一片绿荫，原来是一棵生机勃勃的百年老樟树，枝繁叶茂，遮天蔽日。众人留步于一小船前，后面就是百年老樟树了。我坐在用实木条与石块做成的椅子上，背依着隔河的百年老樟树，守着这沿河岸而筑的竹篱笆，很巧，一条小船闯进背景中，简直是一幅诗情画意的天然水墨画。

在西溪，河岸、塘边、洲渚以及民居或庵堂的房前屋后，树龄在百年以上的柿子树据说就有四千五百多棵,品种以方柿、盘柿、火柿为主。西溪柿子味甜、汁多、核小,传说乾隆皇帝品尝后深加赞赏,曾御封过一棵古老的柿树为"千年柿"。我在深潭口信步而行,终于发现了这棵"千年柿",眼下正是柿子成熟的季节,一个个红彤彤、金灿灿的柿子好不诱人!在正午艳阳的直射中,于开始发黄的树叶的衬托下,柿子愈发显得火红火红的,如一盏盏小小的、精致的红灯笼。时下的西溪湿地的农家生活,恬静而质朴,悠闲而殷实,着实让人羡慕。蓝天下,湖水清澈见底,湖面上,有星星点点的游船缓缓地荡着。在习习秋风中,一片片碧绿碧绿的水葫芦,像一块块翡翠色的地毯铺在水面上,上面还点缀着一串串紫色的小花;一阵秋风拂过,水葫芦漾起波纹,在周围绿树绿草的衬托下,简直就是一幅天成的风景画。瓦蓝色的天空下,西溪湿地里,满眼是果实累累的柿子树。那些成熟期不同的柿子,颜色也有所不同,从青黄色到黄色、红色,就像一盏盏小灯笼,悬挂在湿地的怀抱里,真叫"红橙黄柿紫菱角,不羡人间万户侯"。路边,我见两个孩子吃柿子正香甜,桌上还摆着七八个,都是已经熟透了的。"好吃吗?""好吃,阿姨,给你吃!"一个孩子大方地递给我一个红红软软的柿子,我没客气就接下了。是个火柿,个小,但一点都不涩,入口甜甜、糯糯、软软、香香的。那味道一直在嘴里和心里香着、甜着,久久没有散去。

　　一路东行就是长约三百米的江南水乡仿古特色的河渚街了。旁边就是河渚塔,旧称"杭公塔",建于清咸丰年间。当时的文人学士对先贤杭世骏的才学人品及仕途遭遇深怀敬佩,于是集资在河渚厉杭二公祠内筑一石塔以纪念,初称"杭公塔",现移建于此。河渚塔高约十五米,四层八角,八根水泥柱形成塔身,塔身通透,底层塔檐为乌瓦重檐,塔内每层用折返式木梯连通。塔上有书法家祝遂之书写的对联:满座春风留客住,一船明月渡人返。游客可通过折返式木梯上到塔顶。登上塔顶远眺,几栋粉墙黛瓦的民舍错落有致地隐藏在绿树丛中,一座小桥连接着溪流的两岸。虽然没有看到满眼的绿色,但也丝毫未能掩盖住她与世无争的优雅气质。

在去秋雪庵的路上,我们浴着暖暖的秋阳,在西溪的碧波中摇晃,四周是一望无际的芦苇,草长云低,风吹水皱,野鸭惊起,一茎茎亭亭立于风中,摇曳多姿。此时,芦花漫天,划一叶扁舟出没于芦苇丛中,黄昏下的芦影是最美的,夕阳欲坠,摇曳的芦花似在与故人惜别。洁白的芦花被夕阳染成红色,显得静穆而清冷。此刻,时间仿佛凝固,不再流转。水旁栖息的野鸟惊起一塘涟漪。忘了嚣杂,忘了烦忧,忘了时间,在最透彻的时光里,身处其中,心绪是淡定的,纷繁尘世,已然遥远……年华似水,流转人间。

一路上,我们或弃船步行,或停或移,动静相宜,佳境相与,不觉时光的流逝。我们赤足走在田埂上,那些枯黄的野草踩上去松松软软的,洗去了我们在都市整日打拼的疲惫。走在铺着卵石、石板的路上,一路感受"疏可走马,密不透风"的景致。在水路乘船,两船交会时,激荡的水流和着劲风,吹起了漫天飞絮般的芦花,真是入了"一叶扁舟,闲看芦花"的风景画意境里。而树上的松鼠精灵般地转身跳跃,岸边水獭神出鬼没,滩涂上的水鸟仪态万方地梳理着自己的羽毛,鸟巢中依稀传来小雀的呢喃。抬头看看白云蓝天,竟是如此宁静,让人的心境也不由自主地清澈了许多。这一刻心境和湖水一样平静,这心也自然而然地留在了西溪的那一泓清水里了。

不知不觉我们来到了高庄出口,西溪自古就是隐逸之地,文化氛围相当浓厚，被许多帝王将相、文人名士视为人间净土、世外桃源。梅竹山庄、西溪草堂等在历史上都是被文人雅士开创的。在当代，麦家老师创设的"理想书屋"就在西溪湿地里静静地站着，等着爱书、爱文字的我们去读她呢。天色已晚，我们都没来得及去体验，想来西溪是随时向我打开的小说、散文或诗歌，约我下次再来……

夕阳西下，饱蘸着秋意，渲染了这块安静的土地，就那样，静静地，不做作，不张扬。在蒙蒙的夕阳印染间，我渐渐远离了那片风韵独特的湿地。不经意间，西溪成了我寻梦的地方，成了让我释怀人生的去处。

西溪国家湿地公园位于浙江省杭州市的西部，离杭州主城区的武林门仅六千米，距西湖也只有五千米。现实施保护的西溪湿地总面积约十一平方千米。西溪湿地的历史，概括地说，可归纳为远古雏形、汉唐形成、宋元发展、明清昌盛、民国萎缩与现今新生六个阶段。西溪是国内唯一的集城市湿地、农耕湿地和文化湿地于一体的罕见湿地。

清清虎跑泉

　　我对于虎跑公园是不陌生的,因为十几岁跟随父母来过,记忆中的那只老虎一直威风地站立在山石旁,那里的水也在汩汩不断地流。那时我还在上初中,只记得当时在一个泉水池边玩硬币的情景。用茶杯装满泉水,硬币放在水上面不会沉下去,这种神奇的科学现象对当时好奇心较重的我是很有吸引力的,所以一直念念不忘。在 2016 年 7 月,炎炎夏日,我又一次来到杭州虎跑公园,这一次我想看看岁月流逝中的虎跑泉在我眼中有什么样的沧桑变化,更重要的是想来听听虎跑泉的天籁声。

　　那天气温在三十六摄氏度以上,比较燥热,一踏进公园,空气一下清新起来,外面是艳阳高照,然而园内却是清风拂面,舒爽惬意,枝叶茂盛的树木犹如一把把天然的大伞挡住了头顶的烈日。

　　我们一路听泉。沿一条蜿蜒曲折的小路向山上走去,山是大慈山,峰是白鹤峰。潺潺的泉水犹如少女温柔地抚摸着河床……小路的两旁生长着高大挺拔的香樟树和水杉树,繁茂的枝叶遮住了天空,我们行走在林荫道上,有风吹过时,还有大滴大滴的水滴落下来,噼噼啪啪地打在我们的头上、脸上,有冰凉的感觉。清泉在脚下发出琴弦般的声响,酷似珠落玉盘的琵琶乐曲。路边有一条长满了水草的浅浅的褐色小沟渠,沟渠里流淌着清澈的溪水,每当静静的溪流遇上石块或小坎洼时,溪流就会发出欢快悦耳的叮咚声。伸开双臂张大嘴巴做一次深呼吸,你会立刻感觉到带着树叶清香的清新的空气沁入心脾。

山径右边的溪水,呼啦啦地从山谷之上唱着山歌来到面前,泉水欢快明亮,可以用晶亮来形容她们的"靓丽"。溪流渐渐变宽、变多,水流变慢,变成一个个梯子形小水潭,清澈透底。水底岩石、植物根须清晰可辨,水中生长的水生植物翠绿旺盛。从溪边铺开的蓬松植物带着碧绿的光泽,挂满串串水珠,像珍珠般晶莹剔透。

走着看着,这段的溪流又有了不同:因为有几个小断层,所以形成了几个微型瀑布,哗啦啦的水声不绝于耳。人声和泉声伴着我们进入了叠翠轩,庭院里可以"赏泉"。所谓"赏泉",就是在碗里盛满泉水,泉水高出碗口二三毫米而不外溢,或将硬币轻轻平放在水面上而不下沉,长大后才知道这是因为泉水表面张力大的缘故。接着,我们继续去"寻泉"。

我们往前走,穿过虎跑泉的第二山门,首先映入眼帘的是两个方形水池,这就是以前的放生池了。这里还流传着一个济公放生的故事呢!相传南宋时候,虎跑寺重建落成之日,大家都到这里来烧香拜佛和放生,有钱人家把大鲤鱼、大甲鱼、大乌龟等放入池中斗富。这时有个穷苦的老婆婆提着半篮子没尾巴的螺蛳来放生,遭到了有钱人的嘲笑戏弄,甚至不让她在此放生。正巧济公摇着破扇子经过此地。他将老婆婆的螺蛳倒入山门外的小溪,然后挥扇施法,让荷花池水失去一半,溪水却猛涨了几倍。从此,富人家放生的大鱼、大乌龟养不住了,没尾巴螺蛳却一代一代活了下来。至今,在这里还可以找到没尾巴的螺蛳。

继续往前走,我们看见前面照壁上有"虎跑泉"三个大字。我不懂书法的奥妙,但那种苍老遒劲、气吞长虹的气势让我过目不忘。特别是从下往上看,三个字中的"虎"字真的犹如活了一般。前面山路渐陡,上得几段石阶,迎面赫然出现了两个苍劲的大字——虎跑。这里还有一段神话故事呢!相传寰中禅师于南岳童子寺出家后来杭州,看中此处景色佳美,便结庐于此。因苦于无水,本想离去,不想夜得一梦,梦中有一位白胡子的仙人说:"南岳童子泉当遣二虎移来。"次日清晨果见二虎刨地做穴,顷刻,刨挖处涌出一股清清的泉水。此后,泉即名"虎跑泉",此寺也被称为"虎跑寺"。苏东坡、贯云石、袁宏道、高濂都在此题写过流传千古的诗文,康熙帝也曾三次游玩虎跑,对虎跑泉偏爱有加。当然,上述故事只是一个传说而已。据地质学家研究考证:"虎跑"附近的岩石层属于石英砂岩,当泉水从难溶解的石英砂岩中渗出来时,带出的可溶解矿物质自然不多,因此,虎跑泉的泉水水质才会相当的纯净,这便是虎跑泉水喝来特别沁人心脾,被誉为杭州名泉之首和"天下第三泉"的缘故。

在滴翠崖,我终于见到了虎跑泉,原来是一个两尺见方的小池子,清澈明净的泉水从岩石罅间汩汩涌出,流量、流速都不大,没有济南趵突泉的豪气,但却有趵突泉没有的灵气。它是洁净澄澈、一览无余的,玉壶冰心,一尘不染。一股甜甜的泉水就从两边石头的缝隙里渗透出来,采水的人盛走一桶它便涨出一桶。不涨不枯,水平如镜,清澈、干净、透明的泉水可以照见人面。虎跑泉四周山林幽雅清秀,泉水甘冽醇厚。苏轼曾有诗赞曰:"道人不惜阶前水,借与匏樽自在尝。"我果然看见在左侧岔路的山坡上有一块空地,有许多市民手拿着塑料桶、纯净水瓶等容器,井然有序地在一块岩石下接水。也许是久居都市,难得一见那长满青苔的小石,那些红的、黄的或只留下叶络的各式各样的树叶。啊!这可以洗尽铅华,洗去身上、心灵上的尘埃的山涧。我缓缓而行,终停下了脚步,倚着那涧边的石头,弯腰将手置于泉水里,只感受到自己身上的尘埃逐渐离去,捧起一汪泉水洒在脸上、头上,那水的清香仿佛渗入了心田,渐渐地,尘世间的烦恼如丝般抽离,在一首自然的乐曲中融入这诗般的水里……回头时,我情不自禁掬起一捧泉水送入口中,一股清凉直透肺腑,顿觉舒爽惬意。

继续沿左面山径拾级而上,我发现有一个泉水池,在池旁的一块巨石上方刻有"梦虎"两字。不远处有一组梦虎石雕,性空和尚面目慈祥,闭目斜卧,犹怡然梦中。边上两只猛虎接踵跑出,形象生动,粗犷有力,一上一下亲热地依傍在卧僧膝前,这是根据民间传说——"梦虎"故事制作出来的一组石雕。一泓清泉潺潺流往山下,整组石雕依山临水,浑然天成,弥漫着飘逸的仙气,徐徐流入那弯弯曲曲的山涧中……

山涧很清澈,也非常浅。在平平缓流中,我几乎感觉不到它在流淌,当水流到拐弯处时,在静静的心境里,才听得到那淙淙的水的笑声;当泉水轻轻地跃下一个台阶时,那些和泉水相依的花瓣仿佛有灵性般,忽地转折身躯,悠悠地与山涧哼着唱着,留下最后的香气飘洒在山中、水中……

一路小溪里的三寸金莲,叶子小而圆,花朵金黄,半开半闭,小巧玲珑,如古代女子的三寸金莲,也因此而得名。她们在碧波荡漾的池水中含苞欲放,青翠欲滴的莲叶映衬着一朵朵金黄的花,增添了几许浪漫……据说,在全世界,这种莲花只有虎跑泉的小溪里有,独一无二。看着这些,我都有点迈不开脚步了。

我们在虎跑泉边,清澈见底的泉流轻轻地在身旁流淌,仿佛在弹奏着一曲经久不息的、美妙动听的乐曲。"走,品泉去。'龙井茶、虎跑水'是杭州双绝呢。"家人拉上我。喜好品茶的我不由得跨进了环境优雅的虎跑茶楼,坐在这里品上几杯明前龙井茶,让大自然洗去旅途的疲惫!坐落在山林间的茶楼犹如一个"天然氧吧",坐在这恬静典雅的环境里品茗有一种远离尘嚣、超凡脱俗的梦幻感觉,满目宁静安逸。栖息在树上的小鸟欢唱着悦耳动听的歌曲;几只可爱的小松鼠在树上上蹿下跳,忙得不亦乐乎。品着虎跑泉水冲泡的上等西湖龙井时,我想到了我的人生导师,姑且称呼他为掌柜(他也坚持让我们这样称呼他,而不用官方称呼)吧,在微博刚刚兴起时,他就在网上开办了"微茶楼",弘扬茶文化,让人在心静中品茶,在品茶中心静。当时,像我们这样想在喧嚣的空间里寻找静心的人相聚在了一起,一开始我是"丫头",负责和喜茶、爱茶之人在网上一起品茗、作诗作赋;后来成为"一品丫头",再后来是"书房先生",负责写各地的茶词。"微茶楼"至今还在弘扬中国的传统茶文化。这位导师用自身言行潜移默化地带来了一种清尚的力量,将自己置身于纯粹、心宁的世界里。此时,烟火中飘散着松脂的清香,水壶中沸腾着甘甜的虎跑泉水,泉水煮沸着龙井茶的馨香,再加上凝碧映黛的远山近岭,悦耳动听的鸣泉松风,让我实在不舍得离开这里。清清的溪涧,潺潺的流水,这才是和时间相约,静静地品泉。

在茶室前沿阶而下,我们到了弘一法师纪念馆。"虎跑"是弘一法师早年出家之处,他曾在各地讲佛学,1918年在虎跑出家,既是学者，又是高僧。"虎跑"还是家喻户晓的传奇人物济公归葬的地方，济公殿坐落于此。面对这两位法师，我心存敬意。

　　要下山了，我站在布满苔痕的石阶上，看到一条随路而下的蜿蜒溪水，清澈纯净，仿佛一根飘动的银色绸带，在山间萦绕，为沉寂的虎跑增添了些许空灵与灵动。路上，高大的水杉直立水中，淙淙的溪流叮叮咚咚地拨着琴弦，载着我们的笑语奔向山下，像是急着赶赴一场盛会，令人不忍心移步，不再吵闹，唯恐破坏了这美好的画面。

　　那天，我们就这样说着走着，走着说着，虽然慢了些，但心情变得更加畅快，脚步也轻松了许多。虎跑泉被清风吹拂过，明月映照过，野鹿曾经饮用过，樵夫捧起过，用它洗脸，也用它解渴。而于我自己，与虎跑泉相约，却是一场心灵的洗涤，一场心灵穿越时空的净化。面对虎跑泉，深纳轻吐，心清目明。

　　虎跑泉位于浙江杭州市西南大慈山白鹤峰下慧禅寺（俗称虎跑寺）侧院内，距杭州市区约五千米。

贰

宁波 清平乐

千古姚江竞风流

2016 年 5 月的一个星期六，我与家人一行四人从嘉兴市区驱车经过跨海大桥直奔姚江。宽阔的街道河流，喧哗的人群车流，慢慢地，这一切都远了，路也窄了，两旁是一格格的井字田和青青的禾麦。转到一条林荫小道，车与两旁的枇杷树擦身而过，在一条约百米宽的河流前停住了。姚江。姚江河姆渡人的母亲河。天地玄黄，宇宙洪荒。或许是由于地壳运动，这里诞生了一条小江——姚江。姚江又称余姚江，她是宁波市的母亲河，正是这条河，孕育了七千年古老而神秘的河姆渡文化。自古以来，姚江为宁波提供了充足的生产、生活用水。从青林渡至湾头区域，姚江河道蜿蜒，江阔、水清，一水三分，形成今日市民口耳相传的"新三江口"。她向东注入海，汇入汪洋。斗转星移，地久天长。姚江之滨，四明山下，繁衍出了河姆渡氏族，他们日出而作，日落而息，和平共处，相依为命，构成了中华民族七千年文明史的一圈年轮。

姚江江水清澈，鱼肥、蟹壮，野鸭成群、白鹭飞翔。一种从容、淡定、惬意让我们这些行色匆匆的人感到汗颜。怎么就没有时间停下来听听自己的心跳声呢?

站在姚江边上极目远眺,满目的葱翠绿色。从这里向东,有一群小丘陵挡住了东来的海风;向南是层峦叠嶂的四明山脉;向北是一片广阔的平原。这里确实是一处适合人类生存的风水宝地,难怪河姆渡人选择了这里,同时他们也把远古文明的种子洒在了这青山绿水、肥草沃土之中。

此时的立足之处,便是河姆渡口,渡口仍保留了原始的木船摆渡。坐船来到姚江的北岸,姚江古渡口、广德湖以及平原村落的古石桥、古凉亭都是文化遗迹,是游子的根脉所系!说不定,哪个古渡口,渡过张苍水、王阳明、黄宗羲;哪个村落,来过王安石、曾巩,来此体恤民情、了解水情。

姚江畔,那些不起眼的小村庄曾经是浙东地下党主要领导人住过的地方,也是通往杭州湾,并与苏北"新四军"联络的主要交通线;浙东游击队曾在此办公、养伤;那些父老乡亲用自己特有的方式,为敌后抗日和宁波城的解放做出了贡献;至今,村里的一些老人还记着谭启龙、何克希、朱光、张平山、朱一松、冯和兰、张文碧等一批革命志士的名字。

千古长江水,奔腾东流逝。母亲河孕育了一代又一代宁波人,滋养出了源远流长的历史文化。静默立在姚江之滨的河姆渡承载着千年文明,向我们娓娓道来古老而多姿的原始母系氏族村落。

天阴沉沉的。一路上,家人兴致勃勃地谈论着河姆渡,历史总是惊人的相似,如同西安兵马俑被发现一样,河姆渡遗址是一位农民在打井时发现的。三十年前,一位辛勤的老农绝不会想到,他的一锄头改写了中华民族五千年文明史的传统论断,一下子就把华夏民族的历史向前推进了整整两千年。憧憬着这个画上中国邮票、写入中国历史教科书的神秘地方,按路标指示停车,一座象征着河姆渡榫卯建筑风格的巨大牌坊耸立在我们面前,沙孟海先生手书"河姆渡遗址"这五个苍劲浑朴的大字,令人陡生几分凝重和遐思。

天逐渐放晴。再行约一千米,静静流淌的姚江横亘于前,江水清澈,波澜不惊。坐落在河对面的原始村落,被郁郁葱葱的树荫掩映。我们泊车于岸边,渡船载着我们缓缓驶向千年前的远古文明。1973年和1977年的两次局部考古发掘让这一总面积达四万平方米、文化堆积厚度达四米、叠压着四个文化层的遗址重见天日,她向世界娓娓道出这七千年前的古老而多姿的母系氏族村落的悠悠历史,展示着长江流域的古老中华文明……微风夹着淡淡的水汽,从江面上吹来,船行江上,江边水草招摇,江水清澈。虽然是炎炎烈日,但也看得人心底一片清凉。

跟着一行人来到岸上,首先映入眼帘的是拱架于河姆渡遗址博物馆前,由三块巨石组成的遗址标志,中间巨石上的"双鸟塑日"图令我震撼。那对昂首振翅的巨鸟拱护着一轮光焰熊熊的太阳,搏击升腾。这是一幅河姆渡人刻在一块蝶型象牙片上的远古图画,我很难理解河姆渡人当时赋予这幅画的内涵,只觉得虽然七千多年的时光过去,但今天看到它,历史的尘土附着于这精致的纹路之上,远古气息扑面而来,犹如一种自信、光明和向上的激情和力量,厚重而热烈。信步几百米,我们来到遗址发掘现场。放眼望去,密密麻麻的桩木伫立在两千八百平方米的地面上,恰如一簇簇紧挨着的惊叹号,突兀地刺向苍穹,倔强地述说着远古的故事。这正是河姆渡先民留下的木建筑构件,场面宏大,令人叹为观止。走在木板搭建的栈桥上,一口木构水井的遗迹呈现于面前。这口被树木围成方形的古井，距今已有五千多年历史，是迄今为止我国最古老的木构水井实例之一，这说明了河姆渡先民已具有了对饮用水源的开发技术和保护意识。

"干栏式建筑"再现了七千年前河姆渡人高超的建筑手艺。"长脊、短檐、高床"是"干栏式建筑"的设计风格。构筑出高于地面的架空层，不仅可以让河姆渡人避开潮湿的环境，也可防止野兽的侵扰。人字形坡屋顶面上耸起五至七组交错的构件。河姆渡人不仅使用卯榫固定横梁，而且还会使用企口拼接木板的工艺，让人惊叹。

你织布，我耕田。这样的生活场景在千年之前的河姆渡就已经出现了。男人们拾木盖房、捕兽打鱼；女人们织布制陶、编织竹席，分工明确而又搭配和谐。

这里还出土了骨器、陶器、玉器、木器等各类材质做成的生产工具、生活用品、装饰工艺品以及各种人工栽培稻的遗物。这些遗物说明河姆渡先民很早就在进行以水稻种植为主的农业经济活动了。陶器上刻画的野猪图案写实性强、手法夸张、想象丰富，富有浓郁的生活气息；骨哨和石制的敲击鼓造就了辉煌的原始音乐艺术，展现了河姆渡先民丰富多彩的精神生活。漫步河姆渡遗址，耳边仿佛传来河姆渡先民用骨哨吹奏的悠扬曲调。千年之前的你是否在这里？身边会有怎样的风景呢？

徜徉在河姆渡遗址公园，眺望着那条千古流淌不竭的百里姚江，不由得思绪绵绵。脚下未挖掘的遗址里还藏有许多秘密，也许那里才埋藏着真正的答案。春去秋来，不知经历了多少个日日夜夜，原始而率真的祖先们终于凭着他们的智慧和勇敢，告别了天苍苍、野茫茫的"洪荒时代"。骨哨悠悠，人悠悠；悠悠的河姆渡，悠悠的千年……千年光阴于它而言，不过稍纵即逝。

眼前，山明水秀，波光如镜。

水是文明的起源，每条江河都有自己独特的、可以考证的历史。而眼前的姚江就是这样一条承载着历史文明的河。千百年来，沧海桑田，世态变迁，她就这样默默地流着……她是宁波集水利、农业、渔业、航运和饮用等功能于一身的母亲河，也是一个天然大水库，承载着四明大地的历史印记，见证着历朝历代的社会变迁，孕育了蜚声中外的河姆渡文化，哺育了这片土地上聪慧、勤劳、朴素的人民。

姚江沿岸有着丰富的文化遗存。江北区境内的句章城是宁波最早的古城池，相传为周元王四年（前473）越王勾践所建，很早就有从事航运的记录。明代中晚期，在姚江畔，王阳明等姚江学派学者形成并秉持的心学，达到了中国古代主观唯心主义哲学的高峰。

姚江两岸还遗存了一系列古渡，如姜家渡、蜀山渡、丈亭渡、车厩渡、黄墓渡（河姆渡）、城山渡、鹳浦渡、洪陈渡、西江渡、西洪渡、邵家渡、青林渡、李碶渡、桃花渡等，这些渡口遗址留给今人无限遐思……历尽沧桑的渡口，虽然在时代变迁中悄然远离，湮没在历史的长河中，但也曾惊艳了姚江，滋养出了源远流长的历史文化。

站在如今依然使用的古老渡口上，我诚谢老天的眷顾，让它留存至今。一只鸟儿，羽毛漂亮得令人眩目，发出悦耳的鸣叫，从我的面前掠过。也许它就是那只承载着河姆渡人的神鸟吧！

美丽的宁波城，因姚江而钟灵毓秀；东去的姚江水，因宁波城而厚积人文。清澈的姚江水缓缓流淌，堤岸绿树林立、生机盎然。沿江的游步道蜿蜒向前，周边湿地鲜花盛开，芦苇摇曳，远处有白鹭在水面轻轻地掠过。甬上儿女，谁不识姚江？

时光飞逝,我们即将告别河畔的河姆渡。我的思绪依然在璀璨、瑰丽的河姆渡文化中翻飞……伫立在河姆渡口,遥看蔚蓝姚江,逶迤如带,环抱着河姆渡原始村落。它以母亲的情怀,滋养了勤劳先民之智慧,承载了史前遗存之绚烂,孕育了古老文明之厚重,芳泽百世,源远流长。

当真是美哉,凤凰栖于河姆渡,千古姚江竞风流。

余姚江简称姚江,又称舜江、舜水。发源于浙江省宁波市余姚市大岚镇夏家岭村东的米岗头东坡,姚江干流全长约一百零六千米,流域面积达两千两百四十平方千米。河姆渡遗址是中国南方新石器时代早期的遗址,位于距宁波市区约二十千米的余姚市河姆渡镇,总面积约四万平方米,叠压着四个文化层。该遗址第一次发现于浙江余姚市河姆渡镇,遂命名之。它是中国已发现的最早的新石器时期文化遗址之一。

月湖深处有沉香

　　四年前的秋天，因为一位住在宁波的弟弟荣升爸爸，所以我去了趟宁波，看望他们一家。漫步于月湖桥畔，神清气爽。月湖，湖如其名，整个湖的形状就像一枚弯弯的新月。也许，在情人们的眼里，这湖更像恋人微笑时弯弯的眼眸！

　　月湖之上心比天高，而此时，秋又在我心里。我在月湖上，我又不在月湖上。坐在古朴醇香的亭桥里，一份久远的雅韵醉了我的心扉。月湖在宁波闹市区的中心，没有洞庭湖湖那样烟波浩渺，她小巧玲珑。湖中央的半塘荷花，几许清丽，几许娇羞，在浅秋时节透露出一点儒雅，几分素洁，或许还有一笔诗意，一笔淡泊。清雅地开，无声地凋零，不争风华，永远那么矜持，那么朴素。魏明伦有《宁波月湖铭》曰："喧喧闹市之间，叠叠高楼之下。芳园留翠，保存静静一湖；曲径通幽，形若弯弯半月。"是的，在如此嘈杂、喧嚣的市中心，却静静地卧着一湖如月般清凉的净水，也委实是这座城市的奇妙和福源了。水是月湖的灵魂，月湖是宁波这座城市美丽的外套。绿水相望，亭台曲折，垂柳倒影，鱼鸟相戏，四周高楼围湖耸立,恰似一幅江南水乡的水墨写意,或又是在一幅古代仕女画上的婉约少女。

我走在月湖边,轻轻地,轻轻地把脚步放慢,因为,月湖水积攒了太多太多的历史。宋元以来,月湖是浙东学术中心,是文人墨客荟萃之地。唐代大诗人贺知章、北宋名臣王安石、南宋宰相史浩、南宋著名学者杨简、明末清初大史学家万斯同,这些风流人物,或隐居,或讲学,或为官,或著书,都在月湖留下了不可磨灭的印痕。你看,全祖望正在月湖畔写着优美的篇章《湖语》,记载月湖的千年文明。亭阁错落中,"明州邹鲁"的书卷,正缓缓在眼前铺开,月湖的水可能并不深,却映照着如此精深的历史画卷。

一湖水,犹如一本线装书,记录着月湖的历史。宋元祐年间,知州刘淑、刘珵先后疏浚月湖,"以积土广为洲,遍植松柳",月湖十洲从此形成。建炎以后,宋室南迁,月湖十洲成为四明故家大族的择居佳处,名人辈出,书香幽幽。月湖至今还保留着大方岳第、贺秘监祠、高丽使馆、银台第、水则碑亭等古迹,还有湖东的竹屿、月岛和菊花洲,湖中的花屿、竹洲、柳汀和芳草洲,倚着白鹤掠过的涟漪,这些景将一份素白渲染成了一种诗意,翩然入了月湖的画。古朴的东西都有它自己的味道,一亭一阁一竹屿,其实都在静静地诉说着它们自己的故事。月湖的很多美好就是这样,静悄悄地在城市的中心酝酿着自己的温情。

我抬头望着,低首看着。蓝天伴着绿水,绿水倒映着垂柳,点点水墨曲折婉转,凌波水韵依依缠绵,翰墨氤氲,寥寥几笔就润了我一份安然的心情。突然,远处传来一阵水声,让我从沉思中回过神来。循声望去,原来是一只水鸭在水面独自嬉戏,翅膀噗嗤噗嗤地打破了那一方本是协调且颇为宁静的湖面。是的,这湖似乎也太过安静了！

越过一段水上走廊，走廊两边芦苇丛生。绕过一处略带古风的阁楼，阁楼依傍着一片绿意融融的小树林，走在林间小道上，阁楼转角处的湖面上居然又有一个方亭子，有些柳暗花明又一村的感觉。

于是我欣然地跑过去，环顾小亭，亭间的留客可不止我一人。回头看看钓鱼的大叔，他也和其他垂钓者一样沉默。也许，还是那句"怕得鱼惊不应人"吧。钩起，钩落，全凭着一颗淡然的心！

在钢筋水泥的空间里，在狂躁喧哗的城市里，有了月湖，便有了宁静，有了平和，有了情趣，有了清心的生存境界。一下子，宁波仿佛也因这闹市中心的一湖水而变得温柔和可爱起来了。此时，我居然看到了一只不太会飞，飞得歪歪斜斜的雏鸟，有趣极了！岁月深处有沉香，这一片寂静的月湖，多少年年岁岁在潺潺的流水中闪着光，依然保持着本色。今天与月湖相依，总想透过她的澄明闲听初秋的呢喃，若能感悟生命的冷暖，也是这一季的静怡了。

我们是生活在尘世里的人，穿行在钢筋水泥的森林中，难免有时感到沉重逼仄，心境纷繁杂乱。现在，我看着眼前清凌凌的湖水，满眼都是美丽的碎影——碧绿的树木，古雅的小楼亭阁。清风吹开了每个人眼中的诗意，读着湖的清芬，看着湖的情态，心绪慢慢融入了那汪湖水，让这月湖水把宁静装进心中。

月湖位于宁波市老城区的西南隅，古称"西湖"。开凿于唐贞观年间，宋元祐年间建成月湖十洲。

宁静中灿烂的三隐潭

　　七年前的一个夏天，我还在做老师，在一个宁静、舒畅却没有风的暑假周末，我一个人乘车去了奉化溪口。大隐隐于市，每个到过宁波奉化溪口的人，心中都能描摹出一本民国史记孤本；小隐隐于林，奉化溪口雪窦山林间的三隐潭，才是我真正拥有的记忆。我一个人穿越溪口民国风光，只为了寻找三隐潭的风情。三隐潭的一个"隐"字，尽是低调随和，缘是其与世隔绝、浑然天成的秀丽，天然屏蔽了一切牵肠挂肚的俗务。

　　在三隐潭，溪流是最好的向导。跟随着它的脚步，你可以惬意地游走于草木丛林之中，也可以饱览群峰竞秀、怪石叠抱之美。

　　顺崖上至潭底，履石阶两百多级，如步天梯。轰鸣声愈加响亮，我四处寻觅，至龙王庙正前，才见一挂瀑布从四十多米高的峰顶穿过半月形的桥洞奔流直下——这便是上隐潭瀑布。一泓泉水倾泻而下，水质清澈，瀑布两壁巨石矗立，飞珠溅玉，"隆隆"声犹如雷鸣。飞溅出的晶莹水珠，是那样的圆润，静静地汇集到一个只有十多平方米的坑里。等坑盛满以后，才缓慢地向外溢出，形成一条细细的小溪，静静地向前流去。陡壁深壑上青苔斑驳，沟坎边金松、黄连木伫立，蓬勃的植被圈成一个日光泻口，造就了微笑的彩虹。山间花儿盛开，空气中隐隐弥漫着花香。这些岩石大都在一亿年前的火山喷发中形成，造型奇特。瀑布循着陡峭如削、滑似平镜的悬崖而落，将到尽头时，因岩石阻挡，瀑布折成几个皱褶，使原本白练般长驱直下的瀑布增添了灵动和飘逸，犹如一条小白龙潜入潭中。我俯身走在潭上的石桥，从高处循崖倾泻的瀑布迸出的水花满脸都是，极为畅快。

当地人称瀑布入水处为龙潭或祈雨潭，龙潭与横亘的涧水相融后流向远方。上隐潭瀑布出口的旁边便是龙王庙。过去，每逢夏秋之际，天上久未降雨，当地陷入天旱地裂、人畜无水的困境时，百姓们就到三隐潭来拜龙王、求雨。当地人流传，有一年缺雨季节，龙王真的"显灵"过。望着披着神秘色彩的上隐潭，我不由得想起宋时诗人楼钥《隐潭》一诗里"中有卧龙君勿狎，有时平地起风雷"的诗句，对瀑布产生了敬畏之心。

离开上隐潭，顺涧水而下，整个峡谷水有曲直，风有急缓，情意其间。我沿着围栏、堤坝、岩石侧壁，下行一段路，几次回旋，到达了中隐潭。铺条石顺山势而下，搭木桥穿涧水而过，筑栈道依悬崖而行，行路十分方便。行走在碧绿如翡翠的山谷中，那或淡或浓的绿色中间杂着一簇簇五彩缤纷的野花，彩蝶翩跹，野蜂飞舞，小鸟鸣唱，给人以无限的野趣。涧谷之中，清澈的溪水始终长流。水是大自然明净的眼睛，它照出青山的倒影，映着游人的笑意。峡谷开阔时它平缓，峡谷狭隘时它湍急，高处跌落时它哗哗欢欣，平地流淌时它细细轻吟。涧水两岸高峰耸立，巨石成群，交叉相叠，异趣纷呈，有的如虎跃龙腾，有的如万马奔腾，有的如雄鹰展翅，有的如荷花初放，给人以无限的遐思。

从上隐潭下行约五百米，有八角飞翘的寒玉亭，为观赏中隐潭的最佳之处。"山头出飞瀑，落落鸣寒玉。再落至山腰，三落至山足。欲引煮春山，僧房架劈竹。"这首《三层瀑》是北宋著名诗人梅尧臣赏景时所写，亭名也得于梅先生的诗句。只见从层层叠叠、明明暗暗的岩石中飞溅出几股瀑布，瞬间又合而为一，呈条幅状倾泻而下，飞流拍石，声震山谷，水珠飞溅，如雨如雾，四处弥漫，瀑布落潭后激起千朵浪花。若是晴天，在阳光的照射下，瀑布下方会呈现出一道彩虹，瀑布、彩虹互相辉映，美轮美奂。远远望去，好似一条雄健的蛟龙披着五色霞光，昂首腾飞，凌空而去。据载，形成于一亿多年前的中隐潭，低洼部分曾为湖泊，若仔细寻找，还能发掘出蕨类和鱼类的化石。我出神地望着气势磅礴的中隐潭飞瀑，任凭飞珠溅玉湿润了我的衣裳。

中隐潭的色彩和意境极尽幽静平和，一个莞尔便拍下了这清澈妩媚的好时光，烦恼早已随水花飞溅。山泉绕石而行，盘旋迂回，最后一鼓作气喷出崖口，在东边形成飘逸的飞瀑，山风吹起水花四向飞溅，叫人分不清是雾还是雨，诗情画意亲现眼前。继续前行，路面上散落着不少花瓣，更增添了一些幽静的意境。最后瀑布流下，汇集成一池碧水。

在一路啧啧称奇中，我继续沿着蜿蜒崎岖的山道下行约五百米，见有一巨石宽九至十二米，高二十至二十四米，形似竹笋，人称"石笋峰"，又名"美人岩"。下隐潭就在这笋峰下面。一踏上迂回曲折的长廊，就能听见下隐潭传来响亮的瀑布声，那长廊好像长得没有尽头，让人不觉心生焦急。出长廊，飞一般的穿过鹅卵石路，到了，终于见到了下隐潭！但见"石笋峰"底部三面中空，覆于碧潭之上,形成天然岩洞,洞底下是圆形碧潭,在笋峰与青山两者底部的交界处,一挂瀑布顺着壁岩缺口从容不迫地斜流而下,大有君临天下之威仪,如果众多瀑布乃白龙所化,那么它当属龙王无疑。奇妙的是,在岩洞上方另有一飞流轰然而下,以十五至三十度斜角倾泻而下,被岩洞截断后,幻化成点点滴滴的水珠垂直飞落,在阳光下形成一道绚丽的彩虹,形成了美丽的水帘洞,古人称之为"水帘龙宫"。是啊,说不定当万籁俱寂时,龙王会挑开水帘,进入洞中休息呢。"雪窦名山擅东南,不到三潭不见奇。我与林泉盟在夙,功成退隐莫迟迟。"这是青年蒋介石见到三隐潭时作的一首绝句。

近处、远处的群山云烟聚散起伏,或浓或淡,或静或动,倏忽变幻。山坳处云雾浓些,山坡处稍淡些;近处云深些,远处淡些;山亦如此,近处青些,远处淡些,直至与混沌的天合为一色。哪是山,哪是云,哪是雾,哪是天,谁分得清呢?或许这就是独游的妙处,可以忘乎所以,忘我物外。

三隐潭其实不止三条瀑布,还有许多其他知名或不知名的瀑和潭。走着走着,听潺潺水声,不经意间,就有瀑和潭闯入眼帘。瀑布或大或小,或高或低,或凌空直下,或贴壁而下,或随岩曲折腾挪。潭也因瀑而生,因水而聚。此处林密谷幽,峡长路陡,但空气清净,一路走来,我的心肺彻底被清洗了一番。

我在三隐潭斜对面的停车场乘坐景区交通车前往雪窦寺。我想去雪窦寺体悟一下禅意。晋时,雪窦寺建在千丈岩瀑布口,称瀑布院,唐时才移到今址,为弥勒化身布袋和尚的道场。寺前有两棵千年杏树,诉说着古寺的悠久。寺后有两棵楠木,为张学良将军囚中手植,至今尤茂,见证了张学良将军的囚禁生活。2008年,世上最高的坐姿铜像露天弥勒大佛开光,雪窦寺作为弥勒的道场,把以

"和乐"精神为中心的弥勒文化传递给世人。弥勒大肚能容的和乐精神,似乎净化了每一个来这里的朝圣者。弥勒大佛金光万丈,弥勒佛的化身——布袋和尚的传奇在这悠悠天地间诉说着人世的苍茫和美丽,穿过千年雪窦寺的悠悠钟声,一如既往地演绎着古老的传承。

水原本是定义不了情义的,在色彩层次多变的三隐潭,在布袋和尚的禅意下,水却清清爽爽地呈现着不同的情义。站在飞瀑之下,峡谷里充满了绿色植被,掩盖了峡谷的冷峻和奇险,我突然凝神于远远近近的一棵棵树前。细看之下,生长于这幽谷深处的树没有特别挺拔的,大多是细高个子,像女子纤纤的腰肢,它们或盘根斜出于岩隙,或悬挂于绝壁,或交叉于山谷,或屹立于峰巅,在幽险中,一树一木,一枝一叶,无不透出一种"奇秀"。一些在长廊旁和游道边的树,靠着被藤蔓缠绕和拉扯,才维持着直立。确实,有些风景,叫人不愿张扬,只想独藏。

在离别雪窦山、离别三隐潭时,我不禁停住脚,频频回望。三隐潭瀑布时时不同,月月风流,晴雨有别。转而想到人生也应如此,青山绿水美景终究会远去,虽难免困难和曲折,却可以保持积极、乐观、平和的心态,宛如三隐潭的一泓碧水,在宁静中绚烂。

三隐潭在宁波市奉化区雪窦山的南麓,雪窦寺之西北。源自商量岗的隐潭之水经北面不远的东岙村,从三个崖口腾跃而出,折成三个瀑布,全长约一千六百米。从上到下分别叫作:上隐潭、中隐潭、下隐潭。上隐潭以幽险见长,中隐潭以清秀取胜,下隐潭则奇秀双绝。

聆听宁海森林温泉的光阴

在凡尘世间久了,就想去清静的地方释放一下。我们几个同学在1月的一个周末,开车驶出城市,走过乡村,直奔大山深处的宁海温泉度假村。宁海温泉是中国三大著名温泉之一,森林温泉之泉水取自天明山深处,无色无味,水质清澈透明,水温约为四十九摄氏度,pH值为7.9,呈弱碱性,富含氟、钾、钠、镁等多种对人体有益的矿物质和微量元素,具有美容养颜、镇静催眠、消炎止痛、减肥等功效,堪称"长三角一绝"。

汽车一路七转八弯地颠簸着,沿着弯弯曲曲的山道,车窗外闪过的尽是苍松翠柏的好风景,即使已是冬日,却仍葱郁满山。下了车,山中特有的清冷扑面而来,风烟俱净,耳边传来的是潺潺的流水声。昏昏欲睡的身体在这恍若世外桃源的碧山秀水中瞬间醒来。走进这翡翠般的山谷,大家眼睛一亮、精神一振,觉得这儿的山分外葱绿,树分外茂盛,水分外清亮,空气分外清新,真是绿的山、绿的水、绿的路、绿的风,连空气都好像是绿的。这便是宁海森林温泉。温泉,宁海当地人很早就已发现。烧炭的山民在这一带山岙中砍柴烧炭时发现,从地下冒出的热水可以洗澡、热饭,所以就称之为"热水塘"。1963年,国画大师潘天寿先生回到故乡,到温泉沐浴后,他欣然拿起一支普通的羊毫笔,画了一幅兰花图,又随口念出一首诗,并用毛笔题写在纸上:"踪迹十年未有闲,喜今便得故乡还,温泉新水宜清浴,爱看秋花艳满山。"这些都被刻在了石碑上。

我们一行人一晃就走到了温泉景区的入口处,这里有三根高大的原木。双木是"林",三木就是"森",告诉我们温泉在森林的深处。上方有中央美术学院院长潘公凯先生题写的"宁海森林温泉"六个大字。下方是革命老前辈江华同志题写的宁海温泉碑记。我们站在温泉风景区的导航图前,一个同伴惊讶地叫了起来,"哇!像条龙嘛!"我们凑过去一看,委实令人称奇,头在里,尾在外,龙爪在山谷间,惟妙惟肖。因为像龙,宁海森林温泉又叫卧龙谷,整个景区叫作卧龙谷景区,全长约三千米,像一条青龙,躺卧在这翡翠般的山谷里。山谷中有两处温泉。一处是"南苑"温泉,另一处是"楠溪"温泉(现改名为天明山温泉)。楠溪温泉的规模比南苑温泉大得多。

循着湿润、狭长的木板路上山,没过多久,便看到郭沫若先生亲笔题写的牌匾"天明山南溪温泉"。继续往上走,便能看到一个个的露天的汤池依山而建,乔木巧石掩映间,形状大小各异的池子错落有致地分布着,好似散落的碧珠。池子里的人不算多。温泉,我走近了,用眼睛来欣赏,用心灵来感受,用身体来体验。每个露天的汤池都有别具一格的名字,在这儿洗澡可不用肥皂,"温泉水滑洗凝脂",胜过杨贵妃的华清池,入水污垢即除。因为露天温泉池处于山坳,又有树木遮挡,所以即便是冬日也少有冷风。将身体完全浸润于温暖的池中，看着近处的青山，缭绕的白雾。当天色渐渐暗下来，汤池棚上的红灯笼会一一亮起，看着一盏盏大红灯笼渐次亮起，带来迷离的别样韵味，恍惚间生出一种身处山水画中的错觉。当天开放了大大小小的汤池共十三个，有咖啡浴、幸福泉（艾叶）、中药池（芦荟、苦参、黄连等）、祈祷泉（苏湮玛酒）、百花池（各种花瓣）、鸡血藤池、乌龙池（乌龙茶）、清福泉、恩爱浴（薄荷）、洪福泉（青瓜）等，还有一个令我和同伴舍不得离开的"纯温泉汤池"。

一个个汤池，各种名称的中药袋泡在各个池中，各有不同功效，池边木牌都有温馨的介绍。一般情况下，池内水温在三十八摄氏度左右。池与池之间都由木质平台和木质栈道连接，我也不厌其烦，一个接一个池地泡。在半山腰泡温泉的感觉，真如做仙女一般，可以不思不虑，一片宁和。站在高处随意远眺，夕阳为满山的翠绿披上了一层金黄，闪闪发光。

绕过露天温泉区，往更高处去，便是坐落于山海之间的木屋别墅群。大大小小，共有十七栋。其中"红妆"是最大的一栋，其名大概是源于宁海的文化遗产"十里红妆"，布置亦是古色古香。到了此处，我先将身体浸在温暖如春的泉水里，感觉自己仿佛融化在如纱如缕的雾气中。暮霭的暖红透在玻璃墙内，透过轻薄的雾，两边的山色便成了一个个模糊的轮廓，我们仿佛就在云里、雾里航行。遥望大自然的美景，聆听鸟儿的歌唱，与青山绿水为伴，感受温泉水的轻抚，实在是太妙了。其实，我们每个人都渴望一片心灵的栖息地，那里优雅、高贵、宁静，渗透着最原始的气息，满目苍翠，可以听鸟儿呢喃、溪流吟唱，仿佛自己与曾经归隐山林的梦想在现实中不期而遇，是久违的悠然自得。

每一个毛孔亦在暖流的拥抱中舒展开来，旅途的辛劳和一季的疲倦渐渐褪去,除了主题多样的露天温泉,度假区还有室内温泉,主要包含一个超大的戏水池和一个鱼疗池。戏水池和游泳池类似,最大的区别当然在于这里的水是来自一百五十八米以下地层的温泉水。水池里,众多大人、小孩拿着水球、游泳圈嬉闹,欢声一片,与静谧的露天温泉区仿若两个世界。

池中还有一整排的按摩椅,它们受欢迎程度极高。而鱼疗池,顾名思义,其打的是如今最风靡的温泉鱼的牌,成千上万的小鱼在池里游动,把脚放入池中,会觉得非常痒,据说这些土耳其小鱼能够啄食人体的老化皮质和毛孔排泄物,帮助人体吸收水中多种矿物质,有美肤洁体的功效。

披衣穿鞋,第二天清晨,文友陪着我和同学一起走过天明山南溪温泉大酒店,进入了卧龙谷的腹地。一条溪流从映天池潺潺流淌下来,一览无余。两岸绿荫覆盖,我们在树丛中穿行,聆听淙淙的流水,走上一条斜坡,视野豁然开阔,双眼顿时一亮,眼前是一片碧波荡漾的湖水,称为"映天池"。啊!真是绿得透明、绿得深沉,把两岸的青山绿树、蓝天白云全倒映到湖水里来了。远处雾气缭绕,湖内碧波荡漾,两岸青山的倒影在水里,美得让人窒息,实有"行到水穷处,坐看云起时"之感。文友告诉我们,映天池的右方,便是锦绣谷的入口处了,我们看到有几个行人去那寻幽探胜去了。

沿着卧龙谷前行百来米,就能看到右边有一座单孔石桥,名叫普渡桥。一看它古朴的造型、零散的石块和桥缝里长出的草木就知道它上了年纪,年代一定很久远。走过这座石桥时,我小心翼翼,怕惊动它休息。

过了桥,向右上行,便进入仙人谷了。那可是神仙居住的地方。看来,凡人要和仙人相约了,我们几个不禁开起玩笑来,真可以体验一番电影《阿凡达》里面的绿野仙踪。走在绿树间,从山谷向九天飞升的云雾缠绕在树间,到处充满着仙气。当地的文友陪同我们一边走一边倒出许多关于温泉形成的传说。传说太上老君的炼丹炉打翻了,仙丹和炉火倒在溪水里变成了温泉,可以治病救人。另一个传说是西天的如来佛祖让弥勒菩萨提了一葫芦仙水,到人间普度众生。弥勒菩萨心宽体胖,一路不慌不忙,看见这好山好水,竟呼呼大睡起来了。树林中的小猴子不知这大肚子和尚腰间的葫芦里藏着什么宝贝,偷偷解下来一看,竟然是水,就全洒在溪水里了,结果成了疗救众生的仙泉。更传奇的故事是东海龙王有个三太子,长得最英俊,心肠也最好。它受不了龙宫的寂寞,从象山港游上了岸,从此隐居在这里,为老百姓治病……听着这些传说,行走在仙气弥漫的山道上,感觉自己也成了仙子。虽然是传说,但听文友讲,宁海森林温泉的药理作用是有科学依据的,它的确能对人体起到很好的保健、医疗、康复作用,这是不用怀疑的。

　　沿着卧龙谷,我们仿佛已经从"龙尾"走到"龙头"了。站在这山脚下,我感觉前面已是"山重水复疑无路"了,谁知道"柳暗花明又一村",仍然是别有洞天。文友带着我们走进的这个山谷有一个极富诗意的名字,叫作"闻莺谷"。溪边有三株两人合抱的大古树。溪涧岩壁似刀削斧劈一般陡峭光滑。岩壁中有一前一后、一大一小两个清潭。泉水终年清澈不枯,从上潭白练一般泻落,跌入下潭。上潭叫酒潭,下潭叫鸣凤潭。

　　沿着小石桥,满山遍野的苍翠中,一条条山涧潺潺流下,好不诗情画意。远处连绵的山、潺潺的流水,沉淀了一切喧嚣。一切也都沉寂下来,不惊扰调皮的野兔和活泼的松鼠,也不在意鸟儿的欢闹……

　　此行，听一水一山，浸此温此泉，听鸟语闻花香，润此心此境，甚好。

　　宁海森林温泉俗称天明山南溪温泉，坐落在宁海县城西北约二十千米的国家级森林公园境内，被天台山和四明山环抱，风景绝佳，有卧龙谷、锦绣谷、闻莺谷、仙人谷等景地，如同"世外桃源"。温泉常年水温约为四十九摄氏度，是中国三大著名温泉之一。

叁

温州

长相忆

南麂岛的幸福味道

2015 年的 5 月,天气时雨时晴,不冷不热,由于多年以来我对南麂岛的向往,所以决定在五一长假时去这个小岛上看看。我们车行至鳌江港码头,中午时分,太阳在云层中时隐时现,风力预报为东北风二至三级,一艘快艇载着包括我在内的一百余位游客向浩瀚的大海飞奔而去。由于风小,浪也不大,海面显得平静,船也不会有多大的颠簸,船头冲开碧蓝的海水,在船舷两边扬起雪白的浪花。海岸线越来越远了,渐渐地模糊了,后来只剩下一条线,最后连线也不见了,只见茫茫的大海,碧蓝的海水上,偶尔几只海鸥掠过,远处的渔船在风浪中撒网作业,巨大的运输船也时而从身边经过……

船上的服务员是南麂岛的居民,讲起一石一子滔滔不绝。大约一小时后,只听汽笛长鸣,不知谁喊了一声:"南麂岛到了!"南麂岛,外形似麂,头朝西北,尾向东南,因形状酷似奔麂而得名。南麂岛,光是这个岛的名字就很美,尤其是一个"麂"字,如此的生僻,却又极尽中国文字象形之美。它静静地躺在大海深处的一个角落,守着那一片还没有被污染过的蓝天碧海,守着那一份没有被典故依附的想象意境。南麂岛在浙江平阳鳌江外三十海里,处在碧波荡漾的海面上,远离大陆,从高处俯瞰就像一只奔跑的麂鹿,在平面地图上则像是一个斜体的"王"字。向西望去,一览无余的就是大沙岙。那是一片金黄色的,弯弯的,像长虹一样的沙滩。在阳光的照射下,闪闪发光,格外耀眼。大沙岙是全国有名的贝壳沙质海滨大浴场,海滩长八百米,宽六百米,金黄色的沙连着蓝蓝的海水。

近了近了,离沙滩近了,我长吸一口气,一股湿润的、咸咸的气息迎面扑来。时至涨潮,海水煞是疯狂,它咆哮着冲来,翻腾的浪花卷起细沙,向岸上涌来。看着这壮观的景象,我迫不及待地脱下鞋,赤脚踩在柔软、温暖的沙滩上,向大海走去。这儿的沙是天然形成的贝壳沙,是贝壳在经历了风吹、日晒、雨淋、浪打后被渐渐磨碎形成的,所以走在上面格外舒服。在阳光的映照下,金黄色的沙滩和起起伏伏的碧绿海水显得层次更加分明了。空气中有一股淡淡的海腥味,听着阵阵波涛声,看着前赴后继的海浪拍打着沙滩,眺望大海远处水天一色的壮观景象,心情豁然开朗。我张开双臂,尽情地拥抱大自然,拥抱这份特殊的礼物。我站在海水里,海浪一阵阵涌来,打湿了我的衣裤,海风将我耳边的碎发吹起。我望着天与海相融的地方,只觉得这大海给了我无限遐想、无限力量,忍不住大喊出来,心中畅爽无比、无限开阔。海水一遍遍冲刷着沙子,抹平了沙滩,于是,我带着快乐,带着幸福,带着畅快,扔下烦恼,满载而归,沙滩上留下了一串串我的脚印……

我在海边徜徉,看着不少人拎着红色的塑料桶,低着头,盯着海面,不时地弯腰,好像在捕捉什么。一打听,原来他们在抓海中的小螃蟹。看到桶里蛋黄一般大小的螃蟹,我禁不住好奇地问:

"怎么抓呀?""涨潮的时候,它们就被海浪冲到了浅滩上,潮水开始退时,就能抓到。"我注意到,这些小螃蟹的壳是淡淡的褐色,肚皮雪白,四肢末端有浅浅的鹅黄色,十分有趣。

看着海浪穿过脚背,淹没小腿,直冲膝盖,我稳稳地踩着脚下的贝壳细沙,弯下腰去品尝海水的味道,海水从指缝流出,海浪也在一瞬间退却。我在水里用手摸,用脚踩,我期望着把绽放的浪花抓起,把指间的时光留住,把脚下的沙石变成一颗颗宝石,成为永远的记忆。

远处的小舢板在海中随意漂泊,海浪轻轻地拍打着小舟,小舟在浪尖晃荡,又稳稳地落下。站在沙滩上,我能看到浪花拍打礁石,能看到远处的孤岛,能看到一条海蓝的地平线连接着海和天,水是蓝绿色的,天是海蓝色的,云是洁白的。

远处的碧海仙山,在层层薄雾笼罩下,朦朦胧胧的,显得既神秘又恬静。海风拂过,没有一丝咸腥味,只有缕缕的清凉,舒畅无比。这里有湛蓝的大海、洁白的沙滩以及涌动着的海浪。风轻轻掠过海面,带起了点点涟漪,像是鱼鳞,又像是小女孩不时晃动小脚丫带起的水波。打开手,迎着海风,感受着这安静惬意的一刻。入目之处,沙滩开阔,海鸟飞翔,海浪拍打着礁石,温柔得像是女郎轻抚着自己的恋人。或近或远的岩石、岛屿,形态迥异,有的形似俯卧的猛犸象,有些像是两肩耸立的怪人。沿着海岸一路西行,看着不远处的暗礁、岩石和匍匐在脚边的贝壳,踩着松软的细沙,我迎着小山拾级而上。我走过一块块岩石,捋过一寸寸纤草,感觉到了生命跳动的气息。它们在向我呼啸着生命的美好。风还是很轻很轻地拂着,时光却在飞逝。

吞口当中,有一座小岛,其形状极像老虎,本岛人称它为虎屿。

虎屿很小，没有人居住，但树木葱郁，人们说，虎屿是大沙岙的守护神。在我看来虎屿倒没有咄咄逼人的凶悍威猛之势，反有几分可爱。据说它日夜不倦而警觉地守卫这大沙滩，证明着大沙岙从不曾发生鲨鱼伤人、泳者溺水的千古佳话，怎不可亲可爱？不过，大沙岙海滨浴场从不曾有鲨鱼伤人、游客溺水之类悲剧发生的原因绝不真是虎屿的庇佑，必有大自然的隐秘规则维系着，只是人类尚未发现这谜底。

站在一旁的导游说："要看海，还有一个比这儿更好的地方，叫三盘尾。"一路上，一边是蔚蓝的大海，一边是绿色的大山，还有那漫山遍野的大风车，一片片巨型、高大的乳白色风叶在强劲的海风吹动下，翻飞舞动，让人的心情愈发舒畅了。站在三盘尾的海边，广袤的大海是那样的湛蓝辽阔，周围星星点点的小岛撒落在白茫茫的海面上，簇拥在大海的波涛中。看见海浪从远处一波波地袭来，猛烈地拍打着脚底下巨大的礁石，清澈的浪花在瞬间崩裂、退却，又周而复始地重来，又好像没有一朵浪花是重复的，百看不厌。近海边，那些经历千年打磨的礁石活像一只只形神兼备的猴子，正在毕恭毕敬地朝拜。悬崖边两岩相叠，仅留一点的飞来巨石，看起来摇摇欲坠，实则岿然不动。试剑石、望夫石等数不胜数的奇岩异石都是海水、海浪、海风的作品，鬼斧神工。翻越战地坑道遗迹，我踏入了一个天然大草坪，这草坪足有千余平方米，清一色的结缕草把这乳状大山丘充实得丰满挺拔。这里无树木、无坑洼、无乱石，满坡的天然草丛仿佛人工修剪过似的，无声、柔软、碧绿，而且四季长青，没有枯荣盛衰，真是人间少有的奇异现象。坐在柔软无比的大草坪上，我一边凝望湛蓝的大海和碧波中的大小岛屿，一边享受着徐徐海风的爱抚，不时又见海鸥在头顶飞翔，在海面上盘旋，渐渐飞向远方，变成了移动的小小黑点，最后消失在海天一色中。

傍晚，我沐浴着轻柔的海风，从半山腰缓缓走下山坡，天空中一片蔚蓝，如烟的白云丝丝缕缕，在空中飘动，是那么自由、闲逸，我想，当初艰苦训练的官兵们正是因为这优美的景色才色放松下来的吧！远处，无一丝云彩，碧蓝的天空连着蔚蓝的大海，分不出哪是天，哪是海。真是天水一色，天水相依啊！远处那斑斓的霞光中，几只海鸥鸣叫着，拍打着翅膀，披着云霞越飞越远，嘹亮的叫声久久回荡着，海鸥洁白的身子也被染得绚丽无比，恍如空中忽然飞出一团红云，它们渐渐远去的身影，给人留下无限遐想……那一夜，耳边依然是呼呼的海风，吹拂着我的心。哗哗的涛声犹如协奏曲，我就在海涛声中入睡，在涛声中醒来。

第二天，我从梦中醒来，大概是清晨五点，拿着相机，去看日出。莫道君行早，更有早行人。沙滩上有几个渔妇在捡贝壳。一轮红日从东方升起。晨曦初露，周围黑云的颜色慢慢变淡，我的心中升腾起一股万物生长靠太阳的感觉。我的身心沐浴在阳光雨露下，接受海风洗礼，倾听海浪吼声，置身大自然，人与自然和谐共处，体验一种前所未有的感觉。

过了一会儿，我们来到了半山腰。放眼望去，东方，水天相接的地方，像一层快被舔破的窗户纸，深的、浓的、厚的黛色在缓缓地褪、缓缓地消、缓缓地融，变成了灰色、浅灰、银灰色——似乎极不情愿而又无可奈何，最后，干脆就现出一片银亮亮的白。

天，放亮了。黑白混淆的一幕结束了！那云一点点地变红，就这样，太阳温柔地、慢吞吞地出来了，先把浓烈的爱投向生养它的大海，然后随着海面的光路狂奔而来。它仿佛有不可战胜的力量，冲破云层，从滚滚红尘之中脱颖而出！此刻，它睁开了眼睛，微笑着,对着我们表示欢迎,对着滚滚红尘挥手,好像在说:"我来啦!"那时,暖暖的,幸福就这么简单。于是我们举起手中的手机把这凯旋的英雄记入了相册。"咔嚓!""咔嚓!"这是对这位天神出生时的热烈掌声!此时我才发现,身旁和身后有一张张和我一样灿烂的脸,正在与大自然展开心灵的对话。此时的朝霞格外迷人,南麂山潜隐在蓝色的山影里。

又是阳光灿烂。我们出发去"美龄宫"。出了山庄,沿公路走几步,向右爬几级台阶即到,苍郁的树木中遮掩着一座名曰"栖凤居"的碉堡式三间平房,花岗岩墙体,钢筋水泥结构(岛上十分罕见),中堂客厅,两侧卧室,后两厢一为卫生间,一为厨房间,室内空无一物。大门口右墙上钉有小牌子,说是建于1954年,前面还有一个台湾相思园,园里的每一棵相思树都设立有认树牌,上面有种树人的姓名、住址和离开、返回台湾的时间等基本信息。我们游玩后的6月份,又有来自台湾屏东的四十位台胞回南麂岛探亲。

同是南麂人,两岸一家亲。当年离开南麂岛的居民现主要集中在台湾省屏东县、高雄市、基隆市。在屏东县还有个南麂新村。想来在南麂岛上设立台湾相思园就是希望台胞常回家看看。我站在山庄前面,五月的阳光很暖和,像少女温情的手一样抚过每个人的发梢,阳光下的南麂岛与远处的岛屿浑然一体。阳光给人们温暖,给人以希望。但愿我们的生活充满阳光。整一整行囊,你要相信看见太阳是种幸福,看见月亮是种幸福,看见下雪、刮风、飘雨亦是一种幸福。

那天,岛上的白云不多也不少,错落有致地悬浮在空中。此时,海鸥翩飞,水天一线,一切如云,一切如烟。你会陡然发现这千丝万缕的联系,陡然发现心灵已经回归安静。我想就这么永远在海边坐着，听着、看着，成为大海中的一滴水，海岛上的一块石。

南麂岛别名海山，古代又写作"南己山"，位于浙江省平阳县鳌江口外三十海里的东海海面上。南麂岛周围多岛礁，最高点海拔约二百二十九米。岛上居民两千人左右。

"百岛一望"在洞头

　　"苍江几度变桑田，海外桃源别有天。云满碧山花满谷，此间小住亦神仙。"这是清代诗人王步霄笔下的洞头。洞头位于浙江温州瓯江口外三十九海里的岛屿上，素以"岛奇、礁美、滩佳、洞幽、鱼丰、鸟多"而著称。去年10月，一辆大客车载着我们近二十位网络作家一路沿着斜坡，转了好几个弯，来到第一站——"百海一望"门楼前。望海楼是洞头历史文化的窗口。望海楼位于洞头本岛的最高处，海拔二百二十七米。我们经过海桥，下车拾阶而上远望，只见望海楼坐北朝南，楼色暗红，青瓦彩檐，层层木雕，吊角而起。

　　一位当地的文学前辈对我们如数家珍："望海楼距今已有一千五百多年历史，系南朝宋文学家颜延之筹资兴建。"我们听了肃然起敬。望海楼于2003年重修，由重建江西滕王阁的陈星文主持、设计，2007年6月正式落成，并对外开放。楼的一侧有名人书法碑林。右前是一个凉亭，曰泓澄亭。一看题词署名是"平凹"，平添了几分亲切。这天风和日丽，可仰望五层高楼。入亭门，还有楼梯。一楼是帆锚相依厅，正面是大型贝雕"帆锚相依"，大海一览无余，余光中先生在此题写了"洞天福地，从此开头"，令人幸福感油然而生。二楼为渔船模型厅，陈列着从古代到现代的渔船模型。在这里，我们身临其境地了解了海洋捕捞作业方式。三楼为渔区生活风俗厅，神鱼灯、渔灯、贝壳灯等在我们眼前闪耀着，仿佛那些久远的民间故事重现，还有鳗鱼鲞、菱子饭、猫耳朵等令人馋涎欲滴的特色小吃。四楼为非遗奇葩厅，以实物、模型、动漫、幻影成像等多种方式，展现了两个国家级非物质文化遗产名录项目和十二个省级非物质文化遗产名录项目，真是琳琅满目，蔚为大观。五楼为观景厅，楼顶悬一大钟，用手一拍"嗡嗡"有声。登楼远望，百岛洞头全貌尽收眼底，远眺浩瀚东海，视野开阔。独特的山海异胜，秀丽画卷，令人心旷神怡。海涛日光相映，远处小岛如星罗棋布，洞头诸岛历历在目，南边是洞头渔港、半屏山，东边是新老城区，西面是七座跨海大桥，北面是大海与岛屿，可见七桥连接的八个岛。因为天气好，我还能隐约看到灵霓长堤。竖匾"望海楼"系书法大师启功先生的墨宝。五楼横匾"晋唐远韵"是赵朴初先生用书法对世人讲述望海楼的悠远历史，足以令人生敬。三楼横匾"海日天风"是沙孟海先生书法，是凝山海之精华的力量。洞头望海楼气势轩昂，雄踞山巅；登楼则心旷入云，隐隐却静，王者风范弥漫……不愧是"气吞吴越三千里，名贯东南第一楼"啊！到处弥漫着仙气，这使我们多了一份强烈的惦念！于是我写下一首短诗：

洞头海边
有一座承载洞头海激情岁月的楼
犹如一首雄浑、激越、苍凉、悲壮的交响曲
在回荡、不息

风中有渔家女粗大的辫子

随着海的光芒一起摆动

跟随金色的桅影一同破浪远征

去挽起一个用赤心烧红的中国结

回首再看望海楼，写满了沉稳与大气，傲立在洞头。

我们的第二站是半屏山。游艇载着我们，劈波斩浪，一路颠簸前行。海浪拍打着船体，时不时把溅起的浪花送到脸上、身上。空气中弥漫着淡淡的咸味，并不时夹带着人们惊喜的叫喊声。当半屏山跳进视野的那一刻，迎风屏、赤象屏、孔雀屏、鼓浪屏等依次展现在我们的面前，那拔地而起，那伟岸矫健，那鬼斧神工，那逶迤不断……恰似真而非幻，亦如画而犹胜。碧波荡漾中的人间仙山，顷刻之间就把我们给看呆了。这时不少人情不自禁地掏出手机、相机，"咔嚓""咔嚓"声响个不停。当地有民谣："半屏山，半屏山，一半在大陆，一半在台湾。"此洞头半屏，就是所谓的大陆半屏山了。在台湾岛西南海边左营附近，也有一座面向台湾海峡的半屏山。两地都还流传着有关半屏山的民间传说，虽然传说不一，但优美的传说都与现实如此吻合，印证了两地同宗同源、血脉相连的铁的事实，隐喻着善良的人们盼望两岸早日统一的美好期盼。远处一片苍茫，我们能望到台湾的半屏山吗？

在遥望半屏山的思绪中，我们一行人又到了仙叠岩。刚一到，就见一块突起的巨石，上镌当地名家林剑丹所书"仙叠岩"三个红色擘窠大字，煞是吸引眼球，我们纷纷在此合影留念。向前走几步，便是"灵龟听经"处。只见一巨崖之上，刻有钱君匋先生所书的"灵龟听经"，秀逸灵动。在它前面的空地上，俯卧着一只活灵活现的"灵龟",看它虔诚的样子,不知听进了多少,悟出了多少！陪伴我们的文学前辈问我们："洞头为什么叫洞头呢？"我们齐齐地看着他,他对我们说了一个故事。相传早年有一个从福建流徙来的先人,在海上遇了风浪,避进这个岩洞,恍惚之中走到了洞的深处,却发现这是东海龙宫的所在地,龙王遣使款待他。离开龙宫后,他为了纪念,便将这避难与奇遇之所起名为洞头,并定居下来。正如传说所言,洞头本岛的居民多是从福建迁徙而来,说闽南方言,延续着闽南的民俗文化,如敬妈祖、拜七星娘娘、迎火鼎、走马灯等。不过在相距不远的三盘岛,岛民多从温州乐清迁徙而来,讲的是温州话,不仅方言不同,各类习俗也相差很多,虽然现在一座大桥连通后,开车仅需几分钟即可到达,但是两个岛屿上却是截然不同的两个天地。

时至今日,这里依然水回浪激、回声如炮、溅花喷雾、有声有色,但当年舟船颠簸,人们为求生而与海搏斗时,恐怕是顾不上欣赏这海上风光的。世世代代的洞头人,尽管一直在祈祷一帆风顺,却极少过上风平浪静的日子。面对这惊心动魄的惊涛骇浪,安之若素、从容镇定,这是洞头人的性格。

远处的山与海可谓珠联璧合。海披着蓝衣,波涛汹涌,一下又一下地冲击着小岛,溅起一波又一波浪花；山穿着夏衣,形容不出颜色,因为在那绿衣上绣满了各色的花朵。赤裸双脚,站在海水中,感觉到沙子的细腻,海水轻柔地涌动,此刻我的心已经全然交给了大海,我愿是一粒沙、一滴水、一次上涌的潮,随波逐流。阳光将我的影子拉长,交给海水,交给沙。

第二天早上,我们来到"洞头先锋女子民兵连",这个连队是民兵预备役部队建设中一面高扬的旗帜。我们怀着朝圣的心情去参观了"先锋女子民兵连"展览馆。该连于 1960 年组建,1962 年起同中国人民解放军驻岛部队实行军民联防,坚持同学习、同训练、同备战、同劳动,团结一致,结下了鱼水之情,涌现出汪月霞等一大批先进人物。浙江省人民政府和浙江省军区于 1965 年 12 月给该连记集体一等功,于 1978 年 9 月授予该连"洞头先锋女子民兵连"称号。1979 年 9 月,中华全国妇女联合会授予该连"三八红旗先进集体"称号。以该连为原型,拍有电影《红霞》,讴歌了先锋女子连的历史功绩。展览馆分上下两楼,在上二楼时,正对楼梯的雪白墙壁上,书有中华人民共和国原国防部部长迟浩田"昔日巾帼风采,今朝战旗更红"的留言。展览馆陈列着"先锋女子民兵连"生活、学习、战斗和建设时留下的宝贵物品,还有许许多多珍贵的首长题词。从该览馆里,我们也可看到洞头县在中华人民共和国成立后,特别是改革开放以来翻天覆地的变化。我们和民兵们一起出操训练,仅仅一个站姿就得训练很久,军人的威严不仅在神情上,更是发自内心的尊严,一种内心守护的神圣!

我畅然写下一首诗:

让民兵击水的回声
在大海余热的胸膛里沉吟、呼啸
一个撒播信仰的名字——洞头先锋女子民兵连
一扇门的辽阔和一道英雄碑的尊严
依旧鼓动着血脉
让民族永世沸腾

海风扑面而来! 头发迎风飞舞,浪花翻涌,动荡起伏,海浪一阵阵涌来。痴痴地看着浪花翻滚，我似乎来到了空灵的蓝色海世界……海边似乎响起曹孟德的慷慨高歌：日月之行，若出其中。星汉灿烂，若出其里……

洞头海域是浙江省温州市的市辖区，地处浙南沿海，瓯江口外，由一百多个岛屿和二百多座岛礁组成。海域内有一座望海楼，位于洞头本岛海拔二百二十七米的烟墩山，是洞头旅游标志性建筑。望海楼始建于 434 年，距今已有一千五百多年的历史，原址位于青岙山，被誉为"气吞吴越三千里，名贯东南第一楼"，2012 年 11 月，望海楼加入中国名楼协会。

山水诗情楠溪江

　　5 月的一个双休日，一辆商务车载着我们表兄弟姐妹五个人的遐思和渴望驶向智山仁水的楠溪江。楠溪江是孕育诗人谢灵运的地方，位于浙江省温州市永嘉县境内，东与雁荡山风景区毗邻。悠悠秀水没有受到任何的工业污染，河流蜿蜒曲折，两岸林木葱郁，远山近岭融进了烟树、江滩、山村、古庙，风光旖旎怡人。楠溪江逶迤曲折，有三十六湾、七十二滩之称，溪流自北往南，末处注入瓯江，最终流归东海，被誉为"天下第一江"。

　　"到了，这就是楠溪江。"二表哥说道。这是二表哥长大的地方。我打开车门，因一路颠簸产生晕车感被眼前了无纤尘、洁净无瑕的流水一扫而光。楠溪江不苍茫，不狂放，以另一种形态流过我们的视野，像一支蓝色的旋律，以至它流过谁的眼睛都会让那双眼睛清澈、明亮。我静静地站着，好像看到了南朝时候的谢灵运，碧水溅湿了这位永嘉太守的木屐，漫过他书房里的纸笺，流出了最早的山水诗，似乎楠溪江注定要和诗走到了一起。

　　山开始延绵起来，慢慢地，我们走过小桥，天空显得高远了，这里空气新鲜了。在一片绿油油的稻田尽头,在远山轮廓的环绕之中,苍坡村进入我们的视线。迎面而立的溪门是村寨的主入口。溪门为木质结构,类似牌坊,门上挂着的牌匾写着"苍坡溪门"四个大字,遒劲有力。门前的七级台阶象征着七品官帽。门两侧连着两米高的石头围墙,墙里面就是村子。门前有一片开阔的土地,全用石头铺就。因南方阴雨潮湿的气候和久远的历史,溪门和石墙呈现深黛色,显得古朴而凝重。踏上七级台阶,越过溪门,便进入了这个过去曾与外界相对隔绝的村落,这个李氏家族繁衍生息了十个世纪的地方。

苍坡村最早建于宋代,约公元955年。现存的建筑是1178年所建。据说李氏家族为躲避战乱,从福建长溪迁来,村名沿用始祖名号——苍墩,因避宋光宗赵惇讳,故改为苍坡。刚站住脚,表哥就故弄玄虚地让我们找所谓的笔、墨、纸、砚,众人愕然,他得意地一笑,然后指向村子西面"W"形的山,说:"那是笔架山。村里修了一条笔直的街为笔,街侧凿双池为砚,砚池边笔街旁置大条石为墨,然后以村为纸,因此它的布局有'文房四宝'之称。"听后我不免觉得这种构思过于荒唐,但细细品味还真有另一番味道。

此时一位山民晃晃悠悠地挑着一担水从我们身边擦肩而过,好似桶里一半都是音乐。鲜活的楠溪江难得有一方静水,这方静水里,依然有文化的奔涌,流出是哲思、是智慧、是诗眼。就这样,这水流呀流,不知不觉地就流进村民的生活中去了。从村后再折回村东,一个古稀老人慢悠悠地在井边打水,据说这口井的水来自附近八百米的高峰——苍山尖。想必这是一口好井,井里汩汩水声不断,我想干脆就叫琵琶井吧,大珠小珠落玉盘,这样的无籁之声就这样随意地被安放在了楠溪和村庄之间……

后来，我们乘着竹筏来到了楠溪江畔，这里已经变成了另外一个世界。在这里，平凡的石头也斑斓多彩，寻常的草叶也飘逸多姿，这里的水波更是如梦如幻，那些超乎人们想象的画面，常常是阳光和水的杰作。此时的楠溪江有着乡村少女一样的野性，一样的奔放。它永远没有静息，没有犹豫徘徊，只有奔流和冲击，让每一滴水花在奔波中显现它的韧性、力度、质感；让每一束激流在飞腾中折射出阳光、月光、云霓。于是，一路上就有了多姿多彩的瀑布悦了我们的耳目，有的如长河倒悬，有的如云待飞，有的如雪浪层叠。一条瀑布就是一处自由行走的水，是长出翅膀的水，是水的华章，它洋洋洒洒的弧线从天际飘落，它永无停止地舞蹈，抽拉着四季的色彩，在空间留下美丽的造型。这若隐若现的岩石，想来是水的音阶吧，每一个音阶都可以从这儿拾取不同的回声。

水，远看是蓝，近看还是蓝。水在石的边缘，我用眸光追寻那有着精灵的千年水域。我们的竹筏靠了岸，岸边的景扑朔迷离了起来，犹如世外桃源。"那就是石桅岩。"二表哥大手一指，"此岩有'浙南天柱'之誉。"我仰望，惊呆了。石桅岩的山多么的奇，奇得宛如破土而出的春笋；石多么的神，神得像展翅欲飞的雄鹰直冲云霄；岩多么的怪，怪得像一朵盛开的莲花。在这里我才知道，什么叫奇峰罗列，形态万千。

此时，云雾如潮，淹没群山，唯石桅岩峰顶在云雾之上，如航船上的桅杆。阳光洒下，雄伟的石桅岩倒映在碧水中，牧童赶着黄牛，哼着小曲，对岸下岙村上空炊烟袅袅，满目诗情画意。石桅岩三面环溪，陡坡松枝展翠，藤萝障翳，时有顽皮的群猴出没。石桅岩下有一深潭，潭两岸是黝黑如铁的悬崖，我们乘竹筏溯流而西，眼看到了绝境，倏然间，舟筏一弯，柳暗花明又一村，沿溪而上，溪流似绿宝石镶嵌的腰带,时宽,时窄,时缓,时急。山上植被郁郁葱葱,像是滔滔不绝的浪花一层高过一层,一层比一层茂密,江两岸半山腰上不知名的野花欢欣地张开了眼,远处疾驰飞奔的瀑布水流从两岸百丈的岩石中直泻而下,形成无数的细细水珠,在阳光的照耀下,像烟,像雾,又像风。

五月的楠溪江展露着一种温馨,大部分河段水不深,坐在竹筏上可以清楚地看到水底五彩斑斓、妩媚可人的鹅卵石和嬉戏的小鱼儿。筏工将手中的竹篙轻松地插入河床,双腿弯曲用力一撑,竹筏便悠悠地向前荡去。穿越了整个水域,水流随山势而下,有触石成潭,晃着云影的;有挂涧成瀑,独下危岩的……我不禁掬起一捧楠溪江的秀水,凉津津、甜丝丝;水从指间流出,滑溜溜、银闪闪,那灵动的水痕恍若是一闪而逝的回眸。坐在竹筏上,定定地看江面竹筏的游移,看长篙划走的涟漪,听江面和岸上的故事。远山在一片薄雾中清新婉约,有恰如乡间文人的儒雅散淡。

此时,一种漂泊的思绪突然荡漾其间。我试着去敞开胸怀迎接这风月无边的情节,不想别的城市、别的空间,工作的困惑,生活的疑难,只是眼前一湾溪流足矣。一只伶俐的翠鸟衔着芦苇叶,轻灵地停在江边枝上翘首,好似在守望一颗石,守望一段江,守望一个不知谜底的情节。恍惚间,我亦变成了江岸边的一粒石、一株树,我深藏不露的眸光走入了水里,我想依附于此,一生一世去呼吸,去畅饮!

表哥似乎看出我内心的波澜,他坐下来淡淡地和我们四人说起了自己的往事:他在十七岁时进了工厂,在一次修理机器时,不小心砸到了自己的脚趾,鲜血飞溅,为了能够正常开工,只是粗粗地包扎了一下,忍痛继续修理。十八岁时,原车间主任出了点事,厂长让他这个毛头小伙子当了车间主任，一开始谁也不服气，于是他就用实力证明了自己——把别人修不好的机器给修好了，同时用学到的知识发明新的产品，真心帮助工友，至今工友的墙壁上还留着他的几幅画。在1977年恢复高考时，厂长有意栽培他做接班人，可是他心里知道当年唯有读书才可以走出大山，才可以翱翔，于是每天悄悄地把复习的书放在抽屉里看，同事、领导来了，他就用肚子一顶把抽屉推回原位。在这样的"悄悄"中考上了大学，当时的永嘉县只有五位学子上榜。后来表哥又考上了研究生。工作伊始，表哥将一篇自己撰写并修改无数遍的调研文章拿给领导看，领导只说了一个"改"字，就是没说怎么改，一改，二改，三改……改了三个月，作为男子汉他都哭了，可是后来这篇调研文章获得全国比赛的一等奖。以往每次单位出差，都是几个人一间，别人在聊天打牌，表哥却躲在厕所里不是写文章就是看书。

周围的四个表兄弟姐妹，静静听着这位让我们一直仰望的才子表哥说的话，原来，"才子"称号的背后都如这楠溪江一样，坚韧有力，成倍地比别人多付出，才有今天的所成。表哥从没有壮阔豪迈之言却又时常有豪迈之为，如这楠溪江从容绕行在碧山绿林之间。"叶子，知道你很坚强，也很独立，也从不依靠我们家里人。但是你要渐渐学会从容面对任何困难和困惑，像这楠溪江的水一样。我们楠溪江的人从来都是向前的。"我若有所思地点点头，望着静静的楠溪江，不由得想起俄国作家肖洛霍夫的《静静的顿河》。眼前，这楠溪江是安静的、澄静的、纯净的，甚至是静谧的。竹筏安静，小舟安静，江水安静，静得荣辱不惊……

此时景随心变，更加清朗。竹筏再次靠了岸，不知不觉我们走到了滩林，我从没见过楠溪江这样多的滩林，如此密集地汇聚在一起，共赴初夏的约会。无风的水流冲刷着沿江的滩林，两岸的林木呈现出一种微妙的斜度，半浸在水中的滩林有着一种诉说不出的气势，直立的、斜倚的……风中幽幽摇摆的滩林幻成了一个不真实的影子。

在这浮幻的五月天里，我浅涉而入，水的沁凉浸透了我的灵魂，我触摸到这水域精灵的脉搏了。目光贴近滩林，看江水相依偎，有着江南的婉约，或飘逸，或淡泊，疏野自然。蒙蒙的雨丝适时地遮住了远滩，近处的林则显得有些迷离了。黝黑的枝干衬着滢碧的水流，简约地衬上一丛水草、三两戴笠的山民、一头勤劳的耕牛……多年站立的他们已手手相牵，相依相存，却依然可见各自挺拔的身躯。阳光穿过这片滩林，斑驳的倒影映在岸边的沙地上，风过，波光点点，轻舟掠过，隐然有声，此时的滩林已成了楠溪江那银亮的栅栏。悠悠的滩林中，在树与树的缝隙间流过的哗哗的溪水，似乎是倾诉心声的低语，过往的生趣，都在眼底婆娑、摇曳，唱一首浅唱浅吟的歌。

古人有语，择水而居。表哥把我们一行人带进了楠溪江畔的又一古村。散落在浙南楠溪江边的古村落历经千年而古貌犹存。第一站我们来到芙蓉村，它在温州永嘉县岩头镇，位于楠溪江中游西岸。宋太平兴国年间，始祖陈拱从瑞安长桥迁来定居，并逐步形成村落。因村西南有三崖摩天，宛若芙蓉，遂以芙蓉为村名。芙蓉村在南宋末年因抗击元兵，曾遭焚毁，元至正元年重建。现在的芙蓉村，仍然保存着六百多年前元代时期的大致模样。芙蓉村最出名的是村子的"七星八斗"格局，即村内道路交汇点有方形平台，是为"星"，村内水渠交汇点有方形的水池，是作"斗"，合在一起便是"七星八斗"，意在纳上天的星宿，以促后辈取功名、进仕途、光宗耀祖。另外，村子四周用卵石砌成的寨墙仍旧保护完好，使整个村庄像一座独立的小城堡。

行走在芙蓉村中，只觉古意盎然，庄严的陈氏宗祠厅堂中挂满了祖宗的画像，将军屋的檐下则是儿童嬉戏的地方，司马大宅第处处流露出昔日的奢华，而芙蓉书院透出浓浓的书卷气。芙蓉书院是古代的村办学校。从历史来看，芙蓉古村尊师重教，由来已久。在古代产生过十八位进士，本身就是一件值得自豪的事儿。况且当时条件艰苦，信息闭塞，却为国家培养出这么多优秀的人才，值得敬佩。书院是一座民居式建筑，以天井采光。唯一的一间教室里，桌凳齐全。教室两边贴有教育界鼻祖——孔子的名言，句句在理。旁边有一片竹林，绿荫蔽日，凉爽宜人。侧室是先生的办公室兼居室，简朴得体。

接着我们在一个榨油坊边驻足。一根大木头中心被挖空，放入菜籽，再打入木桩，慢慢挤压出油。旁边的大石碾，推一下真是费力呀。这种古老的榨油方法操作起来非常辛苦，但是能榨出油来食用，却是一件了不起的发明创造。它体现了古代劳动人民的聪明才智以及自力更生和艰苦奋斗的精神，利用自己的双手解决吃油的大问题。吃着用这样的油烧出来的菜，味道好极啦。

第二天，我们驱车赶往距永嘉县城九十多千米的潘山自然村。汽车沿着山路绕了一圈又一圈，行驶了约两个小时，突然在一个拐弯之后，眼前豁然开朗，我们抵达了潘山村。这是一种奇妙的感觉，像进了一张明亮的水彩画。山间虽然下着雨，但天空在一片灰色中透出微微淡蓝，大团白雾缭绕在山间，仿佛人已爬到了云端。绿色的梯田层层叠叠，错落有致，像一个个精致的月牙笼在村庄周围。几十间黑瓦木质的房屋聚集在一起，掩映在绿树翠竹之中。

我们的车无法驶入进村的一段小路，只能停在梯田边，小黄花点缀道路两旁，泥土的芬芳扑鼻而来。一行人穿过层层梯田，经过第一栋房屋的时候，院落里有几位村民正在吃饭，看到外来客，投来好奇的眼光。"这里不太有外人来。"表哥说，长期居住于此的村民仍然过着纯粹的农耕生活，日出而作、日落而息，肩挑手提脚走，与大自然相依相伴。房屋院落中有石磨、石臼、米桶、织布机和农耕用具，在袅袅炊烟中恍若世外桃源。

我们的到来，似乎惊扰了这乡间的宁静。潘山村共有四十多户人家，见不到一栋水泥砖房。房屋均由石块和木头组成，依山势而建，高低错落。鹅卵石村道曲折相连，矮墙短篱高低呼应。村委会主任张高铃说，村里有十三栋木结构老屋，都有近百年历史。除了百年老屋，潘山村还有很多古树。行走在村道上，随处可见成片绿树。山间有一棵古树很是奇特，整棵树高大挺拔，树干却只有薄薄的一片。

"这是一棵六七百年的红豆杉，还顽强地活着呢。"表哥对我们说。"哇，小松鼠！"我抬头，突然看到一双清澈的眼睛正滴溜溜地看着我。据说这些可爱调皮的小家伙是村民家中的座上宾，村民们早已见怪不怪。潘山村地处楠溪江源头，一道清流从山间流出，阡陌间也时常冒出一股股清泉，从脚边穿过，甘洌纯净。这里被大自然的绿色覆盖，安详宁静，只闻风声、水声、鸟鸣及轻微人语。经过苍坡村、芙蓉村，我更觉得这里如一块璞玉。表哥对我们说，楠溪江的古村落不是一座两座，据说楠溪江上中游两岸拥有三十三个古村落，几乎每个村庄都有寨门、寨墙、水系，街巷井然有序，居民、宗祠、书院、台榭等各类建筑错落有致。这种形成体系的古村落群体,在全国更是独一无二的。

　　其实,我觉得是楠溪江把"魂魄"注入了这些古老江村,又隐入了婉转的清流,让我们在轻淡无形中热爱闲适自然、平和挚诚。再见了,那些如珍珠般散落在楠溪江两岸的村落;再见了,谢灵运诗意中的永嘉山水。我真的愿偏安于楠溪江的一隅,滋养灵魂,沉淀美好。

　　楠溪江位于浙江省温州市北部的永嘉县境内,南距温州市区约二十六千米,东与雁荡山毗邻,西接缙云县仙都。楠溪江是国家4A级旅游区、世界地质公园。

瀑布中的君子大龙湫

十年前的江南七月，夏风悠悠，我去了温州的雁荡山。雁荡山属于括苍山脉，景区分散，我迫不及待地先去了心心念念又最负盛名的大龙湫。一路上，车窗外，远远的前方，层峦叠嶂，阴雨天气，时云时雨，山间水气充沛，其间缭绕着时浓时淡的云雾，偶尔露出的山顶在林木蒙蒙中细腻了、清晰了。层层峰峦时而呈现在我面前，我浸润其间。车辆在前行，云雾在移动，山峦在跳跃，我饱览灵动的泼墨山水画，进入了如诗如画的仙界。

山旁野草碧绿，两边有小树林，树叶滋长，又肥又嫩。杨梅树、柑橘树、马尾松枝叶苍翠。两旁悬崖峭壁上，不时会有一些不知名的小野花，有白色的、有黄色的、红色的，显得生意盎然。山路一侧是淙淙而来的龙湫水，清澈见底，有温柔的山风和扑鼻的花香伴随着，走起来还算轻松、愉快。奇特的石峰沐浴着清晨的阳光，千万里的阳光倾洒下来，跌跌撞撞地扑个满怀。来往的人们怡然自若，平和安详。山下有竹林，平阔的稻田和星星点点的农家小屋，与近处清晰独立而茂盛的夏天的树构成了一幅清新的风景画。

　　我依着流水潺潺的锦溪向前走。一峰剪成景无数，"移步换景"的剪刀峰是邂逅大龙湫的重头戏。远远看去，两块山岩中间有一条裂隙，看起来像一把剪枝用的剪刀，因此被称为"剪刀峰"。剪刀峰会随着观赏的角度的不同呈现出不同的姿态。在售票亭外看剪刀峰，像鳄鱼，随着脚步的前行，会发现岩石的形象开始变得像少女，像啄木鸟，像狗熊。

　　走着走着，我来到剪刀峰下，转过山谷一瞧，啊！这回既没有狂怒的白龙，也没有散碎的珠帘。大龙湫在一片修长茂盛的松杉林后面，斜斜的晨光为深色的树干镀上了金红的光斑，像一幅版画。穿过这神秘的版画，却见大龙湫不肥不瘦，从嶂顶飘泻下来，悠悠忽忽、晃晃荡荡，化为缕缕烟雾。她飘飘摇摇往下坠，时而像乳白色的绉纱，时而又变为淡青色的烟雾，透过一块块雪白的棉团，却又立即飘散开来……那么轻盈，那么柔和，那么娇媚而婀娜。她简直失去了水的质感，倒像是袅袅的青烟颠倒了过来，千变万化，不可捉摸，可又一气呵成，柔媚中带有刚劲。

　　瀑布像是一斛碎珠，散散落落，望不到底。一汪翡翠的清潭在脚下，湛蓝、翠绿的色彩似大自然界无心调和出的一般，古老而梦幻。离瀑布近了，湿漉漉的风扑面而来，在这炎热的夏日里带来一阵阵彻骨的凉意。再看眼下的水潭是最妙的，那粼粼的青玉盘上，下坠的瀑布是那么的不真切，完全是缥缈的雾，从那么高的崖顶滑落下来，却是这样温柔地融入水中，没发出一点声响。潭面还有瀑布的影子呢，也是洁白而轻柔的，缥缈的，朦胧的，如从那玉案上升腾而起的细烟。

　　连云嶂左右舒展，一帆峰遥遥挺立，初次相见的大龙湫给我的印象是潇洒、素淡。

　　我站在观瀑亭的旧址俯瞰潭水，简直是透明无色的，只在较深的地方，才泛出一层淡淡的绿色来。越近潭心，绿色越浓，凝成了宝蓝色。瀑布悠悠晃晃地飘落至潭心，化为幽咽动听的低唱。忽然一阵风过，瀑布的下半截高高飘起，碎成粒粒玉珠，向四方喷洒，在阳光照射下，幻出道道彩虹，炫人眼目。站久了，觉得空气里有那么一层蒙蒙的水汽，沾湿了我的衣襟。于是我又想到，相传大阿罗汉诺讵那曾在这里观瀑，有"雁荡经行去漠漠，龙湫宴坐雨蒙蒙"之句。

　　中午时分雷雨狂作，下了近两个小时的大雨，溪水暴涨，我们一行人在农家小院里都能听见山谷内轰雷似的水吼声。有人想下午再去看看水流充足的大龙湫的姿态，于是导游带了我们想去的人转过剪刀峰，拐过一块巨岩，劈面就是一阵狂风，有一种铿锵嘹亮的响声，天上之水自一百九十七米高的连云嶂崖顶上飞流直下，轰鸣声不绝于耳，我们为之惊骇。

　　瀑布从半空中猛扑下来，直捣潭心，水声轰轰，激荡起阵阵狂风，喷迸出如雹的急雨，封锁了整个山谷，使我们没法再往里走，此时的大龙湫就像一个在阵地上守卫家园的持剑将军，那威猛、强悍、粗犷之势，真是震天撼地！我们似乎被瀑布豪放的气势感染，放声大笑，毫不介意雨水和水汽，一边嚷着冷，一边欢乐地录像。仰起头来，看见那迸出的一股雪白怒泉，滚滚泻下，飞溅在一块岩石上，水星粉碎四溅，匀如花瓣，又散为细碎银珠，抖抖擞擞，飘落而下。她隆隆地咆哮、喷涌，抖出一缕白烟，用万斛晶珠闪出一道银白色的狂颠。这声音近听嘹亮得像一支雄壮的军歌，远听深沉得像由巨大的喉咙喊出似的。

　　纷乱的银珠击在湫下乱石上，迸得更细碎、更纷乱，被风吹成半烟半水，此时，瀑身更显缥缈，如烟、如雾、如诗、如梦……水花落入瀑底深潭时，水面溅起白色长龙，化成了烟，化成了雾，化成了玉尘，又被一把把地往下抛散成银白色的珠屑。当这些银白色的珠屑将落入清潭时，又随风势汇成了白莲花。瀑布淡雅、飘逸、轻柔，如银带飞舞，身穿银白色长衫，饶有诗意，最终汇入清潭之中。

头顶上细雨霏霏，还以为又下雨了。细细地看，我才发觉是瀑布飞洒的水珠在微风下摇曳分合，随风飘洒所致。那溅起的水珠在半空中打着滚儿，勾出一条条细细的银白。薄薄的水雾笼罩着绿色的潭水，一片苍茫。潭水荡漾着生命的涟漪，细浪溢过嫩绿的潭，抚摸着礁石，历经岁月的洗礼，堆积成斑斓跳跃的色彩。我不忍惊扰潭面的那份绿，只静静地悦纳，又静静地作别这悠悠的绿。

大龙湫有雄伟粗壮的一面，有潇洒素淡的一面，也有清廉多姿的一面。瀑布有本心，水也有本性，只有自己用眼观察，用心体会，才能感受得到的。

我懒懒地依靠着一棵树出神，在诗一样的白雾中追逐着大龙湫书生的飘逸衣袖。想起明朝汤显祖的"坐看清华水，长飞白玉烟。洞箫吹不去，风雨落前川"才觉自己的渺小了。峭壁两边的山峦把那汪潭水揽入怀里，轻轻地呵护着。

踩着石路步入谷底，一阵清凉袭来，仿佛穿越了一个季节。山路边的溪水清澈见底，时光在这里默默地流淌，我们不知不觉地又在大龙湫博大的胸襟里转了一圈。此时一束斜阳从山谷那边射来，在连云嶂上勾画出一道弯弯的彩虹，给充满了生气的大龙湫增添了新的风姿。瀑布有多种，粗犷的、气势的、激昂的，唯独雁荡山的大龙湫瀑布是多情的、文雅的、真实的、壮观的！我觉得他是瀑布中的君子，是儒雅的真性情君子！

　　有人说，生命是一趟旅程，大龙湫能让我静下心。我只愿醉在大龙湫的那山、那石、那水、那夕阳间。再三仰视大龙湫，久久不愿离去。

　　雁荡大龙湫瀑布为浙江省雁荡山胜景，位于雁荡山中部偏西。附近景点还有能仁寺、筋竹涧等。大龙湫瀑布落差为一百九十余米。

有一种升华叫文成百丈漈

　　今年，在炎热的 7 月大暑节气，我和家人开车沿着蜿蜒盘旋的山间公路行驶，沿途所见皆是奇峰竞秀，险嶂相衔，所经之处，无山不翠，无水不碧，时有晴雪般的细漈注入澄溪，锵然有声。这一切，既给人以亲切，又给人以愉悦。温州亲戚告诉我们，"漈"字，在闽浙一带，仅为"瀑"之意。《元史·琉求传》："漈者水趋下而不回也。"怎么这个字成了浙南、闽北的方言了呢？古音、古字的存留透露了什么样的历史信息呢？引颈而望，但见峰峦重叠，此起彼伏。我愈加对百丈漈有所期待了。

　　温州的亲戚告诉我们，和百丈漈相识相谈有两种方法，一种从下往上走，先走三漈、二漈、一漈，最后去通天岭；另一种从上往下走，先去通天岭，然后是一漈、二漈、三漈。第二种走法相对省力，但更为惊险。我们选择了第二种和它相识的方法。经过汽车四个多小时的颠簸，上午十点多，我们在文成天顶湖畔下了车。天顶秀湖犹如一面明镜，湖面开阔，碧波粼粼，群峰倒映，湖面上偶尔有几条小舟，俨然天上瑶池。站在山顶俯视，垂直的陡坡近乎两百米高,曲折石阶,两旁奇岩高耸。沿着路标,经过栈道,我们就来到了百丈一漈。来的路上天空下着雨,不想此时天公作美,云雾散开,天空顿时清朗了起来。

走近一漈,我们渐渐地听到湍急的水流撞击岩石发出的声响。百丈一漈坐落在一座山谷中,四周几乎都是高高的山峰,靠东面的一侧最为陡峭,如刀削斧劈一般,而且很高,人云"一漈百丈高,二漈百丈深,三漈百丈长",百丈一漈的赏心之处可能在一个"高"字。此时,一漈飞瀑展现在了我们的面前,不由让人感叹百丈漈真是名副其实啊!在崖下有一个潭,潭水清澈,沿着一条小溪向西流去。瀑布的水从崖顶滑落而下,在离开崖顶时,水流还连成一体,似一块丝绸,也似一块碧玉;落到半山腰时,它就飘散开来,如烟如雾;最后溅落在石头上、水面上,灿如梨花,洁如白雪。

从下往上看去,整个瀑布就如从崖顶垂下的一条白练,而此时天空中正有朵朵浓云飘过,崖顶上的水仿佛从云海中倾泻下来。浩荡奔腾的大水冲到这里突然狂奔而下,如同银河倒倾、万练飞空,原本晴朗的天空此时变得阴云密布起来!靠近瀑布时,根本听不到人声,流水撞击岩石产生的巨大风力几乎要把人吹倒,连呼吸都顿觉困难,晴天也如下雨,若无雨衣,衣服、头发都会被"雨"淋湿。腾空而起的水汽在阳光照耀下,幻成七彩霓虹,与碧潭相映,异常绚丽。

此时,站在瀑布前,翻江倒海、万马奔腾、马嘶刀鸣之类的词语已显得苍白无力。在这里,我觉得一股震撼的力量从心底涌起,直击云天,使人心潮澎湃,勇气倍增。天即是我,我即是天,已到达天人相融的境界。大自然是如此的慷慨,让人们体会美感的同时,给人以巨大的力量,震撼心灵。

终于感受到了"飞流直下三千尺"的惊心动魄——天地将大山拦腰斩断，再将"银河"悬在半空，犹如白龙从长空坠如碧潭。想来李白说"黄河之水天上来"，可能也是这样一番景象。亲戚告诉我们，若在丰水时节，一漈发出的声响如同惊雷，可传十里。真是惊涛倏落九重天，一条银练竖半穹呀。

离开百丈一漈，我们继续沿溪而行，向百丈二漈进发。沿溪而行，有些路段还是很危险的，其中有一处栈道，贴着峭壁拐了一个直角弯，在直角的上方，我们看见两侧峭壁夹住了一块汽车大小的石头，好像随时都会掉下来。

百丈二漈与百丈一漈相比，落差很小。二漈最好玩的是飞瀑后的水帘洞，如梦如幻。二漈瀑布垂直而下，人在水帘洞中需要快跑，因为瀑布扬起的水雾会让你眼前一片模糊，那阵势就像是在雨中奔跑。

景区的步道从洞内穿过，我们小心翼翼地穿过飞瀑，进入洞中，可以隔着水帘看外面朦胧的景色，夏天格外清凉。洞内雨雾袭人，需要撑伞而行。往外而望，瀑从眼前坠落，雷霆万钧，朦胧一片，别有一番风味。

瀑下则是当地百姓所说的阔可行舟、深达百丈的龙潭了。龙潭两侧，险嶂嶙峋，怪石峥嵘，佳木摇曳生风，苔藓绿意森森，相映成趣，构成了一幅绝妙的山水画。人们常说，山没有了水，便没有了灵气。因为山是伟岸的，水是温柔的，把山的刚毅和水的温柔结合到一起，那才是最叫人赏心悦目的。

我们沿潭边走到瀑布后面，离开了百丈二漈，继续向百丈三漈进发。

最下方的三漈没有前面两漈那么神奇壮观，水流宽阔但不激烈，显得有些腼腆。但见瀑布如纤尘不染的白色锦缎，在巨石的分割下，小坠如喷珠溅雪，大坠如银色的冰川，涌动而下。

就在这时，我似乎领略了这山的魅力：置身于经过大自然千万年雕琢的壮观中，看着这高的山、深的谷、奇的石，想着大自然的鬼斧神工和它将要发生的种种变化，经历种种刺激和冒险，感叹人生以及对命运的难以把握，有哪一个会不感叹自然的伟岸和人类的渺小呢？

离开百丈三漈后我们继续向前走。溪水流势平缓，不时可见一个个小石潭，潭水清澈，水中数条游鱼往来。这时是午后两点多，天气正热，我和家人便在一个小石潭旁边休息。我们在水中随意地走来走去，看着小鱼在脚旁、腿旁自由地游来游去。在水中站了一会，我们又走上岸来，让凉凉的脚掌踩在那些被太阳晒得滚热的凹凸不平的石板上，这一切真让人感到惬意。途中我们谈笑风生，入目的是奇石，盈耳的是溪声，交谈有挚友，相携有亲人。此时，我们就像水中的鱼一样，有一个清幽的环境，一个恬适的心情，一种身心俱有的快乐。

迎着山间清风，遥望飞瀑倾泻而下，在惊心动魄的余波中回味百丈漈——一漈的雄伟，二漈的奇妙，三漈的清幽。百丈漈把瀑布的力量与柔美糅合于一身，将一种虚无的缥缈和一种诗意之美糅合于一体。低首看着波光粼粼的潭水，如诗如画的七彩林侧映于清潭，千姿百态的巨石点缀幽谷，龙飞凤舞的流水延绵山间，静享一路新鲜空气。触目所及，到处充溢着诗眉画眼。我望着它们或羞羞答答，或温文尔雅，或不亢不卑，或落落大方的仪容……真是笑问客从何处来，亭中独语对伯温。

在文成，有一种融入是身心的释放，有一种骤然是在心灵的相遇，有一种跌落是灵魂的升华！

百丈漈瀑布位于刘基故里温州市文成县境内，以高峻雄壮冠绝华夏，距文成县城四千米。这条阶梯形的瀑布分为三漈，俗称一漈、二漈、三漈。三级瀑布高度合计约二百七十二米。漈的意思就是水涯或者海底深陷处。

如梦如幻的泰顺氡泉

去年元旦假期，我们一家人乘高铁去了温州，再由友人驱车载着我们去了泰顺。泰顺犹如一本线装书，一路上，公路两边的风景如书页般展开，宁静而不失情趣。星罗棋布的古村落、深藏于林的廊桥……翻开书，古韵遗风跃然纸上。我之前去过令我印象深刻的古廊桥、乌岩岭，但却没有去过著名的氡泉，心想此次来泰顺必定要泡一泡氡泉，了却自己的一个心愿。

泰顺恰似一幅山水画卷，氡泉水顺着大峡谷缓缓流淌，峡谷两侧有连绵的群山，这清秀的浙南风光无可比拟。所谓氡泉，是水流经地下几千米深处，经过多年的物化循环再从热溪泉眼喷涌而出的。除含有人体所需的微量元素——氡外，还含有其他多种微量元素，有着实实在在的保健功效。

泰顺氡泉温泉景区在半山怀抱之中，矗立于悬崖峭壁之上，坐落在大峡谷口。这里山溪蜿蜒，层峦叠嶂，峡谷深切，崖壁峻峭，百瀑汇川，自然景观婉约中见雄伟，朴野中藏珍奇。植被具有东南亚热带和亚热带常绿阔叶林交接地带的明显特色。南雁荡山、闽东太姥山、乌岩岭自然保护区、珊溪水库的百岛湖，像珍珠一样散落在周围，簇拥着一颗冉冉升起、璀璨夺目的氡泉明珠！

泰顺县雅阳镇氡泉景区内的大峡谷温泉度假村依山而建，坐落在大峡谷北坡，海拔约五百米，坐北朝南。这里空气清新，环境优美，堪称温州的"世外桃源"。这里有多个不同主题的汤池。我将身体浸泡在温泉水池内，泉水抚过皮肤，感觉真是美妙至极，此时，峡谷、小桥、瀑布、劲松、白雾也能尽收眼底。再点上一盅泰顺"地瓜炖红枣"，美美地吃上一口，听着度假村内孔雀的鸣叫声，想到明代徐霞客在《温泉》中写："一了相思愿，钱唤水多情。腾腾临浴日，蒸蒸热浪生。浑身爽如酥，怯病妙如神。不慕天池鸟，甘做温泉人。"是的，"甘做温泉人"道出了每位来此度假养生泡氡泉游客的心声。

值得一提的是，度假村的温泉区还开设了临崖的温泉池。在悬崖边上泡温泉，是不是很刺激？在悬崖边泡温泉，可以眯着眼睛，枕着"哗哗"的水流声，如鸟儿般栖息，不过我想还是得小心哦。

度假村里有一座刚刚改建完的欧式风格温泉池，可以一边泡温泉一边眺望远方山谷的风景，但我更喜欢分布在树林中的唐式风格温泉池。鹅卵石砌成的氡泉池内，水面上浮着一层薄薄的水雾，和晨间周围独有的雾气融合在一起，如梦似幻。在冬日寒风中，泡着热乎乎的泉水，别有一番滋味。听友人说，如果是飞雪连天的季节，泡在热气腾腾的氡泉水中，漫天雪花飘落，看山峦连绵不断和云卷云舒，如在仙境。

据友人介绍，这里的泉水不添加其他成分，是纯天然的氡泉水，来自地下几千米深处。氡泉浴疗源远流长，可以上溯到1468年。泰顺县诸史书记载，许多病人泡过"神水"后都恢复了健康。

据说氡是脂溶性气体,泡氡泉可调整神经功能,并有催眠、镇静和镇痛作用,对神经炎、关节炎有良好疗效。氡浴对人体内分泌腺功能也有良好的保护作用,能延缓早衰和恢复青春,故有人称之为"返老还童泉"。

下午,泡完氡泉后,我在温泉度假村内四处闲逛,全身暖洋洋的。漫步在山间小道上,听着鸟鸣,随性地穿过一条木质长廊,顺着台阶而上,来到一处观景台,远眺泰顺大峡谷,峡谷在迷雾中宛如一条长龙时隐时现,此时阳光从云雾中穿透而出,撒在山峦之上。美不胜收。顺着山势而下,沿着蜿蜒小路,一栋栋别墅深藏在山林之中,淡淡的雾气飘浮在别墅的屋檐之上,冬日的阳光透过树梢撒在通往别墅的山间小路上,耳边传来一声声鸟啼,走近一看,原来是度假村放养的孔雀在林中觅食。走进一栋双层别墅,里面有豪华套房、豪华单人房,而且每个房间都带有观景阳台,可以将山景、云景尽收眼底,坐享怡人景色。早晨观日,夜晚观星,实乃人生乐事。

有泉水必定有泉眼。夕阳西下时分,我沿着度假村的山间小路,往大峡谷谷底走,路两侧有十二生肖石雕。过了"天下名泉"牌坊,十分钟左右就下到了谷底,可以看到一条清澈的溪水沿着山谷缓缓地流动。温泉的泉眼就在溪水的中央位置,透过护栏,能看到石壁上写着"泉眼"两个大字。在景区里有好几家风格迥异的宾馆,但唯一不变的是处处氡泉潺潺,鸟鸣声声。

在冬日,不妨走进泰顺,一起翻开这本古朴线装书,浸泡在氡泉泉水之中,嬉戏于温暖泉水池内,漫步于红枫古道之上,享受这大自然的绿色饕餮大餐吧!

　　泰顺氡泉堪称温州四大王牌旅游景点之一,距温州市区一百多千米,位于浙、闽交界处,在国家级生态县泰顺县的雅阳镇境内。

肆

嘉兴　烟雨渡

似水年华乌镇河流

乌镇那一条条弯曲回绕的河，像一条条飘逸柔和的丝带，回环于乌镇的街巷，串联起乌镇的小桥窄巷。乌镇的河养育了乌镇这个江南古镇，赋予了她生命，让她娇媚动人。乌镇像一个东方女子腼腆地露出她的曼妙身姿，楚楚动人、含蓄优雅。别致清幽的小桥，桥下潋滟的碧波，岸上低垂的杨柳，那依水而立的白墙黛瓦，温婉恬淡的一切都是我记忆中的模样。

2016 年 6 月的一天，我和在人民日报社工作的老乡小朱再次来到乌镇。当我们再度跨过写有"乌镇"两个韵味十足的大字的门时，我有些恍惚了，这分明就是久别重逢呀。这河畔的古镇有着一千多年的悠久历史，不成规则、纵横交叉的河流，像一个人的经络，环绕在乌镇内外。这些河流，是这座小镇的灵魂，让人心旷神怡。

临水而建的民宅，均是外推窗。居民推出并支起窗棂，即可汲水食用。沿河而设的埠头边，村妇每日依水洗涤，洗去铅华、洗净尘埃。河，是民生依附；吱呀的乌篷船，在水面荡出一阵阵涟漪，或达此岸或至另地，河，是交通载荷。小桥、老树、白塔，无不在水中留下经久不变的疏影,像是水的衣服上的华丽的图案,映现着乌镇的从前和将来。河不宽,水不深,但清澈养眼,一缕缕凉快的水汽从足下升起,直至全身潮湿,令人浑身放松而舒坦。河里间或会有一群群小鱼结伴游过,花瓣飘落到水面成为游鱼争相戏逐的食饵,留下一圈圈涟漪和众多水泡,打破水面的平静。

顺水而视,众多三孔石桥间距不一地傲跨在河道上,河畔一座座深宅老院,氤氲浓郁的历史气息。依河而建的民居错落有致,高高的马头墙彰显着素雅或富贵,白的墙、黑的瓦,在黑白之间尽显不慌不忙的沧桑与淡定。置身这些老宅之中,我不由得心生幻觉,感觉自己真的站在了历史与现实交错的时空里。乌镇的河流,虽然没有杭州西湖的美轮美奂,没有钱塘江的大气豪情,但乌镇的河有着江南水乡的独特,是洗尽铅华后的静谧。即使乌镇河畔游人如织,但河流始终是安静的,她骨子里流淌着安静的气质。

乌镇河畔的建筑群已有多年历史,至今仍完好地保留着明清时代的建筑风格。一眼望去,是沟沟壑壑的石板路,黑瓦白墙的老屋,木栅门,纵横交错的水溪,姿态各异的石桥。全镇以河成街,桥街相连,依河筑屋,到处是深宅大院,重脊高檐,穿竹石栏,临河水阁,古色古香,水镇一体,一派古朴、明洁的幽静。江南典型的石板小路、古旧木屋,还有清清湖水的气息,代表着一种情致,一种淡定。沿着乌镇河,主要有两条街:一条街紧邻河塘,由两岸依水而建的古老民居和样式各异的水阁以及古镇展馆组成;另一条街是以清代翰林夏同善故居、茅盾故居,以及江南蓝印花布作坊、著名酒坊等景点组成,被当地人称为东栅。此外,在古镇东西交汇处,还有广场和寺庙等建筑。

我们决定先走东栅。相比西栅,东栅可参观的景点更多一些。

我们走街串巷时依然能见到住在景区内的当地居民。乌镇河畔是个有故事的地方。那一块块界碑，那已被踩踏得光滑凹陷的青石板，千百年来注视着来来往往的人，也见证着乌镇的荣辱兴衰。那每扇陈旧的门、每根梁、每面墙，都默默地讲述着乌镇的沧桑。那些外面看似很普通，而越往里越宽敞、越往里越奢华的宅院，让人感知江南官宦与富商们特有的低调奢华。精雕细刻的栋梁，细镂而神情毕现的砖雕，让人叹为观止，也让人生出无限的想象，想象着穿行在庭院之中，该是怎样一种繁华的景象。只是，现在这里已人去楼空，沧桑尽显，更无从寻觅主人的去向，只有这些霉味浓郁的老屋，依旧高傲地俯视着来来往往的人。青石板、窄弄堂、临水的石阶，似乎都在落寞地讲述着世事无常。

乌镇的河流像一幅画，一幅浓淡相宜、意境深远的风景画。在古老的手工染坊前，一根根竹竿高挑着整匹蓝色印花棉布从天而降，真是令我震撼。站在蓝印花布的前面，我心莫名地喜悦着，试着把它披在我的身上。人生总有些遇见让你无从解读，看似毫无来由，却让你莫名觉得那遇见是专属自己的，就像蓝色印花棉布。它的气息是如此的熟悉与亲切，似乎我们有着几世的情缘，莫不是读师范时美术老师带着我们制作的那块蓝印花布？那之后，我还让裁缝把那块布制作成一条窄裙。我穿着这样一袭蓝底白花的衣裙，在美丽江南小镇的河畔，感受着绵绵的舒暖。以后每次见到这块蓝色印花布，我便生出一种温暖的归属感。抬眼看那在高入云端的竹竿上飘飘荡荡的蓝底白花，像天空中一朵又一朵游走的云朵，恬淡而美好。

远远地就闻到了浓郁的酒香味，我不由得去寻访。原来是一家叫"三白酒"的作坊，古法酿造使醇正香气在空中弥漫。如果是善饮者，一定会迫不及待地舀来品尝。

踩着斑驳的日影，从石板路一直踏进了汇源当铺。天井里那一小块蓝天，高高的，挂在不可及的地方。院墙与柜台都很高。整栋屋子弥漫着陌生的气息，似乎在拒绝企图窥探的每个人。楼梯被无数双脚踏得吱吱响，穿梭着好奇的表情。乌镇河畔还有很多美食作坊，售卖各种美味，如传统的酱鸭、驰名中外的姑嫂饼等。

当我踢踏在悠长悠长的青石小巷时，深宅老院、画栋雕梁讲述着曾经的繁华、世事的沧桑，木门、锈锁、花窗见证着历史的斑驳、岁月的悠长。彷徨在悠长的小巷，我仿佛看到戴望舒笔下那撑着油纸伞的丁香一样结着愁怨的姑娘，还有那站在弄堂口，始终带有有淡淡隐忍的儒雅书生。

乌镇的河流像一本书，一本文化厚重、内涵丰富的史书。河畔古时多英才，今天更不乏俊杰。出生在乌镇最热闹的观前街的茅盾被誉为现代文学巨匠，其著作《子夜》是我国现代文学宝库中的不朽之作。如今，他的故居尚保存完好。

在茅盾故居旁的立志书院，是茅盾原先读书的地方，门额上挂着"茅盾童年读书处"的匾额。我突然想到乌镇另外两处胜景——南朝昭明书馆和宋朝陈与义的简斋读书阁。这三处景观让我对乌镇人产生了无限的敬意。一千多年间，三位读书人在此读书，在一个田野拥围、河道萦绕的小镇中，这该是怎样一种意义呢？一颗读书的种子就这样被乌镇人精心地呵护着，虔诚地培育着，悠悠地延承到今天。我们随着人流进入茅盾故居，昔日茅盾亲手植下的棕榈和天竹已郁郁葱葱。如今棕榈的枝干已与墙比肩，天竹也枝繁叶茂。"晴耕雨读"是我们这次游东栅最大的收获，我很喜欢其中的意境。人生际遇，或晴或雨；晴时耕作，雨时读书。一如孟老夫子的"穷则独善其身，达则兼济天下"，多么积极的人生态度。

除了茅盾，乌镇的历史上还出现过其他一些著名的人物，包括妇女运动先驱王会悟、章太炎夫人汤国梨、20世纪30年代新闻界的风云人物严独鹤、著名海外华人（画家、作家）木心等。他们有的土生土长于乌镇，有的寓居游学于乌镇，让乌镇的文化事业生机勃勃，绚丽多彩。地灵故有人杰，杰出的人才进而把乌镇的名气带到了全国，带到了世界。

再下来，我们又见到令人叹为观止的木雕馆，诱人遐思的百床馆，百工齐集的传统制作……心中唯有惊叹连连，仿佛神游于《清明上河图》，穿梭在这昔日的闹市间，流连在这些匠心独具的什物中。

人间是一场又一场的沧桑。我和小老乡坐在茶馆，看玫瑰在手中盛开，映着温暖的笑意与柔情。菊花茶的清香从另一头传来，彼端的快乐，此处的忧伤，一朵一朵，渐渐浸润柔软，如同渐渐丰盈的生命。朵朵扑面，温润，清淡，似是滤去了小镇千年的沧桑，慢慢舒展着本已卷曲的身姿，不觉沁人心脾。不过最令我欣喜的，还是茶馆内摆放的书籍。《乌镇志》《乌镇东西》讲述的都是乌镇的历史人文、自然风物和民俗风情。还有茅盾与木心的作品，分别代表着乌镇的过去和现在。《丰子恺乡土漫画》勾起了我的回忆。记得小时候，家里有两本丰子恺的画本，儿时的我还曾照猫画虎地临摹过。那时对丰子恺画风的印象是，所有的人脸都一片空白，五官尽失。虽然如此，却依旧能做到惟妙惟肖、形神兼备，甚是佩服。翻开扉页，是俞平伯的推荐。一片片落英，都含蓄着人间的情味。要知道这位文采斐然的红学大家，也来自江南水乡。

看着时间，本是路过这里，却仿佛着迷于那古朴老屋细碎的黛瓦,那河道里慢慢悠悠的小船,那水岸柳梢泛青的枝头上……岸边有洗衣的妇人,晒太阳的黄猫一动不动,木屋在水上浮摇,一座桥,又一座桥,似水一般的年华,流去了,再不回头。走在青青的石板路上,心如止水,细细地聆听两旁老屋反复低吟岁月的和声。

乌镇的河流像一首诗,一首柔情似水、清新隽永的诗。我和小老乡辗转走到了西栅。此时已华灯初上,这江南水乡最美的一隅,那么温润,如黄昏的一帘幽梦,又如晨光中一树摇曳的蔷薇……闭眼时聆听,水纹上有杨花飘落的声音。摇橹的吱呀声划破水面,睁开眼后,风以最后的温柔缓缓吹来,吹醒了一个季节。

我们坐上乌篷船时,东南风正拂过两岸,细细的翠浪翻滚。船娘架起橹梢,殷勤地问候着远方的客,说一些零落的过往。两个俊秀的女子在对面归坐,鬈发的冷俏,直发的亲切。桥,自然是这个江南水乡古镇不可或缺的要素。一座又一座形状各异的石桥,衔接着河道的两岸,过往非常方便。这些桥中最早的建于南宋,大多始建或重建于明清,有些桥还题有桥联,如通济桥的桥联是"寒树烟中,尽乌戍六朝旧地;夕阳帆外,是吴兴几点远山"。在乌镇的历史上,据说桥梁最多时有一百二十座,真正是"百步一桥",现存三十多座。"桥里桥"是乌镇河上最美的风景。通济桥和仁济桥成直角相邻,不管站在哪一座桥边,都可以看到一个桥洞里的另一座桥,故有"桥里桥"之称。也许是古人的无心插柳,造就了今天独特别致的景观。乌镇河的美,总能让人想起江南曾经的繁盛。江南的柔美与细腻,生命的天然与淡泊,在诗与画中,酣畅淋漓。阳光微斜,天也渐渐变得旷远,只剩云依旧,却也变了墨色。黑瓦白墙的硬挺,也要被暮色化开而模糊了。

江南水乡的傍晚,有了墨色,更加婉约、小巧。灯火照亮雪白的墙壁，映得水波粼粼，那些白天还略显沉闷与古板的建筑群落，在光影交错中，被赋予了生命与活力，想必这就是化腐朽为神奇的力量吧。小船悠悠，拖着涟漪，载着我们沿着逶迤的水道缓缓前行。我一边心不在焉地随声附和，一边张望着两岸的烛影摇红。云破月来花弄影，阵阵微风徐来，吹皱一池清水。我们恣意徜徉在亦真亦幻的良辰美景之中，乌镇这么近，又那么远。在临河的休闲吧里，不少同游密友或青涩小情侣对坐其中，点上一杯咖啡，看一本杂志，品味着窗外小桥流水的诗意，沉醉于远近撩人的迷离夜色，尽情享受属于自己的柔软时光。

西栅的暮色的确很美。小河两岸斑斓多姿，橘红色的灯笼挂在屋檐下或窗楣上，疏落有致，霓虹彩灯照射在古屋的白墙上显得艳丽缤纷。不少喜欢夜游的游人坐在乌篷船中，徜徉在流光溢彩的河中，饱览两岸的风情万种……这里是安静的、缓慢的，落岸的一刹，我们驻足回顾，有片刻的恍惚，仿佛油纸伞下青衣布鞋的伊人，正踏上故园。窄窄的街巷人流如织，是赶集的日子吗？那卖姑嫂饼的婆婆笑着招呼："来尝尝吧，很好吃的。"眯起的眼睛里有温和的精明，笑吟吟地望着每个路人。砌筑的条石，仿佛诉说着久远的记忆；斑驳的青苔，又隐隐透露着历史的忧伤。庭院深深，绿树荫翳，掩饰不住曾经的辉煌与精致。

夜深了，我们的乌镇河流之行也接近尾声。抬头望见河畔不远处的木心美术馆，旁边则是乌镇大剧院，这是两座现代感十足的建筑。我惊喜于这样的奇遇发生在其他水乡古镇已被现代化淹没的今天，乌镇竟能保持一贯的清纯和从容。

我想大概是古老的文明潜移默化地感染着古镇，但至关重要的原因可能是乌镇的河流孕育的乌镇人骨子里的那份宁静。那份不管世界多么繁杂,仍撼动不了的宁静,促使茅盾等乌镇人安静生活、潜心思考、勤耕苦读,以致其有流传千年的文化底蕴,孕育出了众多名人。

此时不时有摇橹而过的小船悠悠地驶在水雾缭绕的河面。笃笃的竹篙支撑在石堤岸上的声音,吱呀吱呀的摇船声,回响在每个来过乌镇的人的心坎里。

乌镇位于浙江省嘉兴市桐乡市,地处江浙沪"金三角"之地、杭嘉湖平原腹地,距杭州市、苏州市均为六十千米,距上海市一百多千米。乌镇河流属太湖流域水系,京杭大运河依镇而过。乌镇境内河流纵横交织,南接海宁长安上塘河水系,北经澜溪塘与江苏省接壤。桐乡市有骨干河道四十六条,大部分河道与运河垂直相交,呈网状分布。

心灵驻地胥塘河

我一直以为,生命就该是一次云水之游,面对人生中的复杂,要保持一种水一样简单的欢喜。即便经历了太多的风霜雨雪,也要让自己的脚紧随着自己的念想,轻盈前行。在一个费时很久的工作项目结束后,一天午后,我和家人开车从善江公路直奔西塘胥塘河。透过车窗向外望去,远处河湖交错、水网密布,偶有村落小镇点缀其中,绿荫掩映。两边小桥流水,舟楫纵横,伴着田园村舍,扑面而来的水乡秋色,让我的心情一如这满眼的景致,迅即轻快起来。

胥塘河位于浙江省嘉兴市西塘镇,被誉为西塘的母亲河。相传春秋时期吴国大夫伍子胥兴水利,通盐运,开凿伍子塘,引胥山以北之水直抵境内,故西塘亦称胥塘。在唐开元年间这里就已建有大量村落,人们沿河建屋、依水而居;南宋时村落渐成规模,形成了市集;元代开始依水而市渐渐形成集镇,商业开始繁盛起来;明清时期发展成为江南手工业和商业重镇。自古以来河流的两岸都是文化的发源地，胥塘河作为西塘的中心骨，把两岸隔开，但又有很多桥梁相连，有一种独特的江南水乡味道。

我喜欢在胥塘河畔聆听西塘千年以来跳动的脉搏，喜欢沿着它漫无目的地逛着，累了坐下来依靠在护栏上看船来船往，日出日落，生活节奏突然就慢了下来。这才是我一直以来喜欢胥塘河的原因吧。

胥塘河畔的西塘古镇，古名斜塘、平川，是古代吴越文化的发祥地之一，被誉为活着的古镇。在春秋战国时期，此处是吴越两国的相交之地，故有"吴根越角"和"越角人家"之称。西塘因水而建，因水而兴，没有胥塘河，就没有现今的西塘镇。西塘坐落在水网之中，南北流向的胥塘河像一条玉带缠绕着这千年西塘。这里的居民惜土如金，无论是商号还是民居、馆舍，在建造时对面积都斤斤计较，房屋之间的空距压缩到最小值，由此形成了一百二十多条长长的、深而窄的弄堂。这些弄堂长超过百米，宽不到一米，形成了多处"一线天"。还有咿咿呀呀的门窗，倏忽的渔船。这是一个远离尘世，可以使人彻底放松的地方。流淌的胥塘河将游人的目光、呼吸和心跳一起收纳。

胥塘河畔的西塘，西塘的胥塘河，你中有我，我中有你，桥多，弄多，廊棚多。与南浔相比，西塘更是平头百姓的乐土。在窄窄的弄堂里，散居的都是古镇世居的土著，全无南浔的豪商巨贾及其所有的中西合璧的深宅大院。和同里、周庄相言，西塘更无达官贵人退隐乡里，自然也没有修身、齐家、治国平天下的豪情，西塘有的只是渔歌唱晚、躬耕归读后，里巷俗语的平静包容。西塘，就在那里，迎来送往，热闹着，寂寞着。如果不是经过繁华的省会到喧闹的城市再过密集的居民镇，直至穿过大片乡村田野抵达这个偏远古镇，初识它的宁静安详,你也许就不能拥有一种来到世外桃源的感慨。

踏在厚重的青石板路上,思绪完全放空。无雨,微风。阴沉沉的天空,映照这一处老旧的黑瓦白墙,透过淡淡的雾气,更清晰地撩开了人们的视野。半面墙面脱落的泥墙,褪色的红木窗栏,幽深狭窄的弄巷,绵绵细长的河道,苍老佝偻的树木,无一不散发出悠长岁月流逝的历史厚重感,以及远离俗世的祥和,然而又不给人以沉重的压抑感,可尽兴享受把心情拿出来晾晒的轻松惬意。走在人潮中,我的脚步会自然放慢。路两边精致独特的小店,总能吸引游客的驻足徘徊。

在西塘,我可以肆意分心。随意地走进哪条小弄,一路触摸那映着青苔,残缺且凹凸不平的墙垣,伏耳墙面,听老者的小城故事。抑或临近河边,看桥上的人,岸上的老屋,水上的摇船,船上的鸬鹚,轻轻拨动清凉的河水,美丽的波纹荡漾开来,搅乱了水上水下两处风景。此时,还可以坐在沿湖的茶馆,听上几段南方戏曲,听得懂的或听不懂的都乐意在这袅袅柔美的韵律中用心体会。看着那些沐浴在欣悦中的人,我觉得一切都如此美好,仿佛回到了小时候。点一壶乌龙茶,坐在躺椅上。茶的浓郁,河水的柔和,闭上眼是桃花源,睁开眼还是桃花源,这一刻,可以很安静。

如今的胥塘河是西塘古镇的代表和象征。沿街的是河,沿河的是街,石板路两侧基本上还是青砖黛瓦,虽没有动人心魄的富丽堂皇,却也风情万种。而沿河而居的人家,用一根根圆木柱子撑起的瓦棚,形成了蜿蜒而又和谐的廊棚,使行人不用担心刮风下雨。走在廊棚下,如果稍加留意,还可以发现河埠旁的岸壁上,砌有被雕琢成如意、花瓶、暗八仙等纹样的孔眼石,当地居民称作"船鼻子",用于系船缆绳固定船只,极富情趣。在烟雨长廊,我看到一家小店,是用木心先生的诗《从前慢》命名的,门牌上写着"一生只够爱一个人",似有一种虚无缥缈的历史在指缝中、在心田间游走,却又触摸不到、琢磨不透。粉墙在六百年的风雨中早已斑驳,黛瓦也蒙上了岁月的尘埃,青苔不经意间在缝隙中生根发芽,但江南水乡的钟灵毓秀,却是半分未减。

弄堂是西塘镇的一大人文景观。西塘有一百二十多条弄堂,最宽的弄堂一米开外,最窄的仅限一人侧身而过。这里,听不到人声鼎沸,看不到车马熙攘,就连家养的小猫也显得那样文气和安静。宅弄深处,蜿蜒曲折,光线暗淡,扶着墙行走,仿佛在记忆的峡谷里穿行。

在西塘的弄堂中,名气最大的是石皮弄,弄长不过六十八米,宽不到一米,整条弄堂的路面由很多条石铺就,条石厚三厘米左右。石皮弄的西面是尊闻堂。堂内的百寿厅堪称一绝,厅内的梁柱、廊窗上都刻有图案,梁柱中间刻有一百个"寿"字,雕工精湛,是江南民居的一道风景线。

同行的表妹用柔软的西塘吴语给我们讲述了石皮弄的故事。石皮弄建于明末清初,是西塘古弄堂的代表,它原本是专供大户人家的男仆行走的通道。石皮弄与东面的种福堂、西面的尊闻堂建筑年代相仿。小小的石皮弄只是两间老宅子中间的狭道而已。走在石皮弄里,粉墙黛瓦挤压出的这条又细又长的巷子,框出一片又细又长的天。巷子内又辟着几扇木门和几个园子,巷子尽头则藏着别有洞天的景。左右两边的百年高墙会胁迫得你透不过气来。

如今的石皮弄,不再是幽静的弄堂,处处拥挤着人群。但穿过长长的小弄,所有的喜怒哀乐都幻化为宁静和怡然,不经意间会让人感受到一种时光的轮回,恍如走进了尘封已久的历史线装书里。

这里最典型的宅弄，要算种福堂内的陪弄子。过去，大户人家平时不开正门，陪弄就用来连接边门，让一家人进出。有趣的是，陪弄没有窗户，终年见不到阳光，仅靠天井里的一点自然光亮，这和江南水乡大户人家建宅的理念十分吻合，"银不露白，暗可藏财"，就连主人的卧室也一样，以暗为安。

西塘的建筑古朴而不张扬，站在任何一座宅院门口，都看不出丝毫恢宏之气。房梁、窗格、门柱都刻满了花草鱼鸟等，秀美而又多姿多彩。因为风霜的侵蚀，好多曾经鲜亮的彩漆已经剥落，显得残痕累累。旧时的花团锦簇已演绎成现在的繁华旧梦，满梁的花卉被岁月的风片片吹落，只有透过那一缕缕刻痕，才依稀可以看到当年的花繁叶茂和富庶盛景。

计家弄内的西园是西塘的特色建筑。其原为大户人家的宅子，内有树木、花草、假山、亭池等，风景优美。1920年冬天，诗人柳亚子来西塘，曾住在西园，并与西塘南社社友在西园摄影留念。1990年3月，为纪念柳亚子来西园，这里的居民设立了纪念馆，名为"西园"。西塘的房子，在屋顶上几乎找不到张扬的飞檐翘角，大多房屋的顶是最简单的呈人字形的硬山顶，显示出平民文化的元素。在清代，新造房屋要缴税，纳税的标准是正梁，几根正梁便要缴几份税。要是想扩大房子的面积又不想缴税，就只有想办法。西塘人很聪明，建房就用硬山顶，只需一根正梁，然后东西厢房一般是单屋面落水，没有梁。一些考究的人家把边墙建得很高，甚至高出屋面与屋顶。

西塘的人家几乎家家有花窗。花窗的结构有多种，常见的为各种格子图案，也有格子上再雕另外花样的。清代中期，徽商东进，也把建筑文化带到了太湖流域，带有封火墙的建筑很快在当地流行。不同的是,西塘的老百姓将原来徽派建筑中平直的墙体改造成马头形,人称马头墙。古时候民间防火意识相当强,尤其是寒冬腊月,空气干燥,容易失火。马头墙可以削减风力,就算邻家失火,也可以避免殃及自家的房屋。西塘的马头墙,有一层、两层、三层的,甚至更多,这完全随房屋开间的深浅需要。西塘的古宅,静静地将岁月守望成一段段旧事。走过小巷,我蓦然回首,古宅的院门紧闭,走进它如同走进历史,走进了那一段段尘封的旧事中。秦砖汉瓦终究无情,所以长存;有情的生命,总要消逝。但愿在无情的岁月里,可以活出有情有义有笑有歌的人生。

胥塘河水悠缓地流淌,慢得几乎察觉不到它的流动。一座古朴的石拱桥暗暗地蹲在自己的影里。桥脚下,一个煤球炉冒出阵阵青烟,几个美院的学生正在摊开自己的画架。几条幽深的巷弄,就像一页页古老的志书,述说着古镇的沧桑。屋檐下,墙脚边爬满苍苔,仿佛再有几分钟甚至几秒钟的等待,那里便会生出几朵可爱的黑木耳。真是"春秋的水,唐宋的镇,明清的建筑,现代的人"。

小镇是被河包围着的,桥就是小镇必要的交通设施了。在西塘,古桥的建造是从宋代开始的,明代随着商业繁荣,商贾云集,石桥也就越造越多。而胥塘河上的桥最具代表性,著名的有环秀桥、卧龙桥、五福桥、送子来凤桥、安境桥等。

环秀桥建于明代万历九年(1581),它跨当年的小桐、北翠两圩,是胥塘河上最早的高桥之一。相传昔日晴天时站在桥顶可以北望太湖边上的青山。1997年重建石级拱桥。桥上有对联:船从碧玉环中过,人步彩虹带上行。

站在环秀桥中间,我远远望去,还是那条河,那条据说流淌了千年的胥塘河。在阳光的直射下,河中水汽氤氲,宁静、灵秀。那熟悉的白墙黛瓦,依水而筑;两岸的墙瓦,倒映在门前的河水中,一阵风吹过,湿亮的静影像散墨般淡尽了。

我们沿着水边慢慢而行,时光仿佛放缓,渐渐到达送子来凤桥。《西塘镇志》记载,来凤桥建于明崇祯十年(1637),清代两度重修。相传当初造桥时,适有一鸟飞来,时人们以为祥瑞,遂取名"送子来凤桥"。1988年该桥改建为单孔钢筋混凝土拱片桥,采用古典园林中"复廊"的形式,中有隔墙花窗,两边为通道。据称凡新婚夫妻过此桥,男左女右,可卜贵子。因此,桥又名"滴水晴雨桥",谐名"情侣桥"。男子走台阶步步高升,女子迈小步持家稳当,老人们说:"新婚夫妇走一走,南则送子,北则来凤。"我和家人心怀祝福地走了走。

我们走过的永宁桥是河畔最好的风景观赏点。河北岸朝南的长廊如同一条逶迤的长龙卧伏在水边,行人在廊下行走,其风味为其他古镇所少见。河南岸是西街的后面,沿河有高低错落的民居建筑群,大多为清末至民国年间的建筑。大宅的风火墙高高耸起,青砖黛瓦和石河桥尽收眼底。

西塘的桥造型各异,或如卧龙临波,或如彩虹飞架其中,但几乎每一座桥的背后都蕴藏着悠久的历史故事,它们如今仍在默默倾听着千年流水轻吟、桨橹浅唱,阅尽两岸旧事新人、繁华沉淀。其实不论你站在胥塘河上的哪一座桥上远眺近看,都是一幅幅或浓妆或淡抹的图画。在蓝天白云的渲染下,小船儿悠悠荡荡行走着,被阳光染红的水面随着船橹的摆动溅出一串串珍珠,而桥的影子在细细碎碎的水声中被一波一波的涟漪轻柔地划开,仿佛岁月的印痕在自然的画面中流动,船影、树影、桥影、人影轻轻晃动着,而后又渐渐隐去。

　　城市的一切喧嚣和浮躁开始离我远去,前些日子的疲倦也一扫而光,我的心情开始变得愉悦起来。就这样走走停停,我享受着这份悠然自得。慢慢地,夕阳西下,彤云溢彩。河两岸长廊上的游人也变得多了起来。我走累了,便坐在"美人靠"边,看夕阳下瞬息万变的火烧云笼罩小镇,望着熙熙攘攘的人群,静静地发呆,耳边时不时传来当地老艺人们唱的江南小曲,微风拂面,心情愈发地沉静下来……

　　我站在一个三层小楼的平台上鸟瞰全镇。上空薄雾似纱,两岸粉墙黛瓦,夕阳斜照,垂柳轻摇,如诗如画。游人如织,酒香四溢,桨声灯影,亦真亦幻。彼时,真的不知是人在画中走,还是画在心中游。我顿悟,这不仅仅是一座千年古镇,更是一幅现场版活生生的《清明上河图》。我静静地看着四周的安宁,绿水萦绕着白墙,红花洒落于青瓦,蜿蜒曲折的小河在夕阳中浅吟低唱。乘一叶扁舟撑一支篙,穿行在青山绿水中,两岸是历经风浪的斑驳和亘古柔情的飘零。一泓清水所承载的是似水流年的痕迹和沧桑。

　　胥塘河的夜,端重而宁静,没有十里秦淮的香艳往事,没有洋场霓虹的光怪陆离。夜色渐入墨,两岸的店家都亮起了门前的红灯笼,红红的灯笼将古镇西塘的夜点亮。西塘的夜展露无遗,这春秋的水,唐宋的镇,明清的建筑,东一笔西一画,便勾勒出了古镇的诗情画意,散漫而安谧。此时的西塘宛若一个盛装而出的美人,或是贤淑温婉的江南女子,亲手点亮了檐角的一盏盏大红灯笼,在灯笼的映照下,演绎着自己的妩媚和安静,那是一份知礼、勤劳、儒雅。橘色的灯光映照着,点亮了人的心。此时,花灯被点起,承载有心人的祝福被推入水中。半空,缓缓升起的孔明灯,一盏一盏,化作点点星光,然后静静地告诉来自异乡的旅人:天涯,很远;生活，很近。在这如水夜色的怀抱里，所有的壮志雄心渐渐消弭于无形，所有的尘思俗虑都将濯涤一空。久居闹市、心经繁杂的人儿，也一如这西塘夜色般安宁起来。

我们找的饭馆临水。点几个小菜，要了一壶茶。窗下就是横贯西塘的胥塘河，对岸就是千米廊棚和送子来凤桥，在古老的夜色里怀旧，看万家灯火，思万家之情。鳞次栉比的小楼下，那些大红灯笼映照着的河水被染红，倒影在桨的拨动中碎裂，好像很多记忆的碎片，捞不起一个完整的故事，散去汇合，人生无常。

晚饭后，我们又找了家临湖的咖啡馆。古色古香的牌楼、贴满纸条的墙面是此家咖啡馆的特色。走过咖啡馆长长的弄堂，中式的雕花红木家具，清新素雅的水墨画，老式古朴的唱机，传统的中国结，悠扬撩人的古筝乐，让人第一眼就喜欢上了这里。穿过里面的一道门，天井隔出了一座假山、一池金鱼。石阶另一端连接了另一处雅室，小桥流水，桨波倒影。不禁让人赞叹主人细腻和巧妙的设计风格。点一杯现磨的黑咖啡，暖暖的，驱散了身上的湿气，靠着窗栏，凉风拂面。此刻，我亲近着本色的西塘，喧闹了一天的古镇此刻不再被人打扰，恢复了它原本的安宁。风冷人稀，烟雾朦胧，少了那一抹日出朝霞的流光，更添一丝浓墨重彩的意境。

用脚丈量每一条街巷、每一座桥头，路边散步的狗，拨弄门环的猫，对镜梳妆的鸭，轻声低语的雀鸟，它们的那份逍遥自在，让人不禁停下脚步静静观望，却不忍多作打搅。这些灵秀的小家伙似乎乐在其中。这风轻云淡的水乡，孕育出了怎样通透明澈的灵气。如今的胥塘河的确如此，丰韵不做作。我看着薄雾弥漫的小桥流水，脚踏实地走在已经被岁月磨得光亮的石板路上，静静地散步。胥塘河的故事在橹声悠远中讲述，河畔的老街给我的远不止一份休闲与悠然。

从胥塘河回来,心还在西塘古镇,意难忘。

胥塘河位于浙江省嘉兴市嘉善县,江浙沪三省交界处,被誉为西塘的母亲河,有著名景点安境桥等。西塘古名斜塘、平川,是吴地方文化的发祥地之一,江南六大古镇之一。西塘被誉为生活着的千年古镇,现已被列入世界历史文化遗产预备名单,中国首批历史文化名镇,国家5A级景区。

别样风情南北湖

　　工作的第二年,初生牛犊不怕虎的我创建了嘉善所有小学里第一家有一定规模和一定师资力量的"小荷"文学社,当时邀请了嘉兴教育学院中文系教授和老师做我们的指导老师。在文学社成立一周年时,文学社指导老师和部分社员一起来到海盐南北湖采风。那天一直在下雨,当我们到达南北湖时,雨居然停了。我们沿着湖边小道慢悠悠地走着。那天游客不是很多,这样清静的环境,正是我们想要的。

　　南北湖,湖水依山,湖中有岛,湖内连堤。它是我国唯一集山、海、湖为一体的风景区,位于嘉兴市海盐县境内,距上海一百二十千米,历史最早记载于宋。南北湖古名永安湖,亦名澉湖、高士湖。宋绍定三年(1230)《澉水志》载:"永安湖在镇西南五里,周围一十二里。元以民田为湖,储水灌溉,均其税于湖侧田上,税虽重而田少旱。四围皆山,中间小堤,春时游人竞渡行乐,号为小西湖。"有文献记载的,最早游南北湖者是元至正年间的诗人顾仲瑛及其友刘季章、夏仲信等。他们同游南北湖,吟诗写景抒情,有"啄花莺坐水杨柳,雪藕人歌山鹧鸪"句,大为当时诗坛泰斗杨维桢所赞赏,并和诗《次仲瑛游永安湖韵》。北湖湖心墩白鹭洲,为赏月佳处。明代诗人徐泰来此赏月,留下诗篇。明正德十三年(1518)秋,地方名流许相卿偕友孙太初等泛湖赏月,饮酒赋诗。许相卿说:"昔青莲居士与张谓游汉阳湖,遂改名'郎官',今公至此,可名'高士湖'矣。"南北湖遂被称为"高士湖"。明清之际,名士冒襄偕董小宛来此避兵,今北湖畔鸡笼山麓仍有董小宛葬花遗址。

我们走在小道上,在山和湖之间游逛,左边是山,右边是湖。有风吹来,伴着丝丝的凉意,是很清新的感觉。湖岸边,一棵棵柳树迎风曼舞,绿茵茵的草坪上,一丛丛叫不上名来的小树错落有致。一两个渔翁沿堤而坐,一把阳伞相伴,静静地守望着水中的浮标,守护着一份恬淡的心境。

不远处的湖中央,有成片的蒲草露出水面,在微风下摇摇晃晃,那浓淡相宜的绿仿佛在水浪中上下浮动,此时真希望自己就是一只飞翔的鸥鸟,可以自由栖息在这块绿地上。前方的不远处,有一条堤坝伸向湖对岸,将湖分隔成南、北两半,堤上绿影婆娑。

南北湖不缺故事,就如南湖、北湖都有自己的湖心岛一般。与鲍公堤和白鹭洲遥遥相望的是南湖的湖心岛——蝴蝶岛。其面积约十二亩,系1988年疏浚南湖时用淤泥堆积而成的小岛,形似蝴蝶,亦为纪念上海20世纪30年代影后胡蝶来南北湖拍摄《盐潮》。进岛的小路上,有大块大块未经雕琢的青石块镶嵌在地面上,似随意丢弃而成,却又半掩在青草中弯弯曲曲地伸向前方,引领我们兴趣盎然地来到了入口处。入口处设有吊桥和门楼,皆由一根根木头捆绑而成。吊桥的模样像极了古时护城河上的悬索桥,桥下就是湖水。行走在吊桥上,感觉我们就是得胜进城的将领。

　　走过吊桥，便来到了岛上。地面上铺就的、镶嵌的、堆砌的无一不是鹅卵石。这里有围墙，有小道，有绿树掩映下的原始茅草屋，还有一座看起来有几分倾斜的观景塔楼，整座建筑显得八面玲珑，十分空灵。从天空中俯瞰南湖，湖心岛便似一只安详沉睡的彩蝶。恍然间想起民国年间的第一美女——影后胡蝶生前留下的最后一句话："蝴蝶要飞走了。"别人都去步鑫生改革精神陈列馆了，我却在附近一池碧水边停步。清澈的池水里，有小鱼在任意悠游，赏心悦目的宁静吸引着我，让我久久不愿离去，让我的心绪一点点地游离，一点点地飘落……我沉醉于湛蓝色的天空中，沉醉于池中红色、黄色的金鱼，梦幻般的，只想在这山水间，和这年代一同睡去。

　　在南北湖，动静两相宜之处莫过于北湖中央的小岛，一到夏末秋初，成群的白鹭飞临栖息，故名"白鹭洲"。漫步于横贯湖面的湖堤，缓行在白鹭洲长长而迂回的木桥上，天竟然开始微微放晴了。一缕缕太阳光透过云层，不经意地照射在身上，让人有了丝丝暖意。阳光照在湖面上，微风中，漾起一片片金光闪闪的细粼，仿佛洒下来一地碎金子。倾听着湖水轻轻拍岸，观赏波光揉碎了倒映在湖面的山影。四周，山体连绵，近翠远黛，山坳间的谈仙石城若隐若现，而鹰窠顶上的云岫庵院早已缥缈在云烟之外了，只是随风隐隐传来禅钟声声。岛内水榭长廊、花木扶疏、绿树成荫。中央有一带状内湖，养有水禽和荷花，名为"月露池"。这湖中岛、岛中湖，小巧别致，相映成趣。洲上可赏月、品茗、观鱼、赏荷，亦可眺望四周群山，明朝文人雅士常来洲上赏月品茗，故名"澉湖秋月"。明诗人徐泰曾作诗赞叹："澉湖湖上桂花秋，海月当年满画楼。仿佛钱塘六桥夜，至今人说小杭州。"

　　这时，我突然想起小宛嫁给才华横溢的复社"四公子"之一的冒襄，谱出一段才子佳人的佳话。明朝覆灭后，董小宛随冒襄避难来到南北湖，度过了她人生中虽短暂却浪漫温馨的时光。此时惊讶南北湖太像多情的西湖，却比西湖更幽静，更有乡村气息，宛如一个淡妆的姑娘，透着一个"秀"字。

　　南北湖不缺文化底蕴。北湖之滨的万苍山麓，层峦叠嶂，楼阁隐现，书香淡淡，背依万苍山而临近西涧的是南北湖保存得最好的浙江清代藏书楼之一——西涧草堂。草堂建于清道光年间，原为海宁硖石蒋氏丙舍，是一座五楼五底、白墙黑瓦的，典型的江南民居建筑，楼前和左右庭院花木扶疏，典雅朴素。厅堂内陈列桌几案，古色古香，楼名"亦秀阁"。

　　咸丰年间，草堂主人、藏书家蒋寅昉为避兵祸，将祖上十万卷藏书从硖石衍芬老屋转移到西涧草堂，其间得澉浦秀才朱嘉玉义务整理并编辑目录。后蒋又携善本辗转保护，先渡江至绍兴，再由宁波转上海、安庆、汉口，终于使祖国文化宝藏得以保全。在万苍山山腰，西涧草堂的后面，与载青别墅相邻的是黄源藏书楼。这是一幢具有明清建筑特色的建筑物，建筑面积达五百多平方米，为纪念著名文学家、翻译家以及鲁迅先生的学生和战友——黄源先生向家乡海盐捐书六千册而建。藏书楼分南北两楼，中有曲廊相连，环境幽雅，寓藏书、创作为一体。隔壁还有陈从周艺术馆，讲述着陈从周教授对艺术的追求及对南北湖独特情怀。

　　我们一行前往鹰窠顶，它居高阳山之东，海拔约一百八十米，与南木山相连。鹰窠顶山径曲折，并多石景，沿九曲径登鹰窠顶，有狮头岩、合掌岩、痴景岩等景致。大、小看台是鹰窠顶观赏日出的绝妙所在。大看台又名荷包峰，石壁上有"鹰窠顶"三个擘窠大字,还有"日月并升天下奇""海天一色"等摩崖石刻。北面的小看台,又名莲花峰,面积约一亩,石壁上有"湖海壮观""双涛"等石刻。鹰窠顶之名包含着一个动人的故事。传说远古时,山顶大树上有个鹰窠,巢里老鹰常帮助困难的村民。一次,老鹰飞过一片山林寻找食物,忽然河里传来"救命"的喊声。老鹰见一个老人在河里挣扎,猛扑过去,用嘴巴叼着老人衣服使劲往岸上拉,老人得救了,老鹰却因饥饿和过度劳累倒下了。老人醒来后,抱着老鹰回到村里。村里人非常感动,想到老鹰曾经多次帮助他们,心里更加难过,大家含泪埋葬了老鹰。后来,人们为了纪念老鹰,把老鹰做巢的那座山,叫作鹰窠顶。

据说,每年农历十月初一清晨,在鹰窠顶山巅,能看到日月同时从海天尽头冉冉升起,或并升,或合璧,像两颗硕大无比的宝珠,霞光万道,彩帷漫天。站在鹰窠顶裸露的巨岩上远眺,湖光山色尽收眼底:眉眼近处,一条条小路缠绕着湖、堤、岛,在一座座山体之间迂回蜿蜒,白墙黑瓦,半隐山林,有别样风情;远处,千亩滩涂已开垦成一方方良田,阡陌纵横;再远处,便是传说中的大海,在一片白茫茫的雾霭中,隐约漂浮着两座岛屿,似人间蓬莱,令人神往,有时还能看见杭州湾大桥。

山腰间,云岫庵红墙黑瓦,银光闪烁。云岫庵内有一棵明代遗留下来的古银杏,是镇庵之宝,它曾经是澉浦港渔民回航时的一盏明灯。多年过去了,它却不愿老去,绽放新绿,守着蓝天白云,守着沧海明月。在庵内,还有一种香味可以绕梁三日、沁人心脾的云岫茶(又称云雾茶),佐以庵内的雪窦泉水泡制,那股清香简直让我迈不动脚。

从山上下来,沿湖而行,随处可见村庄民宅。路的两边,茶树、果园、竹林、农庄透出浓浓的乡野气息。"春色满园关不住",有树枝从竹篱菱形的隙缝里探出了脑袋,伸出了手,仿佛在夹道欢迎我们的到来。沿路口的人家基本都开了农家乐,看起来生意都还不错。村口的橘子树上还挂着没有摘尽的小橘子,我在一片深绿中搜寻那星星点点的橘红,这就是南北湖的"黄沙坞柑橘"。南北湖栽植柑橘已有几百年历史,宋《澉水志》就有记载:"黄沙坞,位于高阳山之阳,坞内得山水之益,气候冬暖夏凉,居民百余家,广植柑橘。"在南北湖村及黄沙坞山村一带,春日里橘花盛开,香飘数里。当下的金秋时节,南北湖是漫山遍野的金黄,层层郁郁的清香入眼入鼻,爽洁而舒适。黄沙坞很多橘树居然都有一百多岁的树龄了。

此时我看着湖岸边绿草萋萋,风斜斜地吹拂而过,垂在湖面上的柳条,也飘舞起来,掠过水面,漾起圈圈微澜,散向湖的远处;而对岸的青山、绿树、民房倒映在水中,山影、树影、人影伴着蓝天、白云,在水中荡漾。

南北湖是中国唯一的集山、海、湖为一体的全景度假地,位于浙江省杭州湾北岸海盐县境内,由湖塘、山林、滨海、古城四大资源要素组成,拥有丰富的自然资源和人文景观。南北湖的山有层次,水有曲折,海有奇景,村有故事,它是浙江省第一批省级风景名胜区、国家 4A 级旅游景区、浙江十大"最佳休闲度假胜地"之一。

坐看洛溪，一处桃源

去年5月的一天傍晚，我们一行人踏上了海宁这片土地。从车窗里抬头向外望去，突然看到一方绚丽的云彩，在湛蓝湛蓝的天空中恣意地伸展着，车上其他作家老师便欢呼起来，因为许久抬头看到的都是阴霾。我也惊喜地探望着，默念着："海宁，轻轻地，我来了。"一路微风轻送，一路绿意相随，一路遐想，一路翩然，一路蝶舞，我们自然也一路心情飞扬。

大家熟知陶渊明先生的《桃花源记》，都熟知"土地平旷，屋舍俨然，有良田、美池、桑竹之属""阡陌交通，鸡犬相闻""不足为外人道也"。海宁在几千年前已经有先人的生息，经过沧海桑田，门楣变迁，在海宁，每寸土地上都弥漫着东晋学者干宝、唐代忠臣许远、近代国学大师王国维、诗人徐志摩、作家金庸等名人的气息，更是存留了很多入眼皆如画、行走皆是景的地方。

我们走在横头街，它安静地、倔强地栖守在东山南隅，月白风清，与世无争。我们随着一条不宽的水泥道路顺溪流而行，脚下碧水潺潺，远处东山苍翠。我们呼吸着清新的空气，抖落一身城市生活的芜杂，眼一下子投入横头街这山水相依之怀了。

据传横头街在清代时十分繁华，米行、木行、竹号、当铺居多，商铺达百余家，在太平天国之后逐渐衰落。现在，呈现在我们眼前的这些白墙黛瓦的房子傍山而建，从西一直延伸到东，所见大约有三百米，街区虽然有些简陋，但它真实地记录着城市的历史脉络。河道旁边有几棵茂密盛装、笑弯了腰的香樟。香樟年代久远，个子不高但粗大，也情浓，全身挤满了翠绿，把枝丫都遮掩了，像一把结实的大伞，能给人遮雨，也能挡夏日的阳光，仿若在欢迎我们的到来。旁边一条清澈的小河，将村子和外界隔开，逶迤着向东流去，两岸的绿也簇拥着一路而去。

绕河塘小道行走，不一会儿，我们就到了中国电影事业的奠基人之一、电影艺术家史东山的故居门口。抬头一看，怦然心动，一簇簇、一排排嫩绿嫩绿的小草，在瓦楞上亭亭玉立地站着。它们正享受着阳光的轻吻，微风轻拂着它们，一切都显得如此的清静、安宁和不可抗拒。这时，电影艺术家故居的瓦当也艺术般地展示着别致风采。整座屋子古朴中蕴藏高雅，平凡中藏匿雅致。房屋坐北朝南，砖木结构，前有天井。门楼砖雕高大坚实，精雕细琢。史先生一生气度轩昂，我一直心向往之，今天终于相遇。他"宁为玉碎，不为瓦全"的精神，在他的电影《八千里路云和月》中得到充分体现。站立在史先生家的天井中，转眸间发现在水缸里放肆生长的荷叶，正应了他的出淤泥而不染的人格。

踏出故居的大门，阳光充裕、饱满。5月夏初的下午，伫立在横头街的任一处，都可以看到缓缓铺排开来的老屋，如一首首抒情诗，在东山苍树和瓦蓝的天空下，情浓而静然。一束束阳光停留在房顶，照耀着那些水绿水绿的草。夕阳倾泻在洛塘河的河面上，那潺潺流动的水，迟迟不肯离开。时光仿若静止，东山、横头街以及洛溪的那片活着的历史顷刻间成为永恒。横头街的身影在这些断编残简里徘徊、闪烁，有时清晰，有时又十分朦胧。或许等我们静悄悄地走过，它也只能隔岸遥望这些浓重的文化印记和繁华的过往，不禁令人慨叹"无可奈何花落去，似曾相识燕归来"。

往前，有一座石拱桥，是小村通往外界的一条通道。桥似乎很有些年纪了，藤蔓沿着石板的缝隙攀爬伸展着，青蓝的苔藓几乎把近水的石砖包裹了。村子寂静，寂静得可以听见远处炊烟轻柔的脚步声，在这寂静中又透出勃勃生机和原始的味道。而桥下的洛塘河无论太阳升到怎样的高度，散发多么炽热的白光，都始终温柔地躲藏在香樟墨绿色的阴影下，隔绝了尘世，安然地呼吸着，只有看着水草缓缓往前才能感觉到河水的流动。

过了桥，甬道曲曲折折，流淌了千余年的洛塘河像丝绒一般，我凝视着这横头街依靠着东山，洛塘河依绕着东山的秀色，不禁不分古今，也不想未来，只有愉悦和舒畅在心底缓缓升起。

我们一行人朝北而望，东山树木蓊郁，海宁的姚部长对我们说，东山山顶的智标塔是海宁的地标，2004 年 12 月 28 日重新雄伟地矗立在东山之巅，塔下就是洛塘河，它是海宁的母亲河，原名洛溪。"好富有诗意的名字！"我不禁轻呼了起来，洛塘河用自己的丰沛滋润着两岸，在岁月的历程里，固守着一段历史的图腾。我手拿笔记本，匆匆写下这几句诗：

洛溪是久别的
阳光沿着春秋战国的路
扬起的每一道马鞭

洒下来起伏的版图
走过唐朝的巷道,宋朝的河流
元朝的水塘,明朝的呼吸
重逢于天与地之间
是一份琥珀色的姜茶热气腾腾
描摹进一段阳光的爱情中,它是优美的桑田
乍暖还寒地阴几天就又晴开了

再次远眺洛溪。水草抬头仰望,河畔的树叶总有云雾相伴,它们集结的队伍,把洛溪的凡俗人生演绎成一场温暖的轻喜剧。它酝酿一阵阵江南的暖流,将一个个阳光灿烂的日子留了下来。那些帅气挺立的树荣辱不惊地在生命的留白中沉睡、苏醒,努力站好,一起书写洛溪的前世和今生。远处,一山又一山的灿烂,扶住一缕又一缕洛溪的醇厚、纯洁、盈实。真是坐看洛溪,一处桃源,一副悠然,一味诗意……

洛塘河素有"海宁母亲河"之称,原名洛溪,在唐代柳浑所作《唐敕赠荆州大都督睢阳太守许公(远)神道碑》中,已有"世居盐官洛溪里"之说。

伍

湖州

年华遇

久别重逢南太湖

　　我一直执着地认为，湖州之美，美在南太湖，江南之妙，亦在南太湖。南太湖——一个美丽的名字！2012年的名师培训在湖州开展，一个周末的下午，我们一帮培训班的同学乘大巴来到度假区。一下车我便感受到太湖边湿漉漉的味道，空气非常的清新，让我一下子有了精神，满心欢喜。在蒙蒙烟雨里，我在南太湖畔落脚，平生第一次亲近南太湖，轻抚南太湖。或许，我和南太湖有缘。好像遇见，不曾谋面却似久别重逢。

　　我们来到南太湖的渔人码头，视野顿时开阔起来。从码头向前望去，是碧波无际的太湖。满眼是蓝蓝的湖水，水天连成一片，风吹过湖面，湖水波动起来，在太阳照射下荡漾着粼粼的光。湖边是成片的茭白，细细的茎在水面上随风摇摆，漾起的涟漪一圈圈地扩散开去，交织成网状，渐渐消失在水光潋滟的湖中。湖水拍着岸边的堤石，时不时发出哗哗的响声，仿若大提琴稳稳的乐声。远处白色的帆船像鱼归大海似的在湖面上欢快地劈波斩浪，白色的浪花在船两边扬起。

我们沿着环湖大道慢慢地走着。路两边长满了茅草和青竹。远处,五彩缤纷的野花在阳光下开着,白的、黄的、粉红的,点缀着整个环湖大堤。南太湖是江南艺术长廊中一幅古朴淡雅的图画,也是一篇恬静飘逸的散文。在下午熹微的阳光下,我扑向太湖,如同扑进一幅极具水乡风情的巨大画卷:我的眼前是丰盈的碧波,水面丝绸般光滑,远处是点点白帆、丛丛芦苇,还有湖边渔人码头的楼阁。太湖之美,美在它的水色:清澈、碧绿、洁白。这三种颜色水乳交融在一起。湖水温情而灵动,博大而开阔。站在太湖的身边,亲近太湖迷人的风姿,我呼吸着这清新的空气,周身是痛快的沉醉。

南太湖为天地间留下了一片休养生息的资源,亦为众生珍藏了一片滋润的情怀。与悠远风雅的杭州西子湖相比,湖州的南太湖可能少了几分清秀和宁静,多了点波澜和气势磅礴。而最令我心醉神迷的,却是太湖的浩渺烟波。余晖映照在微波里,空蒙的烟波泛出阵阵红晕,就像一个美少女,让太湖更加妩媚动人。

我们来到了不远处的邱城遗址。地面上的浮雕以及地上矗立着的石头雕塑让人闻到一股历史悠久的味道。一直沿着左边的游步道往上走到顶,便到了望湖亭。坐在亭中眺望,湖面渔船行驶得越来越远,几乎没有了身影,白鹭和鸥鸟在湖上鸣叫低飞,被阳光照着,和太湖喃喃细语。此时,太湖烟波起,疑是月上楼。太湖的美恰如她浩渺的烟波,茫茫的一片水,滔滔的万卷浪,巍巍的湖岸山,悠悠的湖中船。太湖给人一种特别浓的感觉,好大的一个湖,我都望不过来,茫茫水,重重波,连着云,接着天,莽莽苍苍,浩浩荡荡,轰轰烈烈。站在亭中痴了好大一会,我觉得南太湖就是一篇无尽的辞赋,悠远在浩瀚的典籍中。

湖上弥漫着一层轻纱似的薄雾,湖水显得那样的温柔清澈,像少女多情的眼睛。微风漫不经心地撩拨着岸边几株小草,飘来水草的腥味和淡淡的荷香。弹指间,红日已沉入水平面下,甚至没办法捕捉。波光粼粼的湖面,洒满了碎金。一艘快艇如离弦的箭,溅起道道雪白的浪花。

湖州的同学说,晚上的南太湖有惊喜。

夜幕落下。当我真正伫立在南太湖边,我不得不直视的是湖上与潮水一同升起的一轮明月。瞬间想起一句诗来:春江潮水连海平,海上明月共潮生。此时,有座指环状的建筑倒映在湖水里,这是喜来登大酒店,一半建在湖边,另一半建在湖中。因为它很像月亮,大家也叫它"月亮酒店"。看着这幻境,或呼朋唤友,谈天说地;或独坐湖畔,静对帆影。明亮会一直萦绕在人们心里。这样的凌空闪亮,让我的心灵感受到奇妙的变化。这场奢华的视觉盛宴,让我清洗了心中的尘世烦恼,慢慢获得澄澈的宁静。宁静,再宁静,一轮明月在心灵的天空中照亮美好,澄澈又宁静。

"月亮酒店"的设计者马岩松先生提出,在中国古典建筑里,拱桥是一个重要的元素,这便是酒店外观呈"指环"形的由来。建成后的酒店倒映在南太湖中,就像是一轮明月倒映在湖水中。这是对中国传统文化的一种全新阐释。同时环形在中国的文化中也代表了团圆和完美。

在这宁静的夜晚,坐于一曲恬美、娴静的《太湖美》里,琵琶声声,吴歌悠扬,不觉让人柔情婉转,思绪万千,宛若一片片南太湖的清波在我心里渐渐漫延并润泽起来。一颗颗星星闪烁的夜空,用淡淡的银灰勾勒渔民篓筐中鲜活的白虾、白鱼,用洁净的明蓝描绘遥遥湖际,使它像一泓秋水般清澈,见证并存储着南太湖美妙的韶华。曾历的忧伤也一点一点随着南太湖的清波漂向了远处,不留一点痕迹了。

要乘车回湖州市区了。回眸,在南太湖这里,没有小桥流水、雕梁画栋,没有亭台楼阁、假山长椅。她有的只是那汪湖水,还有那一片片船帆,很简单,却深深地感染了我,让我的生命拥有了更多的积淀和大气。

南太湖是临近湖州的部分太湖水域,为浙江省内唯一依托太湖资源的优势而开发的省级旅游度假区,现为国家 4A 级旅游区和国家级水利风景区。太湖旅游度假区于 1996 年对外开放。

人生只合下渚湖

八年前 8 月的一个周六，初中同学小俞组织大家一行十二人来到了下渚湖。时逢初秋，我们在细雨蒙蒙、雾气朦胧中，邂逅下渚湖。

《长生殿》的作者钱塘人洪昇写过一首脍炙人口的《下渚湖》诗，诗中有一句是"地裂防风国，天开下渚湖"。到了防风古国文化园门口，我们便看到这一句以抱对形式镌刻在入口的醒目处。历史再往前追溯，宋时县令江山人氏毛滂、词人姜夔等也有游下渚湖的诗词传世。

下渚湖异名颇多，因传"防风氏所居"，故叫风渚湖或封渚湖。下渚湖的神奇在于湖面或开阔如漾，水天一色，或狭窄如港，汊道曲折。难得一见的是一个个沙渚土墩。在下渚湖里有大小河汊千余条，有六百多个土墩。下渚湖中有墩，墩中有湖，港中有汊，汊中套港，水网交错，宛如一座巨大的迷宫，如非本地船只，绝难穿越。其北依防风山，水源之一的余英溪汇入东苕溪。很久以前，古运河曾穿湖而过，故其素有蓄水防洪的"天然海绵"之称。回想洪昇这

"天开"二字,我看是尽得下渚湖幽深野逸之神韵。

接近十点,秋雨越发细密。码头设在碧绿的河湾里,狭长的河湾像一支低调的序曲。这时的我怀着些许清静和悠闲坐船而行。倚窗而坐,湖面微风徐徐,水波微起,清新的青草味儿拂在脸上,让人顿觉神清气爽。游船轻轻滑行在水中,只见两岸桑树成行,芦苇连片。水流轻轻卷起水浪,浮萍和野菱随着波浪起伏。在慢慢进入芦苇荡时,有两只白色的水鸟慵懒悠闲地休憩在湖面的竹竿上,微眯的双眼,好像没有发现我们的驶近,一派安逸宁静。

关于这浩瀚的下渚湖,还有个古老的传说。当年这里是一大片开阔的土地,住着夏、朱、胡三家富户。他们家里的餐具都用黄金打造,极尽奢华,但他们为富不仁,未曾救济过乡里的孤穷老病人家。只有这大户人家的哑巴丫鬟,经常从厨房里弄些剩饭残羹,周济那些揭不开锅的穷人。有一天,这丫鬟在厨房里做饭,突然来了一条小狗,眼巴巴地看着丫鬟。这哑巴丫鬟以为小狗饿了,拿了些食物给小狗。未承想那小狗不吃东西,却突然叼着金饭铲跑了。哑巴丫鬟怕受到责罚,就追着小狗出去,一直追到远处的山上。这时小狗突然不走了,丫鬟回首一望,那大户人家居住的地方已经变成了一片汪洋。善心的丫鬟因小狗而得救。后来,人们便管这湖叫夏朱湖。时间久了,大家忘了这三户人家,湖便被叫成下渚湖了。

游船顺着湖区的水道行驶,水边的芦苇仿若一道密不透风的墙,把湖面挤压成窄窄的,不见方外世界。看着芦苇荡,我再一次想起《大话西游》。芦苇荡里划出紫霞仙子,多么美好的开场!船行几百米,进入一片开阔的水域,顿时碧波辽阔,岸草萋萋。这辽阔的湖面就是下渚湖的主湖区。只见远处烟波浩渺,宽阔的水面波光粼粼。慢慢地，不远处湖岸边的两座葱郁小山出现在眼前，中间以细长的扁担山相连。关于扁担山还有个传说。据说尧舜禹时代防风氏治水，因挑土的扁担断裂，撒落的土疙瘩变成了扁担山。山不高，满山苍翠的乌桕树，镶嵌着星星点点的白。

身旁的同学有的在猜想岸边泥堤上的小洞里有黄鳝还是甲鱼，有的在用相机捕捉被惊飞的白鹭。我们的船穿行在风雨中，驶向湖的深处。转过一道河湾，行过一段窄窄的河道，一大片迷蒙的水域呈现在我们面前。我真有点难以相信，这里竟藏着这么一个大湖，不禁感叹大自然的神奇。我出神地望着窗外，好像什么都不再想，也好像有最轻微、最细切的声音在心底交织。我仔细聆听船过水面那惬意的声音，感受心底摇曳着的丝丝触动。荡漾着，船好像是个摇篮，让人不觉回到那最贴近自然的婴儿状态。

恍惚间，我们来到一座铺满了香樟树的小山丘。山上栖息着白鹭，好似绿色绒面上洁白的点缀。我满怀喜悦地下船入岛。岛上有鸟中"贵族"朱鹮，这种鸟终身一夫一妻。我真的看到了一只朱鹮温柔地为另一只梳理羽毛。于是我不由得放轻脚步，唯恐惊扰了它们，事实上，也许我的担心是多余的，因为它们的眼光一直没有投向别处。下渚湖的含蓄、温情被朱鹮表达得淋漓尽致。

离开小岛，我们又乘游船缓缓来到湖心的另一座小岛。上了岸，一条弯弯曲曲的竹桥长廊慢慢出现在眼前，我好奇地踩上去，小桥咯吱咯吱的歌唱让我开心不已，竹桥两侧尽是绿色芦苇，清幽舒适。来到这里好像走进了世外桃源，空气是清甜而温润的。无须刻意，尘世的烦恼是非不觉忘却，芦苇细细，心思慢慢澄明。

船行透迤，偶尔还能见到两三只野鸭，嬉戏在芦苇丛中的水面上。往来游船于它们已是寻常见，分毫不影响它们的自得之乐。

看着汊道的水上风景,不觉间船已停岸边,来到"竹楼问茶"所在。这竹楼竟建在芦苇丛生的沼泽之上。竹楼以木为支撑,以竹为遮挡。有几条用竹子搭建的廊桥,在芦苇间延伸,供游人赏荷寻幽。走进竹楼,里面人声鼎沸,找一个靠窗的方桌坐下,要两杯"咸茶"和刚出水的菱角,一边观赏江南农家茶道表演,一边品尝防风古韵——烘豆香茶,可轻松体会"渔舟网影烘初夏,画舫箫声及早春"的诗情画意。据说,下渚湖民俗中有甜茶、咸茶、清茶三道茶,唯咸茶最具特色。杯中加青豆、茶叶、橘皮、紫苏等料,注入开水,一杯别具特色的"咸茶"就出来了。咸茶又名防风神茶,以大禹时期的治水英雄防风氏为名,历史悠久。饮过咸咸的烘豆茶,便去看那满池的荷花。淡淡的荷风,似乎也含着无垠的欢欣;连那嘎吱作响的竹桥,都像在奏着自在的歌谣……

再入船,这一次舫公带我们走边缘的湿地水域。船慢慢行驶在碧绿狭长的河道中,竹叶扶疏,树影婆娑,小船静静地行驶犹如幽幽眠歌,清扬缥缈。眼前是一条隐没于蒿草中的丝绸水道,水道如巷,宽度刚好容得一条小船通过,伸手可触道边湿漉漉的树根。水路一个弯连着一个弯,眼见得船头抵住了前面的土墩,已是"山穷水尽"了,船尾一摆,迎面陡然出现一道闪亮的水色长巷又朝着芦苇深处延伸而去。"行至水穷处,坐看云起时",自然的造化让人满心感动。

这时有成群白鹭在船前沿着水巷低飞,仿佛在为我们领航。两岸是茂密的芦荻和苇丛,散发出潮湿的草叶气息。偶有几株高昂的松树突兀地立于高地,透出一种防风古国桀骜不驯的骨气。驶过那一段悠长的巷道,我们一行同学仰面睁大眼睛,一阵慨叹接着一阵惊呼,一个意外连着一个意外——也许世界上唯有江南湿地的水巷两岸会生长着如此壮观的古樟树群落。小船贴着盘根错节的树根青苔缓缓滑行，天空消失在树冠里，水巷隐没在树荫里，那一刻已不知自己身在何处。

"泊处即吾乡"，一只白色的鹭鸶突然振翅，将身体轻轻抛向天空。远眺烟波浩渺的悠悠湖水让我忘却世俗的一切烦恼。沉浸在这无边的自然美景之中，我有一种恍若进入仙境的飘飘然。这个卧于绿野、羞于面世、沉默而含蓄的下渚湖，着实折服了在喧嚣城市中的我们。一路上，我们一行人越来越安静，没有听到同学间久不见面的喧哗。下渚湖用最清新的水淌过了我们心里某一处柔柔的角落。

下渚湖又名防风湖、风渚湖，是国家湿地公园，位于浙江省湖州市德清县东南，是天然形成的湿地风景区，为浙江省第五大内陆湖。下渚湖是国家 4A 级景区、省级风景名胜区、朱鹮易地保护暨浙江种群重建基地、国家野生大豆保护区、浙江省五十个最值得去的景区之一、中国最佳生态休闲旅游目的地。

颐塘运河畔的惊艳

  2003 年的初夏时节，日光倾城。当时所在单位的团支部组织大家去运河古镇——南浔。南浔被大运河穿城而过，其得名就与水有关，依水的南浔，自然就沾染了灵气。大运河在南浔这幅水墨画上氤氲，使之更有温润的诗情画意。我想的不是这里曾经的富甲一方，而是这里的低调绵长，这里的东西合璧，这里的内外兼修！

  南浔镇现在分为新区和老城区。老城区里有一条秀婉的河，名叫鹧鸪溪。我们一群叽叽喳喳的年轻人进入老城区，沿着鹧鸪溪畔走了一小段路。道路不很宽，约两米，路中间嵌着两排条形石板，一块接着一块。条石宽一尺有余，正好适合两个人并行。条石两边镶嵌着一些瓦片。小镇的石板路经过一夜的沉淀后，是这样的清嫩、内敛、素净。周围的安静氛围让我们不自觉地慢下来。

  南浔古镇宁静、悠闲、惬意。袅袅水色中，这里迤逦的环境，犹如江南的吴侬软语，细腻柔软。我走在小道上，心中能感觉到一种远离喧嚣的宁静。没有太多的商业化，街道上游人甚少，时间也恍如静默，它的宁谧祥和却更为吸引人。窄窄的青石街，斑斑驳驳的墙壁,雾霭袅袅的湖畔,老人轻摇的蒲扇,孩童纯真的笑脸,这一刻我们暂别尘嚣,我宁愿忘记红尘中的俗事烦扰,默默静守,荣辱不惊。起初不经意的你,和少年不经事的我,走过风雨,走过秋冬,才换来今天的甜蜜厮守!我渴望一种简单、安静、从容的生活,这里的悠闲与质朴恰好填满了心中的念想。

这里的老人会在大中午坐在街口聊天,或是静静地晒着暖暖的阳光,看着街上来来往往的人。这里没有城市里的车水马龙,这里只有古镇的惬意、石桥和悠悠的流水,有老人、小孩、宠物相互陪伴……游览南浔,不仅仅是几座桥、几座宅子。

走在河畔,三三两两的村民正坐着聊天。河道内,一簇簇浮水植物错落有致,点缀着平静清透的水面,两岸绿树成林。一艘摇橹的渔船缓缓驶过,船上的鸬鹚泰然自若。随着一阵阵吆喝,竹竿猛敲水面,溅起浪花波纹,鸬鹚闪电般,一会儿钻入水中,一会儿透出水面。千年运河,千年风情,透过那彩色玻璃的窗格,凝聚在那些古朴精美的建筑中。在历史的轨迹中,这些建筑演绎着不一样的风采,明万历年间至清代中叶是这里最繁荣鼎盛的时期,蚕丝业、手工业和缫丝业兴起,商业发达。镇上的巨富豪商依水而居、伴水而兴,几乎都靠经营蚕丝业发迹,民间有"湖州一个城,不及南浔半个镇"之说。在清末民初,南浔的富豪达到数百家,民间俗称"四象、八牛、七十二金狗"。其中,"象"这个档次家财要在一百万两银子以上。因此南浔历史上园林众多,自南宋至清代镇上大小园林达二十七处。

我一直以为小莲庄只是一个庄园,没想到还是一座私家花园。它位于鹧鸪溪畔,碧水环绕,幽深肃穆,是清光禄大夫刘镛的庄园,由义庄、家庙和园林三部分组成。因慕元代大书画家赵子昂所建湖州"莲花庄"之名，故曰"小莲庄"。一棵郁郁葱葱的大树为小莲庄的门楼遮着阳光，历史的余韵在它古老的青灰瓦上摩挲了一圈圈年轮，它依然深情地眷守着这片土地，无言地诉说着过往。我的手指轻轻抚摸着微凉的门石，却意外地触碰了它静默的沧桑美感。小莲庄是鹧鸪溪畔保存最为完整的私家庄园之一。

进入小莲庄，我们仍然能感受到它当初的繁华璀璨。庭院里几棵百年古树参天而立，绿木森森，不染俗尘。外园有荷花池，一池荷绿。我自小没少见荷田，但是像外园这样的确实头一次见。我漫步池畔，荷风袅袅，顿感心情之爽。亭亭的荷叶，饱满的莲蓬，清荷的淡香阵阵飘来，一尘不染的姿态，成就了一颗高洁的心。花开莲现，花落莲成，从花开到花落，道出了一个学者的梦想。与园林长廊一墙之隔的是小莲庄的主要建筑群——刘氏家庙。该家庙始建于 1888 年，于 1897 年落成，为刘氏家族祭祀祖先之所。刘氏家庙前不但设有"门当"和"户对"，其门槛也有近一米高，可见刘氏家族在当时的地位。

由小莲庄出来，我们走过一座小桥，再走不多远，便到了与小莲庄隔溪相望的嘉业堂藏书楼。这座藏书楼坐落在一座大花园里，方方正正，东傍鹧鸪溪，南邻小莲庄。花园里还有青灰色的六角凉亭，青灰色的石板路，安安静静的树篱。这样的一个地方，让我觉得不是异乡，不是远方，而是自己久别的故乡，让我觉得仿佛回到了遥远的记忆里。走在这藏书楼里，脚步会不自觉地慢下来。它由南浔"四象"之首刘镛的孙子刘承干于 1920 年至 1924 年建造，因清朝溥仪皇帝题赠"钦若嘉业"九龙金匾而得名。藏书楼掩映在园林浓荫蔽日的树林中，呈"口"字形回廊式两进两层走马楼式结构。整幢楼共计五十二间房，以收藏古籍而闻名于世。

　　我怀揣一颗膜拜之心,走进嘉业堂藏书楼这座浩如烟海、博大精深的中华文化宝库! 书楼最盛时藏书六十万卷,其中不少为海内外秘籍和珍本。这座文库中的宝藏有手稿、手抄本、木刻、书版等,共计五十余万卷,约十七万册。其中:《永乐大典》珍贵孤本四十二巨册;《四库全书》(翁覃溪手纂)原稿一百五十册;明代椠本两千种;清代椠本五千种;手抄本近二千种。最为著名的手抄本有:《清实录》《清史列传》。其实在20世纪20年代,现代印刷术已经运用得很广泛了,当时上海的商务印书馆等都采用现代机械印刷。这个固执的江南男人,坚持用古老的雕版印刷。他聘请江南最精工的雕刻师,选用上好的红梨木来雕刻那些遗世的珍本孤本。刻印书有《嘉业堂丛书》《求恕斋丛书》等共计二百多种,约三千卷。

　　过去的藏家们收藏到珍本,总是小心藏护,担心外传。刘承干却恰恰相反,他扩印这些书,认为只有扩印才能流转。他收集,他补遗,他刻版。他让爱书的人们从这里领走它们,就好像把自己收养的孩子,送回到他们父母的怀里。嘉业堂藏书楼浩繁的藏书,承载着多么悠远的历史,它就是一个满腹经纶、饱经沧桑的历史文化巨人。我在夕阳斜照中,缓缓地将微微颤抖的手伸向那一本本乌黑的、字迹模糊甚至销蚀磨灭的刻板,心中竟是"为谁书到便幡然,至今此意无人晓"的百感交集。

　　走出这个园子的时候,我仿佛看到远远的凉亭树影里有一个怀旧的男子。他就是生活在这个园子里的人,他就是坐在这个书楼里的人。一出生,他就注定富贵无忧,一生爱书。他在书里读到前人的生命。他捧护着这些书,他要续写这些书的生命。他把自己的爱,一笔一画地刻进这些书里,他将生命寄托在这些书里。这些书呢,将继续流转在时光里。这些书还会遇到像他这样的人吗?

正这样想着，我的眼前突然出现一座座石拱桥。这些桥串联起河的两岸，古镇便流动起了生气，再与灵气交织，就更具况味了。这些石桥多是青灰色，时光的印痕清晰，每一道桥都沧桑、凝重。古往今来，桥上走过的人无数，有谁能够亘古一心，坚守这么久呢？

东大街上有清风桥、通津桥、洪济桥、东吊桥、廊桥等，一桥一画一景，展现的又岂止是百年前的繁华。其中通津桥是南浔三大古桥之首，堪称"南浔第一桥"。通津桥典出"通济行人"。清嘉庆三年（1798），湖州府通判时敏见桥渐垮，行人艰难，主持重建。明清时期，通津桥畔成了繁华的丝市。桥南面有一条小街，名叫丝行埭，素以经营蚕丝业著称，曾是历史上"辑里湖丝"的集散中心。东大街西起清风桥，东至风水墩。清末民初，这里是古镇的第一商业街，街两侧有五福楼、大庆楼、天云楼、长兴馆、大陆旅馆、野荸荠茶食南货店等一大批百年老店。历史在述说，每到茧兴时节，以通津桥为中心的贸易口岸，总是会集着一大批来自上海等地的商贸船只，很是热闹。随着时间的推移，繁华热闹的东大街变得越来越冷清，渐渐有了些萧条的样子。如今，大庆楼已经变成"木言木语"酒吧，大陆旅馆也成了"瓶中时光"客栈。在历史的更替中，唯有那水不曾改变。

河埠上，有女人蹲着浣衣衫，听不见棒槌的声响，只见到一波揉碎的金光，一圈圈地漾开，难道是诗人吟出的一句句诗？那些从容行走在古色古香的幽幽窄长小巷、潺潺流水溪边、古木参天园林中的原居民，他们神色不是焦灼的，步履不是急促的。是的，我在他们身上看见一种久违了的简淡和悠然，舒展、平和、自然。此时晚霞映照着河畔的南浔古楼，像一对相濡以沫的夫妻，傍水而居，享受着时光的静谧，安心地相互陪伴，恬静地吃着晚餐。

　　清风桥虽历经沧桑，但古风依旧。水中的倒影便与那个殷实的半圆组合成满月一轮。我突然想起散文家余秋雨所说："斑驳的青灰色像清晨的残梦，交错的双桥紧致而又苍老，没有比这个图像更能概括江南古镇的了，而又没有比这样的江南古镇更能象征故乡了。"桥，有的像一轮弯月，有的像一把弓，也有的虽然窄小，却不露声色，岁月积淀华丽转身便是婉约一笑，清雅如茶，抿一口，淡淡香，抿一口，回味甘醇。

　　我被画面醉着，不觉就到了百间楼。已是夕阳斜照，河面上泛着盈盈的天光和飘忽的白云。清凉的水汽，悠悠地漫过来，漫上了两岸白墙黑瓦的建筑。此时，画面似乎静止了，是那般宁静怡然，又是这般轻柔妩媚。百间楼是平常百姓的住所，这份静美当属他们。百间楼已经有三四百年的历史了。传说明朝礼部尚书董份归隐南浔后，其孙子与南浔白华楼主嘉靖进士茅坤的孙女结亲。迎亲前，茅坤嫌弃董尚书家里的房子不够宽敞，便派媒人对董家人说，女方有一百个陪嫁的婢女，你家太小，住不下。董家马上就建造了一幢百间楼，一个婢女一间，故为"百间楼"。

　　百间楼前是一条运河，通往湖州、苏州。这条河被称为"百间港"或"百间河"。走在这里，我觉得走进了一段清清淡淡的剧情里。斑驳的白墙、雕花的窗格、幽幽的光线，静静的水、空气和阳光，都弥漫着古典的诗意。然而多年后的今天，这里分明是烟火人间，你看前面，廊道边上靠近水岸的老人，正扇着煤炉，生火做晚饭呢。

　　我想南浔本身就是一条静谧的河。南浔的水，南浔的人，是大自然的智者，教会我们柔软和韧性。在历史的江南，水是南浔的灵魂，也造就了南浔老人的温软。甜美的吴侬软语，像韵味无穷的评弹,那么细声细气的攀谈闲聊,又像悦耳的琴声。一处瓦楞,数片树叶。在昏暗的天空衬托下,一只小鸟遥望着远方,绽一抹春色,晕染出一幅烟雨画,显露出本是南浔该有的真实与柔情。淡写念虑,静而后安。时间往黄昏里滑得近了些……

就要离开南浔了,禁不住,我又回首望了一眼美丽、静籁、古韵的古浔溪。但见两岸树影在夕阳的映照下,影影绰绰婆娑欢舞。远远望去,它就像一艘画舫,在无数的风云里,傲骨仍存。在鹭鸰溪畔,就像经历一场又一场的时空穿越,穿越中总会碰到我们似曾相识的先贤,总会触碰到我们的心灵深处。鹭鸰溪畔的南浔,被运河穿过的它,不浮华、不喧嚣,甚至有那么一点点稀罕的散淡意味。

这样的优雅和散淡,在水里摇晃着,摇成一片水声,从小莲庄到张氏大宅,我听到繁华在耳边掠过,波纹荡尽后,平静的没有缺口,没有足痕。它温柔的声音在光阴中流淌,不炫耀、不浮夸,自然地来,自然地去。

頔塘运河是南浔古镇的“母体”,河畔的南浔古镇也是因塘而生、因塘而兴。南浔有一千七百多年的运河古道,运河也让南浔创造了奇迹。南宋时,南浔已是“水陆冲要之地”。这里因滨浔溪河而名浔溪,后又因浔溪之南商贾云集、屋宇林立,而名南林。至淳祐十二年(1252)建镇,取南林、浔溪首字,改称南浔。大运河湖州段申遗主要涉及“一点一段”。“一点”指南浔历史文化街区,即南浔古镇,系大运河西线頔塘的城镇聚落遗产;“一线”指頔塘古道,即南浔古镇的东市河、西市河。

有生之年，欣喜相逢藏龙百瀑

有生之年，一定要去追寻魂牵梦绕的藏龙百瀑，在今年 8 月的最后一个双休日，我终于如愿以偿。汽车行驶接近两个小时，我们一行人进入了山区。路的一侧是高山，一侧是深涧，我一路惊叹，一路叫绝。车子穿过第一个隧道后，只见山外青山，烟雾迷离。路边有萧萧翠竹，雨后更见青翠，随风起伏，低声絮语。偶尔我们还会看见白亮清幽的一弯绿水，摇动着油油的水草。啊，一路完全是绿绿的格调，明媚俊朗，染着一层秀丽神韵。我欣赏着一抹一抹的撩人夏光，尽管是在车上，但已经被大自然酿制的绿熏得半醉。那一层层迭起的盘山公路宛如长龙，时隐时现，被灿烂阳光照射得闪闪发光的溪水伴随着隆隆涛声奔泻而下，让我沉浸其魅力中，再无自拔之力。

过了盘山公路，我们来到了天荒坪镇。一个硕大的石碑矗立在眼前，上面刻着几个古朴浑茂的大字——藏龙百瀑。落款是吴昌硕。原来安吉是吴昌硕的故乡，这里大概是留下他早年足迹最多之地。这一片灵山秀水定然在先生的心胸中氤氲激荡，从而滋润出别样的艺术情调,最终造就了一代书画宗师。进入大门,绿树边分,眼前顿时开阔。我仿佛听到隐隐的大音,估计是飞瀑水流在山涧激荡出的一曲漱玉之音。道路两边,树木葱茏,烟笼雾绕。其中箬叶竹最为显眼,那细弱低矮的枝干飘摇着偌大的叶子,当地人用它取代苇叶包裹粽子。小时候家中墙壁上挂的斗笠,大概就是用这箬叶编织的吧。还有紫色的竹子,称为紫竹,可以制作箫笛,声音或清脆或浑厚。看到脚边蜿蜒着清亮亮的溪流,夹岸杂花生树,修竹鲜碧。过了景区的第一座桥,便有瀑布迎面而来。到了有水的地方,周围环境便灵动起来。

此前刚下过一阵大雨,空气像滤过了似的,格外清新,景区的大树参入云天,遮天蔽日,旁逸而出的树枝摇曳在瀑布边。踩着湿漉漉的石板,看到一股股流泉从山石上飞泻而下,激流拍击山石,震耳欲聋。

我们在"神龟听瀑"处停下。只见两块一大一小的山石还真像两只乌龟,小乌龟趴在大乌龟身上,它们正屏气凝神、悠闲自在地静听飞瀑击石的声音呢。取名为"神龟听瀑",就是因为它们生出了一份叫人不能忽略的灵性。这些自然形态被赋予了人的诗情想象,便有了生命,便有了亲情。据考证,这种嶙峋怪石是几千万年前火山喷发后,地层断裂,岩石经过长年累月的流水冲刷而成。据说,还有一块万吨巨石在几千万年前就悬挂在两座悬崖之间,人称"仙人桥",有千钧一发之险。这些岩石经历了千万次瀑布的洗礼,在大自然的鬼斧神工下变得独一无二。没有岩石的瀑布缺少了一份坚毅,少了瀑布的岩石,也少了一份生动。

顺溪而上,我们遇见的"龙须瀑"就更为奇特了。千万条细流奔涌竞流,犹如龙王爷嘴唇下垂挂着的雪白的、长长的胡须。这连环飞瀑，或阔或狭，或急或缓，或沉着或飘逸，包罗世间各种瀑布的形态。每个瀑布都有温暖的名字，有龙沙瀑、潜龙瀑、龙游瀑，有彩虹横卧的"虹贯龙门"（人称"小黄果树"）等，难怪要把这里命名为"藏龙百瀑"了。那镌刻在巨石上的红色大字"龙"让我浮想联翩，这里是藏龙之地，我们是龙的传人。

我们一路欣赏着说不出名字的花花草草，一路夸张地翕动着鼻翼，似乎想把迷人的芳香气息全部吸纳进肺腑。我觉得最美的是一片淡竹林，没有尘俗的浸染，苍茫一片的竹海，能把人的浮躁心灵洗涤清爽。

曲径通幽处，因为下过雨，石板路还有些湿滑。登山的石阶依瀑布而建，有时舒缓，有时陡峻，舒缓的地方如履平地，陡峻处是用钢筋焊接的阶梯，几乎直上直下，走在上面不免心惊肉跳。有时，从空心的铁制台阶向上望去看不见头，而脚下就是飞流而下的瀑布或幽深的空谷，每次峰回路转就会有一个全新的瀑布呈现在面前。此时人类显得如此微不足道，面对瀑布的包容，我渺小得无地自容。我们的灵魂接受着涤荡，一路上的木桥、栈道、茅廊、索桥为我们添上了几分喜悦。

据说太平天国时期，太平军还一度据有此山，深藏于此，称此为"小梁山"。这灵秀山水容纳千百奇兵是不成问题的，而且地势险要，易守难攻。此时，周围大片大片的绿色充斥在眼前，这是在城市里无法感受到的，我的心情一下就变得舒畅放松，整个人也变得跟小孩子一样活泼。

爬过弯弯曲曲的山路，突然眼前一亮，一道银瀑挂在我的面前。抬眼望去，只见一片清流从天而降，我们终于到达"长龙飞瀑"。瀑布有三折重叠，落差为六十多米。站在晃动的悬浮桥上观看长龙飞瀑,别有一番风味。上叠水流急而长,仿佛龙身;中叠宽而散,形如龙须;下叠是一汪深潭。在青山碧水间,飞瀑宛若长龙般飞流而下,击打在山石上的水珠四下散落,最终又汇于瀑布下的这一汪碧绿的潭水中。铁索道从两级上空穿过,可谓"画龙点睛"之笔!从侧上方俯视,瀑布真如猛龙入潭,声若雷鸣,神武无比。水珠子遇石四外飞溅,形成一片水雾,氤氲之气遮了山色,迷离了眼眉。而瀑布下的鹅卵石已被水流洗刷得珠圆玉润,不留一丝浊尘。这情景,让我突然想起了"大珠小珠落玉盘"。这一瞬,我只想让时光停驻。

我们沿着溪流寻觅世外的静。时不时有一处小小的所谓"瀑布",从山缝石头间蹦出。扶绿而走,淡了尘心。沿阶而上,那一路的景色,就全是一个绿字了。山深处,满山满坡的竹,一律郁郁葱葱、生机盎然,叫我恍惚。渐行渐远,银瀑亮溪如动感的玉液在浑然的翡翠山间跳荡,一青二白,颐养眼目。我非常喜欢,眼馋了一路。终于在爬到某个瀑布的时候,忍不住去亲近水流和溪石。

远处山腰之上有人家,是为"藏龙山寨"。村子不大,约三百人,建村历史不长,仅两百年左右。据当地老人介绍,该村祖先与兵家有着千丝万缕的关系。村中居民以李、翁、施三姓为主,其祖先均为太平军余部。村庄间祥云缭绕,逐渐缭绕成朦胧,朦胧成消隐。最终,成就了那份少有的静。还有那满山的竹,有一种茂盛的、坚定的、浸染万物的绿。所以,自沿溪铺成的石阶,一步一步,我一边走,也就一边丢下了一路的尘心杂事。此时,我感觉自己也被浸染了,印入了这幅山水画中,宛若一株竹,立在溪旁那个熟悉的拐角处,听溪潺潺,随风婆娑,自秦,或者更前,都是这样不变的姿势,有因空旷而生的那份澄净吧。扶绿而走,方知简单是一种澄净。

藏龙之山，古朴无华，唯其简单，才愈显亲近。站在藏龙百瀑下面，湍急的流水从上倾泻而下，水花飞溅，透着一股清凉。心境也随着流水变得宁静，一下子明白为什么古人会喜欢依山川居住。大自然带给我们的不只是美景，也是一份恬静。这里充斥的清澈湖水冲出了白茶的醇香，真是，珠玉飞流无尘念，一怀心思花为无。就像最初进入乡村时石碑上刻的字一样，"沾一点祥瑞紫气，得一生平安洪福"。

藏龙百瀑又名太平天国"小梁山"，位于安吉县东南部，与亚洲第一的天荒坪抽水蓄能电站相连，是一处以泉、涧、瀑、岩、植被、动物等自然生态景观为主体，以群瀑、密林、险崖为特色的自然奇观。它是浙江最大的瀑布群，有三折重叠、落差为六十多米的"长龙飞瀑"，有彩虹横卧的"虹贯龙门"，更有神形皆备的"神龟听瀑"，真可谓瀑瀑相连，一步一景。

陆

绍兴 风情酿

一川烟雨中的东湖

　　我和绍兴东湖经常相见。今年 4 月,我们一家和东湖再次相逢。这里的春天来得格外平静。疏疏的几场雨后,东湖洗净铅华,重归宁谧。我闻到一股温润的气息。微雨、紫霭,层层叠叠、漫漫散散。

　　据史料记载,箬簀山自汉代一直是绍兴的一处石料场。经过千百年的凿穿斧削,采用特殊的取石方法搬走了半座青山,形成了高达五十多米的悬崖峭壁。劳动者要深入地下取石,久而久之,形成了长过两百米、宽约八十米的清水塘。清末,绍兴著名乡贤陶浚宣眼光独到,利用采石场筑起围墙,经过百年的人工装扮,东湖成为一处巧夺天工的山水大盆景。我们被"奇迹"背后的劳动者所感动。我们沿着竹径,沿着水岸,沿着丹桂的耳语和藤蔓的呢喃前行,此刻市声消隐,细雨在衣襟上濡染出一段梦境。我们的伞是静静绽放的花,融进烟雨迷蒙的光阴。

　　我和家人踏上了熟悉的乌篷船。头戴乌毡帽的船老大手摇脚蹬,乌篷船嘎吱嘎吱地在河面上游动起来,远处传来咿咿呀呀的绍兴戏唱腔,时光仿佛倒流。水天一色,船夫两只手划着一支桨,两只脚划着另一支桨,姿势舒展,像在玩杂耍。乌篷船是水乡绍兴独特的交通工具,因竹篾篷被漆成黑色而得名。陆游老先生说它是"轻舟八尺,低篷三扇"。乌篷船船身狭小,船底铺以木板,即使有渗漏,船舱也不会沾湿。船板上铺以草席,或坐或卧,但不能直立,因船篷低,如直立,可能使船失去平衡而翻覆。乌篷船或行或泊,或独或群,都是一道特有的风景。乌篷船是水乡的精灵,更是水乡的风景。船的前行让我们更能嗅出这片湖的味道是清丽的。连着水的朝气在慢慢升华我的情绪。更有那环着湖的山,崖壁蹉跎,有的对峙如门,有的倒悬若堕。

闭上双眼,仿佛看到了众多名人志士来到这里参加陶社,也仿佛看到郭沫若题诗……此时的风微凉,带着不知名的草木的芬芳,脉脉含情。烟岚四起,东湖纱帐里住着一个五彩斑斓的梦。船靠近石山,人在其下仰望山体,可以更加细致地看到整座大山被砍削的痕迹。一道道流水如瀑布般从山顶泻下,水花溅落在人的脸庞上、手臂上,激起一丝丝清凉。低头看时,游鱼吻石,碧绿的湖水清亮见底。

此时,擦肩而过的船里传来一对母女的笑声,我一下被深深地触动了,想起了一生辛苦的母亲。20 世纪 80 年代中期,家里出了状况,越来越入不敷出。随着年龄的增长,我们姐妹俩面临上学还是到工厂做工的选择难题,母亲会私下里对我们许诺:只要我们能好好读书、有出息,她就是卖屋、卖田也要让我们走出农门。也许是母亲的那种倔强的念头坚定了我读书的信念,也许是母亲给我们织就的美好未来激励了我,十年寒窗苦读,我们姐妹俩终于叩开了"跳出农门"的校门。当我独自离开母亲背起行李,踏上去学校的行程时,母亲露出了久违的微笑并祝我一路顺风。她的眼里分明有晶莹的泪滴,我知道,这是她几十年来最大的安慰和快乐!

毕业后我顺利地找到了工作,母亲的脸上因此多了些欣慰和欢快。每次节假日回家,母亲总要做我最喜欢吃的韭菜蛋煎饼和鲫鱼汤,而每当我要返城上班的那一天,她总是半夜起来给我准备雪里蕻、熏毛豆、蜜汁大头菜等土特产及丰盛可口的饭菜,说是不要误了上班的时间。离家的那一刻,母亲总要站在自家门口,说一声:"当心啊!"然后看着我一步步走远,直到消失在她的视线中。

湖中船来船往,乌篷船内的这对母女相依相偎,如划在东湖里的桨和水一般,我有些心潮澎湃。这几年,因为工作,我忽略了身体上的小病痛,也忽略了母亲对我的牵挂。经常是很长时间我才会打一个电话回家,向她老人家报个平安,每次都是三言两语就挂断电话。我原以为这些都是次要的,我事业有成才是对母亲最好的报答。但就在刚才这一刹那,我知道我错了。我何尝不知道,母亲一直都在家为我牵肠挂肚,我经常用许多自以为是的想法原谅自己对母亲的忽略,我也经常随意找借口说自己真的很忙。可是,我从来就没去想过母亲的心情,她并不在意我是否出人头地,只要我平安,哪怕我落魄得很,她都会用宽容和慈爱收容一事无成的我,这就是母亲! 而我,就这样轻易地忽略了母爱,把最弥足珍贵的亲情忽略成摆设和理所当然的索取了。

漂泊的日子是苦的,所有的一切都得自己扛着。在我失意的时候,我经常找不到可以倾吐忧伤的对象。就在这一刻,我顿悟了,其实母亲就是我可以倾诉的人。在她面前,我尽可以把所有的苦水倾倒出来,她会用鼓励的眼光和贴心的安慰融化我心中所有的忧伤,然后让我把笑意写在脸上继续向前。回想最近由于写 G20 杭州峰会的文章和脚伤,我已经近两个月没和家里联系了。我心有所愧，坐在船里就拨通家里的电话，是母亲接的，一搭上话她就先提醒我说："别忘了，明天降温，你这丫头，老是不知道温度是什么概念的。"搞得我一阵感动。

船靠岸，又离东湖。其实我一直认为所有生命里积攒的遇见，都是久别，只愿和东湖近一些，再亲近些，等着下次再来。此时，船下水波荡漾，船儿轻轻摇晃，却不颠簸，只是安详，如一条有家回的游鱼，自在，欢喜。

东湖位于绍兴市城东箬篑山麓，昔日秦始皇东巡至会稽，于此供刍草而得名。自汉代起，相继至此凿山取石，至隋，越国公杨素为修越城，大举开山取石。经千年，遂成悬崖峭壁、奇潭深渊，宛如天开。湖内有陶公洞、仙桃洞最富情趣，乘小舟入洞，如坐井观天。碧潭岩影，空谷传声，景色尤称奇绝，号称"天下第一水石盆景"。

绿野诗踪沃洲湖

在《全唐诗》中浙东的"沃洲""天姥"等词汇出现的频率比"泰山"还高。沃洲湖一带是浙东唐诗之路的精华之地。仅唐朝，就有数百位诗人在这弹丸之地留下了一千多首诗篇。究竟是怎样的浩荡山河，扣动了诗人们的心弦？究竟是怎样的江山风流，召唤大唐翩翩才子踏歌而来？一千多年后，2009年的10月深秋，闲日，我邀数友再次到有山、有水、有景、有栈之地去放飞心灵，去寻找一千多年前让无数诗人怦然心动的这方山水秘而不宣的神奇之处。

几辆车一路绕山而行，四围山峦，道路崎岖，两个半小时后终至沃洲湖。20世纪，沃洲湖形成水库，并建有一些小型电站，沿用至今，造福于民。时过境迁，湖畔部分屋舍改为客栈，我们选择了其中一家客栈入宿。客栈的主人很好客，临湖支炉煮水，为我们泡上一杯新昌大佛龙井，清香四溢。大家一起极目远眺，远处山峦层叠，近处一湖碧水，四周有沃洲山、东岊山、天姥山，真的是一块清净之地。

午后，我们一行人前行三百米即到坝下。白居易在《沃洲山禅院记》里称誉："东南山水越为首，剡为面，沃洲、天姥为眉目。"果不其然。在山路辗转半刻，瞬间豁然开朗。首先映入眼帘的，是一个湛蓝色的湖，沃洲湖安静地躺在我们的面前。它是纯天然由雨水汇集成的湖泊。蓝色的湖水，远处的一座座青山，绿色的树木，没有一丝皱痕的湖面，蔚蓝的天空，一同勾画出了一幅美丽的山水画。平静的水面宛如一块天蓝色的宝石，嵌在秀丽、陡峭的群山之中。我听友人讲，相传东晋曾有竺道潜、支道林等十八位高僧及孙绰、王羲之等十八名雅士集聚于此。唐孟浩然曾有诗曰："支遁初求道，深公笑买山。"也许是我们来时已晚，游人很少，等了大半天，等到凑够人数，船才出发。

偌大的湖面上只有我们一艘船静悄悄地、慢慢地环湖荡漾，一种巨大的、温柔的气息扑面而来，顷刻间就把我们淹没。湖水饱满、明净、丰沛，有水鸟从湖面上掠过，倏忽便不见了。天空是那种澄澈的蓝，映衬着湖水。四周的山色、眼前的光影，仿佛墨色未干的画卷徐徐铺展，直叫人疑心，这究竟是天上还是人间。而郁郁苍苍的绿意，从四周的山上，直跌入水中，那倒影经过湖水的浸润，更有了一种不可测的神秘、幽深、丰富、驳杂，一言难以道尽，仿佛一部小说。青山如黛，水色潋滟，只有被船儿推开的水声提醒着我这并不是静止的画卷。那瞬间，我逃离了尘世的喧嚣。

船行数里，见一寺庙，谓"真君殿"。我们一行登岸，步行一会儿就到了真君殿。该殿建筑集木雕、砖雕、石雕于一体，建造精致，气势非凡。真君殿为道观，原是石真人庙，现供奉南宋抗金名将宗泽。为躲避灾祸，祈盼风调雨顺、国泰民安，每年秋季收获之后，这里会连续三天上演传统大戏，届时四面乡农涌来，八方香客云集。抬头看庙宇，红墙绿瓦，飞檐斗拱，通体为木质结构。庙内建有戏台，还供奉着众多神像，最引人注目的是宗泽之神像，自宋元至今，一直受人膜拜。唐朝李白、宋朝陆游和清朝乾隆皇帝都曾到此游历，乾隆皇帝还为宗泽庙作序。站在真君殿前，心情豁然开朗。湖水湛蓝，微波荡漾，群山环抱，橘树成林，游艇穿梭，白鹭翱翔，成群野鸭水鸟列队横飞，置身其中，如同梦幻。回首见"沃洲山"门匾醒目，庙宇雄姿屹立湖畔，庄严肃穆，俯瞰湖前山水，耳听庙内鼓磬钟声脆响。

我们继续前行，天空蔚蓝纯净，不染风尘。此时的湖水，碧绿恬静，仿如一匹翡翠色的绸带，飘落群山之间。我们乘坐的画舫，轻轻划开平滑如镜的水面，荡漾起长长的水波，就这么漂向远方。那里，虽没有兼葭苍苍，却依然有佳人。此时，一片红霞覆盖了整个山坡，如花朵灿烂而热烈地绽放，就那么芬芳烂漫、妩媚鲜丽地流入人们的眼中。游船开过，水面的涟漪动人。岸两边是人间净土般的村庄，没有压抑和困顿，只有智慧、浪漫和毫无羁绊的自由。

或许正是这样，才能让"酒入豪肠，七分酿成了月光。余下的三分啸成剑气，绣口一吐，就是半个盛唐"的李白直抒"东山高卧时起来，欲济苍生未应晚"的胸臆，发出"安能摧眉折腰事权贵，使我不得开心颜"的呐喊，而与他同时代游走于浙东山水间的数百位诗人，或许也在与这方大地上的某一条清流、某一处山岚，或星河灿烂、霞光明灭的酬唱应答中，顿悟般地找到了他们妥帖的心灵栖息地吧。想着这些，我又开始微笑了，仿佛我也与他们在对诗了。千年的岁月已流淌而去，当年的诗人们可能未曾想到，曾站在桥上看风景的他们，已成为别人眼中的风景。

次日清晨，立于客栈平台，远眺沃洲湖，雾里群山朦胧，比昨日更加妖娆，晨晖如同一条条金色的丝带，飘舞在远处的橘林中。橘子们挨挨挤挤，一颗颗挂满枝头，在秋日的金晖里伸展。它们横枝优雅闲适，斜枝洒脱豪放，曲枝温柔婉约，直枝庄重威严，可谓千姿百态，楚楚动人。一阵微风吹过，它们微微摇曳。青山空灵，鸟鸣婉转。这里的一山一水，似乎也因被风流雅韵所浸染，而变得神光离合起来。

看一树一树缀满诗篇与橘子，看远处山间升起缕缕炊烟，看湖中叶叶扁舟轻轻划开碧水，看湖矜持于那山坡和白云之下，却以浩淼的水纹写出一首诗的意境来。我看到一汪多情的水花，不由心头一热。此时，时间仿佛停留，心境一片空灵，远离了尘世间所有的纷扰。我们身在喧嚣的都市，忙碌奔波，停不下自己的脚步，错过了世间多少风景！只有此时，悠然于山水之间，我才终于感悟，这个世界有太多的美好需要我们去停留、去欣赏、去体会。

这是一片特殊的湖，由山水织就，在盛唐的光芒中仍熠熠生辉。千年之后，在沧海桑田间，仍灵光流转，它的上方飘满唐诗。与沃洲湖邂逅，是我一辈子都不可多得的生命的飞翔。

沃洲湖在今浙江省新昌县城东南，当地人称为长诏水库，如今正发挥着防洪、灌溉、发电、旅游等巨大功能。长诏水库建成后，蔚然成湖。沃洲湖因沃洲山得名，而沃洲山、天姥山自古就是道教的福地，有无数动人的神仙故事和人文胜迹。唐白居易《沃洲山禅院记》称："东南山水越为首，剡为面，沃洲、天姥为眉目。"这里是中国山水诗的发祥地，是唐诗之路的精华地段，也是道教福地所在。

一半是火焰，一半是冰山的狭猄湖

距绍兴市区不远处，有一个美丽的湖泊，碧波荡漾，鱼游虾戏，而湖中间有条绵延悠长的避塘，仿若镶嵌在湖中的一条玉带，或是匍匐的一条睡龙。或许吸引我的还不止这些刚见到的风景。狭猄湖是奇的，奇在这湖的读音。一开始我是不认识这两个字的，查了网络才知"狭猄"读作 áng sāng。狭猄湖是特别的，特别在这湖名的由来。其实狭猄为一种鱼类，黄色无鳞，肉嫩味美，是《辞海》中记载的"黄颡鱼"。此湖因多产狭猄，故名。"狭猄"这两个字第一次出现是在南宋的《嘉泰会稽志》中。当地有一村，名狭猄湖村。村以湖名，湖以鱼名。狭猄湖是奇特的，奇特在狭猄湖的避塘。绍兴人都知道狭猄湖，但可能很多人并不清楚避塘是什么东西，也更加不知道狭猄湖避塘居然还是"国宝"。

狭猄湖避塘，就是位于这个狭猄湖上的独具江南特色的石结构建筑。顾名思义，避塘就是避风港的意思，是古代舟楫往来的傍岸避风设施。狭猄湖避塘现为镜湖国家城市湿地公园的重要组成部分。

　　传说曾经有个石匠，不慎落水，被村民所救。后来他出家当了和尚，发愿要在狭猕湖中造一条石塘以避风浪，以报答乡亲的救命之恩。但募捐并不容易。附近有个富商，为和尚的心愿所感动而出资，同周围群众用了五年的时间，终于建成了一条石塘。狭猕湖的东南边以前也是湖。湖的西侧，有一条长七里的避风塘。始建于明天启年间的狭猕湖避塘是古代绍兴舟楫往来傍岸避风之所，横亘于狭猕湖上，由实体塘堤、石桥、石亭组成。实体塘堤是整条避塘的主体，它两面临水，破湖而建。堤塘的平面略呈 S 形，在一定程度上分解了风浪对地基的猛烈撞击，同时也使避塘富于变化，增强美感。站在塘上极目远眺，避塘宛若一条游龙逶迤伸向天际。塘身用长约两米的条石或顺丁叠砌，或顺叠而成，自下至上逐层收分。塘顶铺设石板，石板之间用榫卯衔接，以防石板侧滑。

　　现在北面约一千米段为两面临水建筑，南面两千米段因 20 世纪 70 年代避塘东侧围湖造田，遂呈单面临水状。避塘面宽约两米。走在古朴悠长的石塘上，可以想象，在当时并无机械设备的情况下，建造它要投入多大的人力和财力，需要多大的魄力和勇气。我不禁由衷地佩服先人的聪慧和无畏！据传，没有避塘以前，湖面每逢大风就波涛汹涌，来往于湖面的舟船无处躲避，翻船沉货淹死人的事常有发生。

　　最特别的是，除了实体塘堤，狭猕湖避塘每隔里许还有凸起的石桥和两座古朴典雅的石亭。它们既在功能上满足了避塘的要求，又避免了塘堤单调划一的缺点，因此在我国建筑史上具有很高的研究价值。旧时避塘上有石桥五座，分别取名为天济、永济、中济、通济、普济。目前保存较好的只剩下普济、天济两座桥了。普济桥坐落在狭猕湖避塘的北侧，是一座与塘堤呈"T"形交接的三孔石梁桥。天济桥位于狭狳湖避塘的中部，系单孔石桥梁。这种突起于塘面的桥梁，起着调剂水源的作用。此外，船在行驶过程中，倘若遇到较大的风浪，便可穿越桥孔，进入塘堤另一侧躲避或紧靠塘堤继续行驶。

两座石亭也保存得比较完好。长方形石亭坐落在天济桥以南约一百米的狭狳湖避塘上，坐东朝西，供塘上行人休息或躲避风雨。整座石亭古朴粗犷，其建筑风格与塘堤、石桥相协调。六边形石亭则位于狭狳湖避塘的南端，坐北朝南，其造型优美，结构稳固，在绍兴一带尚属罕见，因而弥足珍贵。

狭狳湖避塘除专为船只躲避风浪之患外，亦可保护沿湖田园农舍，使之免遭水击而坍塌。从现存于普济桥下的古纤道来看，亦起着行舟拉纤的作用。紧贴普济桥东孔桥块的地方，有一条宽不到一米的石砌纤道路，沿桥孔内侧盘绕而过。每逢暴风骤雨来临，避风塘外一面惊涛拍岸，声若闷雷，但避风塘内沿塘一线却舟楫如织，风平浪静。它既可供拉纤的纤夫行走，又可阻挡风浪侵袭，也可让遇险的渔民避险休息。因此，我们可以说，狭狳湖避塘是名副其实的"国宝"。我走在水中央的青石板路上，沿着记忆的痕迹行走。我又回到了古亭边，我又站在桥上回望古亭，这时，移出云层的阳光照亮了古亭，照亮了避塘。我还看到很多石板上有刻意凿出来的小孔，不知何故，是防积水还是为了减轻湖水的冲击呢？

随着夕阳在清澈开阔的湖面上展开，我被狭狳湖"惊艳"了。阳光下，狭狳湖湖面金光闪闪，一条避塘隔开东西两边，经过沧桑岁月堆砌垒叠而成的青石板清晰可见。我迎着微风行走在避塘上，极目远眺。远处的山、眼前的水、头顶的天、脚下的塘、湖面的渔夫、水下的鱼，一切自然安谧。燕子在呢喃，不知名的鸟在树上鸣叫追逐,小船开过打破寂静,声音从远处传来,又渐渐远去。经历岁月风霜的青石板,偶尔一两处有水草在努力地生长。农庄里的鸡鸣声,湖边村落里的狗吠声,偶尔惊起过路的人。

来到因鱼而得名的狭獀湖不能不品尝一下这里的鱼。狭獀能发出昂唏昂唏的细小声音,因而得名。我们一行人到了农家乐,老板提到"行上鱼鲜鲜",行上鱼就是指狭獀。在农家菜单中,狭獀的做法有很多样,唯独"湖塘早狭獀鱼"最有来头。传说,这道菜是一个渔民的妻子所创。靠湖吃湖的渔民每天从湖中捕回许多狭獀,可狭獀再鲜美也经不起天天吃。孩子们要求吃肉,渔民的妻子嘴里答应了,却为没钱买肉而犯愁。第二天早上,正好有个卖豆腐的货担郎吆喝着走过,妻子突然有了主意。她将豆腐切成一块块,过油红烧,看上去就像红烧肉一样,再配上鲜美的狭獀,巧妙地满足了孩子们的口腹之欲。附近的农妇听说后,纷纷效仿。一传十、十传百,这道凝结着民间智慧和母爱的乡土菜就这样流传下来了。

饭后,我再度走在古避塘的青石板上,感受湖面吹来的习习凉风,仿佛间,这条悠长的路能通向遥远的天际。它又像一位老者坐在湖面上,看尽世间变幻。我总感觉古避塘是寂寞的,只有青苔慢慢爬满石板,如一个女子般安抚着它沧桑的心。拿着相机走过石桥、石亭,不远处,有一叶小舟停泊。走近一问,才知是一个摸螺人,小船里已堆了半船的螺蛳。又路过一艘船,看它划过水面,房子、影子、镜子,来了一群小鸭子在碧波上游荡。

想来,古避塘应该是不寂寞的,它静静走过多少岁月,一直与世无争,默默地给予。人间正道是沧桑,古纤道、古桥、古洞,又似在诉说千年的雨雪风霜,一面惊涛拍岸,一面风平浪静。生活就是这样的一片湖,这一生有高低起伏,有平缓、湍急,一半是火焰,一半是冰山。

　　狭狘湖读作"昂桑湖"，位于绍兴市北部灵芝镇，因湖中盛产狭狘，所以以此鱼为名。狭狘是《辞海》中记载的"黄颡鱼"，一般称昂刺鱼。避塘始建于明代，是沟通南北两岸的通道，呈南北向横跨于狭狘湖上。它的样子略呈长方形，南北长约一千米，东西宽约两千米。

许白马湖一场诗和远方

薄雾,荷绽,蜻蜓,我,6月的某个早晨。

带着无限向往和敬意,我叩开了白马湖的门。

白马湖,我来了。

车子开进一个山谷,沿着曲曲折折的小路行驶五分钟左右,停在一个小桥边。司机热情地介绍道:"这儿就是白马湖。那边就是春晖中学了。"站在桥上,我既兴奋又激动:白马湖,今日终得一见了! 白马湖三面环山,形状像马,北面是白马湖的出口,因此这里常年有风。

白马湖的山,秀气得如江南的少女,让人觉得很亲近。西面的那座叫象山,是群山中最大的一座,大概是因其形状如大象而得名吧! 山间的竹林里散放着三三两两的长条石凳,我坐在上面,仰头只见点点蓝天,阳光寻找着缝隙钻进林子里。

我轻轻地走在白马湖边。湖,依然是这样静,身边充满了清新的空气,无声地与湖水融成一种透明会流动的思想……在白马湖,我的心,听见岁月细说生命的纯净,听见这些岁月曾经的灿烂。最早知道白马湖源于朱自清的散文《白马湖春天》，即令我心向往之。白马湖的水绿得晃眼。这是因为湖水吞了山的秀色才这么浓郁的吧。真的，春晖桥在湖里的倒影也是绿色的了。湖边的垂柳，在晨曦里，在微微的风中，妩媚地扬起枝条，戏弄着湖水。我拾级而上，掬一捧湖水，清冽透明，滑滑地从指间滴落，犹如晶莹剔透的颗颗水晶，随即跳入湖里，不见了。

6月，白马湖的荷花四散在各处，从南到北，呈带状分布。荷间怀揣着花苞，风一吹，荷叶一摆动，荷花就冒出来，一张一合，若隐若现。我靠着湖边的柳树，平静了一下浮躁的心，开始闭目冥想。湖中清净，鱼影、白鹭频频现身，要是自己是那舞动的荷，多好。人生的相遇太多，用一颗简单的心看世界，世界就很简单。

此情此景忽然让我想起丰子恺充满诗意的漫画《人散后，一钩新月天如水》的场景：一张木桌上，一把茶壶，三只茶杯。像一条弄堂里的穷亲戚，在疏朗简洁的笔触里彼此张望着。廊上是卷上去的竹帘，映入卷帘的是一钩新月，如微睁的眼，悬于天际，独自注视着这个茶楼。楼榭里外，明暗斑驳，栏杆在光照下变得弯弯曲曲。好像就在刚才，几个老朋友在这里品茗叙旧、高谈阔论，店小二笑容可掬地递茶送水。大片的留白里，题款是：人散后，一钩新月天如水。这帧有着宋元小令般悠远意境的水墨漫画，是20世纪20年代丰子恺公开发表的第一幅作品。

正因为这幅漫画，我在少女时代就知道了宛如有文曲星相聚的春晖中学。

彼时，丰子恺正在浙江上虞白马湖畔的春晖中学任教——千万别以为这是一所普通的乡村私立中学，它在中国现代教育史上堪称一个无法复制的奇迹。1921年，原浙江省立第一师范学校校长经亨颐在家乡上虞创办了春晖中学,夏丏尊应邀受聘返乡。为实现教育理想,他邀请一批志同道合的同志来到了春晖中学,在白马湖畔营造了一个"与时俱进"的教育环境。很快,象山脚下的白马湖畔群贤毕至,从1921年到1925年,白马湖畔相继走来了一批名人:夏丏尊、朱自清、丰子恺、朱光潜、李叔同、蔡元培、叶圣陶……他们或入驻执教,或走马讲学。这些从四面八方走来的名人,同怀着一颗纯真的心,用"一种扣动人类心弦和生命息息相击的东西"将白马湖变造得一片清幽、遐远,深沉、恬淡。仅从这个名单中,就能清晰地意识到,这所曾经的私立学校是多么让人望尘莫及。尽管它持续的时间并不长,但丝毫不影响它成为20世纪20年代中国教育史、文化史上的一道独特景观。

我沿着白马湖的西边湖堤来到了春晖中学。走过"春晖园"西侧的"苏春门"和老木长廊,便到了"仰山楼"。这是老春晖中学的中心,这里的静谧让我越发怀念这里的文人名师。灰色小桥替代了昔日木桥,当年"狭狭的煤屑路",新披了一条清雅的文化长廊。过春晖桥,沿着山脚朝东走,一栋栋白墙黑瓦的名人故居,蜿蜒在静静的白马湖边。

仿佛间,看见1922年丰子恺从上海来到这里。他一到白马湖,就向人讨了一小株柳,种在寓屋的墙角里。从此那间被朱自清称为"一颗骰子似的客厅",成了文化沙龙中心。油灯下,他们切磋宏论。朗月高照、微风吹拂的晚上,住在白马湖的一批"布衣先生"总喜欢到"小杨柳屋"院内的那株柳树下,摆上一张八仙桌,打开一个老酒甏,端一碗炒螺蛳,边吃边谈。"谈文学与艺术,谈东洋与西洋。海阔天空,无所不谈。"他们个个才气横溢,彼此意气相投,共同追求真善美。丰子恺居住的"小杨柳屋"与夏丏尊的"平屋"相距很近,算得上一对高邻。在"小杨柳屋"里的丰子恺常常随手描画一些画稿,内容多取自孩童稚趣、学校的日常场景以及乡村生活。他的这些画作得到了夏丏尊、朱自清的肯定和欣赏。于是,丰子恺每有新作,就张贴在"小杨柳屋"的墙壁上,微风吹过,画页就发出飒飒的声响。如今,"小杨柳屋"东边的居室已辟为纪念室。纪念室的一角放着一架钢琴,掀开琴盖,高高低低的琴键已是破损不堪,用力击键,敲出几个音符来,不成调,但回旋在"小杨柳屋"上空,自有一种清幽高远的余韵。那是《游子吟》,还是《城南旧事》?那么熟悉,又那么陌生。1924年,潇洒倜傥的朱自清从宁波来到这里。朱自清十分喜欢白马湖,说,那里春天也好,夏天也好,黄昏也好,始终氤氲着一种诗意。

"长亭外,古道边,芳草碧连天……"一缕低浅的歌声,远远地从校园里传来,似青烟,从宁静的湖面冉冉飘升,温柔地在身心里荡漾开来……谁人不知这首意境唯美、曲调淡雅的乐歌是李叔同的词作?这首《送别》感动了数代人。李叔同集诗词、书画、篆刻、音乐、戏剧、文学成就于一身,是在诸多艺术领域均有造诣的奇才。他是我国首位开创裸体写生的教师,丰子恺、潘天寿都是他的高徒。丰子恺应邀到春晖中学任教之前,就与李叔同朝夕相处,联手编绘《护生画集》。李叔同与同学们成立了近代中国最早的话剧团体"春柳社",并亲自扮演茶花女,他是最早将话剧引入中国的新文化运动先驱之一。他主编了我国第一本音乐期刊《音乐小杂志》,"君子之交,其淡如水。执象而求,咫尺千里。问余何适,廓尔忘言。华枝春满,天心月圆"是他所言。

想着这些,我不知不觉走到了晚晴山房。山房建于1928年,原址在"春社"西侧半山坡,是经亨颐、夏丏尊、丰子恺、刘质平、周承德、穆藕初、朱酥典七人为老友及尊师弘一法师李叔同所建禅居。1932 年以前,弘一法师几次临白马湖均居于此。中华人民共和国成立前,山房毁于台风。"晚晴"取自弘一法师曾手书唐李义山的诗句"人间重晚晴"。我并没有注重他那传奇的一生,而是更注重他在艺术上的造诣和传播。我在晚晴山房门前流连,抚摸着斑驳的大门,透过加了古锁的宽宽的门缝隙,透过古朴的窗棂,见院中草色青青,花木有禅意,想象着大师生前的绝笔遗墨"悲欣交集"是怎样的力透纸背,想象着大师在参天的古木下潜心于书法、绘画和佛经,想象着大师披着袈裟手持佛珠眺望微波粼粼的白马湖和绵绵起伏的山峦……人去室已空,怀想却悠远到无尽头。

此时侧身引颈,目睹门楣上的一块匾额,原是赵朴初先生题写的"晚晴山房"。门扇侧面则是雷洁琼女士题写的"大师纪念堂"。此时,无声胜有声——"晚晴山房"似乎飘出了天籁禅音……仿佛在我生命里缓缓地流淌。白马湖,宛如李叔同这样的君子,它总不会使你过分地张扬。一个人孤独地走在它身边时,大喜、大怒、大哀、大乐都不至于了,所有的情绪似乎都被冲淡成了清雅的山水画。它容忍我迷离亦带反思的矛盾,它欢迎我来这里躲避尘世间的混浊。

转身则是著名教育家、文学家、出版家夏丏尊先生的故居,1922 年建成,取名"平屋"。"平屋"之名不仅因为屋子是平屋,且寄寓"平凡""平淡"之意。在平屋里,夏丏尊先生写下了《平屋散文》,翻译了《爱的教育》。突然想到,美学家朱光潜的处女作《无言之美》也是在白马湖畔写就的。是啊,凡应邀前来春晖中学讲学的名家、学者,可以说多是满心欢喜而来,恋恋不舍而归。当时传有"北有南开,南有春晖"的美誉并不是空话。

白马湖的水浅了又满，湖岸的树疏了又密，春晖校园内的草枯了又生。细数当年，曾迎来过多少名流雅士在白马湖畔筑舍居住。"长松山房""蓼花居""平屋""小杨柳屋"把白马湖点缀得诗意盎然。这些木屋虽低矮，却很难度量它们的精神高度；这些木屋虽平淡，却很难探测它们的思想深度。在时间的长河里，它们恍若饱经风霜的历史老人，诉说着当年名师的故事；又恰似一架钢琴上的键盘，流淌着当年大家、学者们工作生活中的喜怒哀乐……近百年的历史，关于时代，关于教育，关于青春，有多少回忆被永恒珍藏。

这么多的名人雅士，能云集于白马湖畔，以诗言志，以文喻节，多么神奇！时至今天，站在他们的故居面前，我依然惊诧于当时他们思想的安静与丰厚。我相信，他们绝不是为生计而来，更不是为名利而来，而是对清静生活与高雅文化的一种心灵投奔吧！静谧之中，我也轻手轻脚，生怕惊扰了前辈大师们歇息养生之魂。此时，夕阳中的湖光山色从门里从墙头进来，泻到他们的窗前、桌上。院子里，紫薇花开得正旺，月季花暗香浮动。

抖一抖衣上的湖色，低头再看时，春晖校园静卧在水中倒影里。亨颐先生题写的劲挺汉隶"春晖中学"四字，远远地扑入眼帘。眼前夏风中的白马湖，又清、又绿、又纯、又静……。朋友说，白马湖的幽静是出了名的，尤其到了夏天的夜晚，湖水倒映着月亮，除了岸边的蝉鸣声再无其他。

屏息之时，突然发现自己的眼里噙着泪水，或许在血液里开始流淌着一种叫"情结"的东西。我相信白马湖里有春晖生生不息的光荣与梦想，理想与憧憬，希望与追求！

此时，山是绿得要滴下来，水亦是绿得要溢出来。再次吹吹 6 月的夏风吧，让风穿过心底，吹净心灵，吹透心扉，让风把我对白马湖的念想和美好带向更远更远的地方。

　　白马湖位于浙江省绍兴市驿亭镇。整个湖呈狭长状，因形状像马，故而得名。

宛如人生的诸暨五泄

前年的阳春三月，我们一家从嘉兴出发，经两个小时左右便到了诸暨的五泄。

眼前是一片静静的湖水，倒映出湖中的几个滩涂，宁静古朴。一湖被群山夹住，显得狭长而曲折。湖水清澈墨绿，深不见底，白云从水中穿梭而过。彼时，所有的砖砖瓦瓦、行人、水纹、树形、人影、种种线条都顺风顺时地流畅起来。水或静或动，静者如小湖，动者似小溪，清透而轻柔。那林林总总的影，将水上的一切制成一幅巨画。我莫名地欢喜，实在是因为我可以只一眼就看见天空，天空中的树木，树冠上密密匝匝的绿，树干上斑斑驳驳的痕，并且无须抬头。水中的一切，都伸手可拾、可搂、可牵。包括岸边的你和我，都真实地徜徉在水中，并真实地呼吸到了水底新鲜的味道。那一瞬间，仿佛有一道清冽的泉水当头浇下，令我通体澄澈，杂念全消。

我更像是无意间进入桃花源的武陵渔人，满心意外。我和渔人一样，若遇着，不肯再离去。我随意地朝四下张望了一下，远处的山峰一片黛色,近处的山峦则苍翠欲滴,白色的雾霭在山间浮动,群山间夹着五泄湖,一艘船从远处驶来,将绸缎般的湖面划出一道道碧波白浪。船过以后,山中重归宁静。

这真是一幅难以描述的山水画卷!看到这样的景色,我才明白,中国画中所表现出来的意境以及所采用的留白技法,完全是写实而非写意。

连绵的春雨后,水涨起来了,漫过低洼处。远远近近、高高低低的树,悄悄打理早春的新装。五泄清瘦的容颜经过春姑娘的一手打扮,呈现了难得一见的盛装时刻。潺潺流水漫过裸露的树根,迂回着与浅碧嫩绿低语片刻,又眷眷而去。其山并不高,水只从崖壁之间飞泻而出。一共有五段瀑布,形态各异。我们算是逆流而上去一饱眼福。

此时极目远眺,满目的苍翠,是山;铺面的珠帘,是水。顺着山中小道而上,且行且思。"下马先寻题壁字",那是很久以前古人的风雅了。我们刚转过一个弯,突然响声轰然,只见迎面的石壁上一道白色水帘从天而降。哦,这就是五泄中的第五泄了。它从高处狂奔而下,跌在峭壁上,飞滚翻腾,似银蛇狂舞,人们叫它"东龙湫"。瀑布冲击而成的水潭叫"东龙潭",因水深而黝黑,人们又叫它"黑龙潭"。每逢天旱,人们常来此求雨,故又名"祷雨潭"。第五泄一如少年挥舞着轻剑,舒展灵性的身体,悠然飘出,敢爱敢恨。他率性地笑着、唱着,感染了每一个慕名而来的人,可爱而又单纯。

我们一路呼吸着山间清冽的空气,闻着山路旁郁郁葱葱的树木散发出的原味,头脑也为之空灵起来,感觉异常的清晰,这才是地地道道的"天然氧吧"呢。深潭右侧有石阶。沿阶而上,至于高处再折返向下,便到了第四泄瀑布。粗粗看去,第四泄好像并不突出，其实它很有特点。只见它在一个狭窄的"之"字形山沟中从约十九米高处飞滚翻腾而下，飞溅的水花犹如烈马的鬃毛在飞速抖动，从石壁的缝隙处喷薄而出，山石嶙峋、青苔遍地，水流到此汇成飞瀑直泻而下，砸在岩石上，一时卷起千堆雪，伴着轰隆声洋洋洒洒奔腾而去，气势磅礴。细观水道急流中、石块缝隙间，一丛丛芦草虽被湍急的水流冲刷得侧歪着身子不能抬头，但仍顽强扎根于此不离半步，日日月月，年复一年，点缀着大自然，为其增色。你扎根于斯，适应于斯，无怨无悔，历练磨难，卑微又自强。山壁上孙文先生手书的四个大字"破壁而去"将其特色一语道破。水流犹坐骏马，一石激起千层浪，眼波流转之间，却惹人仰慕。

我们一行有说笑的，有嚷的，夹着激水的声音，走在这样的山路上。听着山涧小溪，看着如雷的瀑布，总觉得很熟悉。两边的山岩上顽强钻出来的草呀、花呀散发出来的清香，夹杂在水汽中扑面吹来，山色便朦胧在这水汽里了。淡黑的起伏的山，仿佛踊跃的铁兽的脊。穿过水流上的石桥，再攀阶而上，转过一道弯，第三泄就映入眼帘了。

第三泄瀑布与前两泄截然不同，它既没有从天而落的声势，又没有破壁而出的奇特，在宽阔平缓的斜坡上它浩浩荡荡而下。左边瀑布欢呼跳跃，奔泻跌宕；右边水流细小平缓。两水时分时合，碰到兀石险沟，变得千姿百态，一波三折地从石坡上斜斜地奔腾而下，以至于有人怀疑它还算不算是瀑布。然而，它确实是第三泄瀑布啊。它流露出为人父的平和，成熟是成长的必然结果。他宽厚的肩膀是孩子们嬉戏的天堂，他张开的双臂是家庭的支柱，他的淳厚温暖了家，保护了家人的心。瞧那滔滔水势，飞珠溅玉，仔细品味，却是别有一番韵味的，令人胸襟开阔，可洗净灵魂的污垢，让人抛尽烦恼。

我想起了我的父亲。儿时的我特别安静,每次我都用小手紧紧地拉着父亲那双宽大而温暖的手,感受着父亲手心的温暖,不愿放开。父亲虽不是很伟岸,但是身子却挺得直直的,充满自信与力量,让人心中不觉涌起一股自信,连头也不自觉地跟着抬高了一点。父亲极少用疼爱的眼神看我,也极少有疼爱我的动作。可在我的心中,父亲的身影有着任何人都无法超越的高度。

当年我被评为"市级三好学生"时,他能喜形于色地对外人说上几天,那感觉绝对不比中了百万巨奖的开心样差多少。想起父亲每次见面对我说的一句话:"叶子,记住做人要踏实,要讲信用,更要勤劳吃苦。'早起的鸟儿有虫吃',这句古话不会错的。"突然我眼眶不由自主地有泪,现在我的身边不见父亲,他在那头,我在这头,思念在中间。现在我面对的第三泄就宛如我那温暖的父亲。

家人看我沉思着不说话,于是就滔滔不绝地给我讲五泄的悠久历史。早在一千四百多年前,北魏著名地理学家、散文家郦道元就在他的地理学巨著《水经注》中记述了五泄山水。赞其曰:"水势高急,声震山外,望若云垂。"从宋、元、明、清到现在,历代名人,如江南才子唐伯虎、诗书画篆四绝的徐渭、著名地理学家徐霞客、古代人物画大师陈洪绶、清宰相刘墉以及著名作家郁达夫等都游览过五泄,或吟诗作画,或题词撰文,对这里赞叹不绝。

我们继续前行,沿着河道转过一道九十度的大弯,第二泄就呈现在我们面前了。它的落差只有七米左右。瀑布下落时,被一块突兀而出的大石分成两半,如珠帘飘洒,双龙出游。它虽然流程短,落差小,与前三泄不能媲美,但也温文尔雅。二泄与一泄紧紧相连,小巧平缓,柔美如月笼轻纱。瀑布中间有一水潭,四壁光滑,人称"小龙井"。瀑布下面有深潭,宽约五米,黝黑无底,又叫"大龙井"。深潭一旁建有凉亭,静坐其上,两边的山高而陡峭,抬头望去,树木葱茏。峭壁上,粗壮的树根突出石壁垂吊下来,有水滴沿着树木根须或石壁叮咚而下,也是一道不错的风景。

再往上,便是第一泄了。水流之下,有一圆潭,潭深不知几许,其圆却令人叹服,犹如圆规画过一般。看到这一景,我不由得佩服起大自然的鬼斧神工了。这两泄是瀑布的源头,像是越过了中年的门槛,在晚霞中垂垂老去的人,活力不再。此时此刻,围坐在他身边的徒子徒孙都在安静地听他讲故事。

瀑布的姿态像足了人的一生。少年的意气风发,青年的壮志凌云,中年的醇厚旖旎,慢慢变得沉稳练达,直到老年的内敛宁静。想来,观瀑布,顺流而下则了无生趣;逆流而上,则可看到瀑布跌宕起伏的一生。这就是我们不顺流而下观赏的缘由了。

下山往西便是西源幽谷。走出西源景区的山门,恰好到五泄禅院的入口。五泄禅寺背靠栖真岩,西北临五级飞瀑,前有潺潺溪流绕坪而去。四周群峰起伏,参天银杏与翠竹相掩映。寺前坪上有两块很不起眼的岩石,小巧玲珑,一似青狮俯坐,一如白象蹲峙。传说灵默禅师清晨必来此吸气诵经,狮、象感悟真谛,坐化成石。后良价法师常坐此石上念经。狮、象二石旁有一株参天银杏,古老苍劲、气势雄伟,似擎天柱一般巍然屹立,枝叶向四周层层拓展,广为罗伞,是灵默禅师造禅院时手植,至今已有一千多年历史。宋代以后很多高僧大德、著名诗人和画家曾来此寻幽探古,留下了许多优美的诗文、画作。现在的寺庙是寂静的,五泄禅寺中不见尘世的喧嚣。在如今物欲横流的时代,少些机宜之心,少些对金钱名利的追逐,少些对花团锦簇的觊觎,让人生像第五泄水那样清静明亮、无拘无束、自由自在。阳光之下，薄香轻起，一切是那么的安静，我轻轻地步出，生怕扰了那份静。回眸寺内古树参天，还能看到松鼠在枝间跳跃。

回首处，春色如烟如雾，但见五泄飞瀑，一水五折，姿态各异，或委婉曲折，或奔放豪迈，或秀色可人，或形状玲珑。此时宜报一口甜润清新的空气，赏一片葱郁繁茂的植被，会一挂习习春风中的瀑布。山一程，水一程，我不由自主地喜欢着这瀑布溅出来的"大雨"，喜欢被它冲刷的心情：清冽、明净以及美景入眼帘的无限愉悦。心头一热，回去应该去看望在家的父亲了。

诸暨五泄旅游区是国家重点风景名胜区和国家级森林公园，面积为五十平方千米，由五泄湖、桃源、五泄禅寺、东源五泄瀑布、西源生态峡谷等重要景点组成。五泄瀑布是风景区的精髓，一泄娟秀奇巧，二泄如珠帘飘洒，三泄千姿百态，四泄如烈马奔腾，五泄如蛟龙出海。

金华 踏歌行

一段婆江，一段记忆

婆江畔的画面是写意的，真实的，历史的。

婆江，是一条意念中的让人牵挂的河流，河水包容、大气，同时不拒绝暗流丛生。婆江，是一条特殊的河流，河水终年自东向西流淌，在金华市巧妙地转了一个身，让婆江畔生活了世世代代的子民，涂画着婆江春水的绿。在婆江的每一个青石埠头上洗衣的姑娘，都是她跳动的音符。

初春的清晨，我漫步在婆江之畔，风很大，很冷。我用紫色围巾把自己裹得像粽子一样，衣领处立着，只露出眼睛。破着清晨的大雾，我的外衣被浸湿。大雾像太极似的打在我的脸上。这时候我看到前面拉蔬菜车的中年人，因为雾大，他会时不时转一下头，查看周围的情况。那双清澈的眼睛，在大雾里显得很亮，没有胆怯。他对即将抵达的地方一定充满希望，这是我在那年春天的早晨遇见的最纯洁的目光。多年以后，每每觉得自己被眼前的困难压得无法喘气而想放弃时，这双眼睛就浮现在我的脑海。

雾渐渐消散，江水和水中的倒影融合在一起，那真是水上一座城，水下一座城。伴随着优雅、轻快的音乐，婺江鲤鱼喷泉里的六条鲤鱼喷出水来，如顶天立地的水墨巨轴。沿着婺江缓缓前行，我惊喜：怎么我的每一步都是婺江粼粼碧波的韵律？

一座高高的古楼守望在城头。黑瓦重檐，斗角翼然，红柱红，白墙白。这便是八咏楼。自建造以来，八咏楼与历代文人结下了不解之缘。唐代的李白、崔颢、严维，宋代的吕祖谦、李清照、谢翱、赵孟頫等人都慕名前来，登临题咏，留下了不少染了时光的或哀婉或动听的诗文。

我站着，静静地环视着八咏楼。所见即飞檐翘角的小楼，粉墙黛瓦的房屋，波光潋滟的河流以及那些被岁月修饰的本地人淳朴的脸庞。踩着岁月铺垫的石阶层层而上，便有了千百年历史的高度。登上八咏楼，迎着春风，看着李清照先生的塑像，我仿佛一下子走在了历史和现实之间。在这里，不需多言，只需深吸浅呼，体会这"载不动的许多愁"。浅目低眉，看婺江上的小桥弯弯、碧水蜿蜒，或许她喜欢一个人伫立于江畔公园沉思。此时，我仿佛听到她正在咏诗，而且一咏就是八首，而且一咏就是千百年，以致此后这里所有的高楼都对八咏楼望尘莫及。一层层楼阁，一行行长句短句。李清照先生一身素衣，始终坚守着自己的色彩。一步一种离愁别恨，我宛若看见李清照先生凭栏而立，高踞"千古风流八咏楼"，在"水通南国三千里"里无拘地畅游，便有了"气压江城十四州"的气度。在飒飒春风中，依然离愁别恨深沉沉。

我们一路寻找张志和先生下船的渡口。突然，天也应景了起来，雾气朦胧中有细雨迎面。恍恍惚惚中，我宛若看见他的蓑衣箬笠，听见他声声悠扬的"青箬笠，绿蓑衣，斜风细雨不须归……"。我急切地想寻找陪伴他的那叶扁舟，很想知道婺江的水给予他什么样的灵犀，让他从这婺江开始漂泊，以舟为家，顾自静坐船头，一手鱼竿，一手酒壶。我仿佛看到他戴着箬笠回头看了我一眼，只是淡淡一笑，似乎话语已属多余。

一晃，我眼前出现一轮明月，一座城楼。我走进古城明月楼下的这扇大门，里面是已经褪色的红柱、正在剥落的粉墙。琅琅书声淹没了钟鼓梵音，还是那一轮明月，那一座古楼，还是那一段婺江，那一段记忆。

此时，我驻足于婺州公园早春的南风之中。身边的婺江流水奔腾前去，直追潮流。一转眼，我已矗立在邵飘萍先生的铜像前。猛抬头，一颗启明星依然在闪烁着耀眼的光芒……事实还原事实，正义回归正义，媒体舆论传递大众心声。

婺江的碧波在此流淌，尽管比邻而处的通济桥已有现代车水马龙的浮尘和喧嚣，两岸尽是现代化的摩天大楼，但只要跨进了黄宾虹公园大门，便又有了古色的幽雅和古香的宁静。绿荫中探出层层楼阁，白墙黑瓦、朱柱飞檐……一代国画大师黄宾虹从婺江走向全国，我恍如徜徉于现代与传统之间。追寻大师的轨迹其实就是欣赏一幅长长的水墨画卷，是如此的浑厚而优美。犹如这么多年来，我像是在重复着母亲种植农作物的动作。母亲在每一块地里的劳作，无论丰收还是歉收，终也收获劳作的心安，收获饱满的果实带来的温暖和幸福。而我呢，在电脑的文档里种下文字，期待能在文字之河里长出些"小荷才露尖尖角"的香荷或河底淤泥中的莲藕。我一直像母亲种植黄豆那样努力，结果并不很重要。

耳边好似听见婺江边有马蹄声渐近。从大堰河出发，艾青先生一生的奔波，终回归母亲一地繁绿的怀抱中。一支激昂而又熟悉的歌曲——《在希望的田野上》在施光南广场上空欢快地飞翔，这一个个跳动的音符无不显露出道情和婺剧的风味……

不觉，走了一天了。与家人吃过晚饭后才觉得婺江在黑夜里暗香浮动。从婺江的源头起，所有跳动的渔火光彩夺目。通济桥上，车水马龙。因为车灯、桥上的广告灯以及桥墩上的装饰灯，通济桥成了"灯桥"。桥旁的黄宾虹公园坐落在水面的小岛上，蓝色的灯和火红的灯勾画出公园亭子的轮廓，加上绿树中的绿灯和公园周边的黄灯，把整个漂浮在水面上的黄宾虹公园刻画得美不胜收，仿佛天宫里的花园。婺江如飘落在金华大地上的丝带，那种如回家般的感觉滋润着我的内心，我就用这样的方式在和婺江对话。桥灯和"天宫花园"的灯光倒映在水面上，放大了几倍，显得又高又大。往东看，江水的颜色越来越深。隐约看见一座小岛和岛上的树林，它们看似灰蒙蒙的，就像披上了一层薄纱。更远处的一座大桥上，只见星星点点的车灯和路灯像无数星星的眼睛似的，明亮而耀眼。

多年以后的清晨，当我们从几百里外赶来婺江畔，接近她，用探寻的目光阅读她时，生涩的距离可能已无法抵达历史深处的婺绿，沉睡了很久很久的大地，带着婺江的绿和沉淀的希望正在慢慢苏醒！说不清是为了什么，但无论如何，我缓缓推开了婺江之门，渐渐打开了一部深厚的典籍……那时那刻，感动中的我，鲜明清澈的我，内心温暖潮湿的我，都想为婺江埋头写下那时的动容，想以一种亘古的姿态凝住时间、定格空间。婺江江畔的明招山正在以清秀的模样默默地目送着我。直到现在的每年春天，婺江都在我的内心，没有离开。忆婺江，愿始终如那日般美好。

婺江又称金华江，位于浙江省金华市，是浙江境内的主要水系之一，由义乌江、武义江汇合而成。

道不尽的义乌江

一年冬天，我去义乌听课，中午和一些老师来到江边。冬，冷依旧，伫立于义乌江边，梅已悄然在悦目的枝头和着生命的颜色静静地开了。

义乌江的水是软的。此时的江，风烟俱净，澄澈如蓝天。微风习习，波纹条条，像一条迎风飘舞的绸，没有雄伟的气势，它只在江滨公园里静静地流淌着，缓缓穿市而过。义乌江两岸是历经风浪的斑驳和亘古柔情的飘零，一泓清水所承载的是似水流年的痕迹和沧桑。

义乌江的水是闲的。层层微浪迎风而动，伴着跳跃的阳光在追逐、嬉戏。树下有悠然的下棋者，有神思依旧的垂钓者，更有在江畔房屋中淡然而聚的饮茶者。

江水又是静的。水面宛如明镜一般，清晰地映出蓝的天、白的云、灰的巷，小桥流水人家的灵韵油然而生。此时此刻，流溢在水墨风景画里的我，多想乘一叶扁舟撑一支篙，穿行在义乌江中。做一回渔翁是那样的闲逸。

义乌江的水是恬的。绿水萦绕着白墙，梅花撒落于青瓦，蜿蜒曲折的江在午间的闲暇中浅吟低唱，美得就像一幅朦胧的水墨画，朴实恬静。石拱桥倾斜在清澈的水面，或优雅或别致的堤岸，那些红尘中的男女老少从义乌江畔的大街小巷轻轻走来，远离都市的尘嚣与浮躁，在桥这头或那头漫步，任阳光在肌肤上静然流淌，任诗意在心间轻舞飞扬。

义乌江的水是慈的。湖边偶尔出现的白鹭，翅膀轻轻一点，一泓碧水粼粼而起，点出下一个春天的草长莺飞；江水的余韵缠缠绵绵在杨柳堤间，点出古寺的梵音在江畔的石头缝间回荡，润透了整座义乌城。偶然回首还能看到点落繁花的乌鸦。"哇！是吉祥鸟！"我有些纳闷，乌鸦在义乌江畔怎么就变成吉祥鸟了呢？此时，义乌的老师给我们说起"义乌"名称的由来。相传秦时，东海向西一百五十千米的地方，有一对颜姓父子，父亲名叫颜凤，儿子叫颜乌。两人从山东避乱南下。父子俩住在一个小岩石洞里，洞内面积不大，但冬暖夏凉。夏天，蚊子渐多，颜乌总是先将父亲背到洞外乘凉，他自己回到洞里让蚊子"狂轰滥炸"，蚊子"撤退"后，才让老父回洞里睡觉。颜乌的孝顺行为感动了住在岩洞口的一窝乌鸦，乌鸦见了蚊子就吃，父子俩和乌鸦竟成了好邻居。父子俩相继去世后，乌鸦还为他们建起了祠堂，称为孝子祠。为了纪念那些筑祠堂受伤的乌鸦，人们把这一片地方叫作乌伤。秦始皇平定江南后，这里建县名"乌伤"，公元 624 年，改称"义乌"。在动人的故事中，乌鸦确是名副其实的吉祥鸟了。

义乌江的水是缭的。想起一路从江畔走来，所见让人眼花缭乱，有黄种人、黑种人、白种人，最喜感的是一黑一白的两个外国人迎面走来的时候，我居然看呆了。这里的语言也多种多样，汉语、英语、俄语、韩语、日语……让我觉得在联合国。义乌江畔的义乌小商品批发城从国内小有名气到国际上知名度很高,现今已是国内外商人络绎不绝。

义乌江的水亦是文的。艺术感极强的路灯给人以视觉冲击。近看,雪白色的灯球在墨绿色燕尾似的灯罩里,似黑蚌里的白色珍珠。这些路灯像极了挺着雪白胸脯振翅的燕子在义乌小商品批发城筑巢。斑驳的法国梧桐听着义乌江的故事、义乌江的历史变迁和义乌江的辉煌未来。经过三天的近距离接触,我感受到义乌江畔的这座城市的悠久文化底蕴和空前的物质繁荣。

我踏上了双林铁塔古月桥,来到为纪念唐代著名义乌诗人骆宾王而建的公园。当初兴建时,这是省内唯一的仿唐历史文化公园。公园地处城中,乃一方小小的园地,入口处建有仿唐牌坊照壁,将里外隔成了两个世界:公园外面是喧闹繁华的现代都市,照壁里面一片静然。冬日,这里百草凋零,却有着另一番景致。沿着左边的小径走,相传这是骆宾王七岁咏鹅时的骆家塘一带,小池中碧波荡漾,白鹅在水中尽情地嬉戏,忍不住诵读了骆宾王的《咏鹅》。这里亭榭错落,回廊曲折,林木郁郁葱葱,古色古香,于闹市中独有一份纯粹与自然,一份宁静和悠闲。绕着围廊疾行的人们,和我擦肩而过,也是静静的。我把身心完全打开,沐浴在时光的河流中。在寒冷的冬日,蜡梅、茶花绽放,满园清香。此时,我对人生多了一些感悟,咀嚼着或伤感或甜蜜的过往。

沿义乌西城路走,出城后往北就到了夏演前塘。我们又沿着长堰水库依山傍水而行,一些小水道在村子里穿插,溪水细细地流着。村中有一个不是很大的池塘,被一圈房屋围在中间。继续前行,我们到了义乌江畔的红色印迹——我国著名的思想家、社会活动家、教育家、语言学家,中国共产党创始人之一陈望道先生的故居。故居建于清宣统年间,一进五开间,里面有陈望道先生的铜像,我肃穆地朝铜像鞠了躬。在他的房间里,我仿佛穿越到1920年春天的一个夜晚。在分水塘村一间久未修葺的柴屋里,一个年轻人一边蘸着墨汁一边品尝着信仰的味道,他在翻译《共产党宣言》。正是这本《共产党宣言》中文首译本为中国革命点亮了火炬,照亮了共产党人前进的道路。

一路上我还聆听了关于宋代抗金名将宗泽、金元四大名医之一的朱丹溪、近现代文艺理论家冯雪峰、历史学家吴晗先生的或轰烈或深邃的故事。

义乌江的水更是有梦的。也许是义乌江不想走寻常路,是的,在这个快节奏的生活中,我们没有理由将自己滞后于时代的浪潮而被淘汰,我们能做的就是用智慧改变原有的道路。为了能够吸引更多的国际顾客在义乌江畔驻足,江水可算使足了力气,退去了原有的稚气和羞涩,反倒多了几分娴熟和激情。江中没有百舸争流,灯塔闪烁。一片寂静之后是另一种繁荣,就如每一株小草都有钻出泥土的梦想;每一粒种子都有长成参天大树的梦想;每一只蝴蝶都有破茧飞向天空的梦想。梦想,就像一粒"种子",播撒在义乌人的心灵土壤里,尽管它很小,却可以开花结果,于是有了义乌人孕育的"小商品海洋,购物者天堂"!

站着的我,突然想到自己。也许我们还是稚嫩的,如同那茶树上的新绿枝丫,不够时间、不够经验、不够资格成为香气浓郁的茶叶,能做的就只有慢慢成长、慢慢历练,在心中的桃花源把自己练就成能穿越千山万水的勇敢者……

　　义乌江位于浙江省义乌市境内,属于东阳江下游的一段。义乌江共有十七条支流,全长约四十千米,出海口在杭州湾。

三洞胜景一水牵

对金华双龙洞,我一直充满无限的遐想。因为在小时候,我读过语文课本中叶圣陶先生的《记金华的双龙洞》,以为在金华真有两条龙,一直想看看天上的龙是怎样的。后来当老师时,我仔细研读过安排在四年级课本里的这篇课文,那时候才知道不是真的双龙而是神似。多加研读就更加觉得金华的地下河道竟然如此的奇妙!奇在有闻名中外的双龙洞,妙在溶洞里面的地下河道和地下瀑布。我一直向往着去会会这双龙洞。直到不久之前,我这个二十几年来的愿望实现了,我终于有机会一睹神思已久的双龙洞和地下瀑布。

我们的车沿着蜿蜒的盘山公路盘旋而上。一路上,一座座山堆满了千重翠、万重绿,高耸云天。山上树木郁郁葱葱,似火的映山红不时从眼前闪过,清澈的溪流时缓时急。我查阅史料方知,双龙洞文化遗产实在博大丰厚。自东晋以来,双龙洞就为世人所钟情了,唐宋元明清几度辉煌,文人墨客慕名而来,李白、王安石、孟浩然、苏轼、李清照等历史名人都曾在此有佳作。明代旅行家徐霞客游后写下了四千多字的游记。现代文学家郁达夫、叶圣陶、郭沫若、艾青等都为双龙洞写过脍炙人口的名作。毛泽东、朱德等党和国家领导人也在此留下了足迹。徐霞客根据双龙洞"外有二门,中悬重幄,水陆兼奇,幽明凑异者矣"的独特景观特点和价值,把它列为"金华山八洞"的第一位。最为著名的"三洞一仙"被誉为"双龙四绝",即水石奇观、卧船进入的双龙洞,拥有全国最大洞中瀑布的冰壶洞,一线幻天、百禽朝聚的朝真洞以及叱石成羊的黄大仙。

"到了!"家人激动地喊了一声。一下车,眼前一片明艳。山上盛开着一簇簇如火的映山红,还有洁白似雪的野花,红啊,白啊,这儿一丛,那儿一簇,再加上或深或浅的绿,十月的浙江金华,碧空如洗,远近像是隔着轻薄的纱幔,如同巧手织成的锦缎。那是为这两条龙而铺就的吗?

双龙洞口是在入山大约五千米的地方,一路相伴吟唱的溪流就是从洞里流出来的。在绿色的树丛中有一道整齐的石头阶梯伸向洞口,沿着阶梯向上约两百米,便是双龙洞。秋日的暖阳映衬着舞动的树叶,笼罩住毛衣下游人的情绪,人随景移,心在景中。我们站在岩洞外面,入眼的是石壁上刻着的"双龙洞"三个大字,可是中间的"龙"字是倒着写的,也不知为何。洞口左侧"三十六洞天"五个大字,为清末民初金华人汪志洛所书。

双龙洞海拔约五百二十米,由内洞、外洞及耳洞组成。关于双龙洞名字的由来,历来有三说。其一,宋代著名学者方凤在《金华洞天记》中认为"双龙"在内洞。现代作家叶圣陶的《记金华的双龙洞》也持此说:"内洞的景物,首先当然是蜿蜒在洞顶的双龙,一条黄龙,一条青龙。"其二,明代嘉靖二十七年(1548)任金华知县的郑东白,在其《金华记游》中认为这升降之龙在外洞洞厅,"洞门轩豁如大厦……石盖如砥错,有石乳下垂,如龙升降状"。明代著名旅行家徐霞客在其《浙游日记》中也持此说:"外洞。轩旷宏爽,如广厦高穹……而石筋天矫,石乳下垂,作种种奇形异状,此双龙之名所由起。"其三,1992年新编的《金华市志》中则认为"双龙"在外洞口,"双龙洞:洞口两侧分悬钟乳石,形似龙头,故名"。除此之外,还有一个令人感动至怀的传说。古代婺州连年大旱,民不聊生,青龙和黄龙知晓后,偷来天池水,拯救了百姓,却因触犯天条被王母娘娘用巨石压住脖颈,困在双龙洞内,但双龙仍顽强地仰头吐水,清澈泉水至今潺潺不绝。

一边沉浸在传说中,一边看着洞口像桥洞似的,作拱形,很宽。洞口两边伸出的钟乳石像极了两个龙头,让我们几个顿生好感!一进洞,顿时觉得阴凉舒适,仿佛到了一个大会堂。周围是石壁,拱壁上有很多摩崖石刻,均为历朝历代的名人墨宝。拱顶依稀可见龙爪和龙身。头上是高高的石顶,外洞宽敞明亮。洞高六十六米,长、深各三十三米,面积大约一千二百平方米,地面也很平坦,是极好的避暑胜地。想必,在这里聚集八百个或是一千个人开个会,一定不觉得拥挤。

双龙洞分内洞和外洞两部分。内洞与外洞仅相隔五米,内、外洞唯一相通的地方是一流清泉。那泉是从外洞洞壁一个扁形的洞穴中流出来的,大旱不干,清冽甘甜。在仅长十米、宽三米多的地下河河道上,有一块巨大的岩石横亘在上,河道水面距此岩石仅有约三十厘米的间隙。"洞中有洞洞中泉,欲觅泉源卧小船",因此,进内洞要仰卧小舟而入。怎样的小船呢?两个人并排仰卧,刚合适,再没法容下第三人,是这样的小船。船的两头都系着绳子。这里的船夫是特别的,不撑篙也不划桨,而是内洞的船夫在里边拉绳子，船就进去，外洞的师傅拉另一头的绳子，船就出来。这一种游览方式堪称一绝，有"水石奇观"之誉。

我们四人正好两条船。仰卧在小船里，遵照船夫的嘱咐，让自己从后脑到肩背，到臀部，到脚跟，全贴着船底。船夫问了声："行了吗？""行了！"突然觉得船开始慢慢移动。眼前一下子昏暗了，当穿过岩底时，眼前一片漆黑，一种左右和上方的山石似乎都朝我挤压过来的强烈压迫感，让我心生恐惧。我很想抬头，但准会撞破了额角，擦伤了鼻子。就这样在胡思乱想中，大约近十米时，出现了一丝丝光线，胸口无压迫感了，豁然开朗。"可以下船了！"师傅喊了一声。虽然只有几分钟时间，但我觉得过了很久很久。我都快被山石打倒了。突然感叹，身体的自由和灵魂的相伴是多么珍贵啊！在人生的低谷，一点点的坚持也是难能可贵的，最终会守得云开。那天我一直拉着家人的手不曾松开。

经过"水石奇观"便进了内洞。在洞里走了一圈，觉得内洞委实比外洞大得多，大概有十来间房子那么大。泉水靠着右边缓缓地流。随着地势，溪流时而宽，时而窄，时而缓，时而急，溪声也时时变换调子。

讲解员让我们在小船上岸处抬头仰望。经他指点，我们宛如看见一条青色钟乳石自东北洞顶蜿蜒而来，另一条黄色钟乳石自西北俯冲而至，这就是我神往已久的"双龙"。龙的形状清晰可辨，形象逼真。讲解员告诉我们，这两条龙的龙身中间还夹着一块"晴雨石"。临近下雨天，晴雨石就会变潮湿；天气转晴，晴雨石就会变干燥。它是双龙景区天然的小型气象预报台。究其原因，这晴雨石实际上是一断层镜面，其岩石结构极其致密坚硬，表面又平整光滑，因此吸水性较差，在雨季或要下雨时，空气湿度达到90%以上，洞外大气中湿热的水汽进入洞中后,碰到洞内这块温度较低的镜面石,就会很快被冷却凝结成细小水珠,预报大雨即将来临。如果大气中水汽变少,断层镜面就变得干燥,预示天气晴朗。看来称呼它为晴雨石是名副其实的。

"想听听这些奇观的成因吗?""想!"家人的百科知识堪称丰富,我自愧不如。他对我说,有岩洞的山大多由石灰岩构成。石灰岩经过地下水长时间侵蚀,形成岩洞。地下水含有碳酸,石灰岩是碳酸钙,碳酸钙遇着水里的碳酸,就成了酸性碳酸钙,而酸性碳酸钙是溶解于水的,这是岩洞形成和逐渐扩大的原因。水蒸发后,岩石中的碳酸分解成水和二氧化碳,并流失,剩下的又是固体碳酸钙。从洞顶下垂凝成固体的,就是石钟乳;凝结在洞底的,就是石笋。道理是一样的。唯其如此,凝成的钟乳石形状才会变化多端,再加上颜色各异,即使不将其比作什么,也值得观赏。

讲解员逐一指点内洞的景物。石钟乳和石笋千姿百态,人们根据形态,将其想象成各种景观,如"黄龙吐水""彩云遮月""天马行空""龟蛇共存""青蛙盗仙草"等。如果说外洞是"龙厅"的话,那么内洞就是"龙宫"了,里面幻化多变,使人目不暇接。

龙头在外洞守着洞口,龙身又弯弯曲曲地伸到内洞,"神龙见首不见尾",多么奇妙的景致啊!恍惚间,我看到青、黄二龙昂起龙头,盘旋耸入云天……回想起石壁上"双龙洞"三个字时,才大悟中间的"龙"字为何是倒写的。因为龙身就在里面,从里面看出来,才是正面。

在这里,我们收获的是惊喜,仰望的是气魄。

经耳洞拾级而上,穿越一条百米长的"地下长廊",曲折向上,便到了冰壶洞。它是个垂直的大岩洞,洞口朝天。因为口小肚大像一只壶，洞里又寒气逼人，所以叫冰壶洞。

我们几个一进洞口就低头向下望去，只见黑沉沉的，不知有多深，让人心惊胆战。忽然听见水声，抬头便看见一帘瀑布。瀑布的一侧标着"母子瀑"。瀑布不是很大，水流潜入洞底，不留于水潭。绸缎般的瀑布酷似小家碧玉，体态怡人、秀丽万方。打听之后得知，这是子瀑布，母瀑布就在它的上方。再往上没走多少步，立刻听到了如轰雷般的声响，一帘更大的瀑布从洞顶右侧石隙中飞喷而出，上狭下宽，全部悬空，落差有二三十米。其势如万马奔腾，其状似飞珠溅玉、冰花乱舞，水流短暂集聚之后向下而去，随即渗入洞底，无影无踪，令人惊叹不已。

好像整个洞里都充满了轰轰的声音了，真有逼人的气势。身在一个不知道多大、多深的岩洞里，耳朵里只听见它的轰鸣声，脸上、手上一阵阵地沾满了飞来的细水滴，这是平生从未经历的境界。瀑布好像天蒙蒙亮时的疾雨，千万支银箭直射而下，天边还留着几点残星。向上仰望，瀑布正映着洞口射进来的光，通体雪亮，星星点点煞是浪漫。洞顶有一块巨大钟乳石，形如佛手，倒挂于飞瀑旁，一片安详。奇特的是，倾泻到地面的水几经奔腾，又钻进地下，成为一股暗流，穿山破壁流到下面的双龙洞里，真是"两洞胜景一水牵"。

我们一步一步走完两百多级石阶，下到最深处的"水牛角"。回头向上一看，我深深地吸了一口气，惊讶不已。那高处的乳白色路灯，像天上的月亮在轻雾之中游动。月光下的瀑布，好像银河倒挂，繁星闪烁。这时候，我真像是乘飞船飞到了缥缈的太空仙境了。真是"一泓寒玉天上来，几度浮花到世间"。

自冰壶洞上行，踏石阶六百余步，便到朝真洞。朝真洞的洞口向西,前临深壑,背依青峰。在北山三洞中,朝真洞位置最高,海拔八百多米。在洞中,令我印象最深刻的是"一线天"。沿着洞内幽暗曲折的小道行走,不经意间仰头一看,洞的上方有一"天窗",透进一束阳光,宛如眉月,倒映在身旁穿梭的溪流中,它的"一隙天光"让所有在黑暗里行走的人看到一泓清澈的希望。

在秋高时,我有如此幸运觅得这三洞之魅、地下之河,一股力量在渺小的身体内久久翻腾,不愿离去!在大自然的鬼斧神工下,沉郁许久的心灵已经被涤荡得纯净如初。

金华双龙洞距离金华市区约十五千米,坐落在北山南坡。除底层的双龙洞之外,还有中层的冰壶洞和高层的朝真洞。双龙洞成为自然风景名胜的历史已有一千六百多年。它由外洞、内洞及耳洞组成。外洞宽敞。内、外洞有巨大的石屏相隔,仅通水路。冰壶洞海拔五百八十米,洞深一百二十米左右,从洞底至洞口有石阶二百六十余级。朝真洞位置最高,海拔有八百多米。

小隐隐于武义温泉

10月，嘉兴已是深秋了，虽没有北方凛冽，但也能感觉到寒意了。脚疾和眼疾持续了两个月，为了让我身体放松，家人决定周末带我到武义泡温泉。

从嘉兴到武义还是相当方便的，一路都是高速公路，我们很快便到了武义唐风露天温泉。此处距武义县城仅仅一千米，位于城边的一座山上，掩映在葱郁的松林间。这是一座唐代风格的建筑，内含露天温泉项目二十余种。"西湖池"婀娜多姿，"钱塘江池"潮起潮落，"米酒池"暗香浮动，"名花池"浪漫怡人，"芦荟池"青春焕发。另外，还有瓜果池、牛奶池、咖啡池等……温泉区域不小，走着走着几乎就迷路了。我们去的时候刚开始营业，温泉水挺干净的。温泉池周围浸润着无处不在的桂花味儿，"桂子月中落，天香云外飘"。深秋的桂花就像秋天的一个梦，与温泉城相约有期。温暖的桂花香扑面而来，我宛如投入了母亲的怀抱。此时，我卸下了所有人为加上去的负累，光脚走向那蓝莹莹的温泉。想象那是一片海洋，而我，是一尾被放生的鱼，就要回到自由游弋的海域。

在池中坐下来,我撩着齐肩深的温热的泉水,泉水蓝蓝的,冒着热气,我有些眩晕。松开发束,一任齐腰际的长发千丝万缕地浮于水面,似静还动,随着水波的荡漾散去又拢来。仰面躺下,全身放松,感觉身体被托起,在水面上漂着,惬意在四处弥漫。一家人泡一个小池子,服务员随时过来端茶送水,煞是欢喜。因为来得早,人还不多,温泉夹杂山里特有的安静,我赤着脚欢欢喜喜地泡完一个池又接着跑去另一个池。来送茶的服务员对我说,温泉可不能泡太久,一般以十五分钟为一个间歇,十五分钟之后一定要上岸休息一会儿。于是,我们便去地热石上躺着休息了一会。在休息时,听家人对我说,唐玄宗时期的叶法善法师算是研究温泉养生效果的鼻祖了,古代四大美女之一的杨玉环享用华清池的温泉就与叶法师的推广息息相关。

是的,那位叶法师当真是体验温泉的"吃螃蟹者"。当我们厌倦了城市快节奏的生活,这里的一泡能够让我们自然而然地放松、呼吸。我躺在石板泉上,闭上眼,耳边是悠扬的琴声,心灵的脚步停歇下来,小憩一会儿,那一波一波的热浪将身体内的所有垃圾都一扫而空。一刹那,时间仿佛突然变慢,我好像一脚踏进了一个静静的世界,唯独能做的就是静静地行走,享受这一刻如画般停止的风景。此刻,我能感受到时间流动的声音。躺在这静婉娟妙的秀地,人世间的喧嚣还真能被屏蔽。

突然一下子涌出男男女女、老老少少数百人,挤在一个个温泉池中,喧闹着,欢笑着,或好奇,或兴奋,我们几个正巧赶上了刚才错时的宁静安好。

我们穿好衣服,走在山道上。眼前是一个小小的村落,四周青山环绕。抬头,两边是亭亭的翠竹、油油的茶树以及一抹抹晃眼的绿色。天空是如此蔚蓝，大地是如此宁静，空气中充满着安详。十多幢矮矮的农舍聚集在山间一小块平地上。绿色的草地上躺着正在打盹的狗，几只鸡在草丛中高兴地跑来跑去、追逐嬉戏。欣喜一下子在我的脚下弥漫开来。走了些许，看见当地的老农三三两两地散落在高处的山腰间，在一排排的绿色茶树间，慢慢采撷着什么。我们走进这里，仿佛走进了时光隧道，每迈一步，心就平静一分。一缕阳光调皮地进来，时光的胶卷开始在生命的放映机上慢慢滚动。这里没有城市的喧嚣，只有温泉和乡野。

走回去后，又一次将身体毫不吝啬地滑溜下池，我们犹如三条沉醉的鱼儿，在这清亮的温泉里，如痴如醉。什么都没有留下，什么也没有带走，却把依偎在峻岭之间的武义完全揽入怀中。淡淡的水流淌在静静的温泉里，泛出微微的碧玉的光泽，像一条绸带横亘在大地上，把城市的喧嚣与烦劳，悉数留在了里面。温泉里没有车水马龙，有的是生活，是闲扯。时光被无限地放慢，柔软带着我们，去向远方。当疲惫的身心浸泡在晶莹的温泉中，我有一种脱胎换骨的重生感，一种特别浓烈的生命存在感。

躺在宾馆的床上，厚实的窗帘挡住阳光，让人分不清现在是白天还是黑夜，思维也随之凌乱。我深知，我现在只是小隐于武义这块地儿，我终将重回江湖。温泉如一杯氤氲的绿茶，弥散着淡淡的芳香，暖暖地滋润着略带诗意的心灵；又如一杯醇香的米酒，跳跃着生命的精华，沉淀的清澈是思想的通灵，如此透明！这幅温泉图一直定格在我心灵深处，始终清晰、明亮、闪烁。清雅丰华的光阴在泉水中泡久了便有了武义温泉的味道，涌动着淡淡的温婉。

掌灯之时，浸于温泉水中，我竟有梦回大唐的感觉。

　　武义温泉以量大、水优、温度适宜而著称，出水量六千吨左右，富含氟、硫、锶、钼、铁等多种有益人体的矿物质元素，堪称"浙江第一，华东一流"。温泉水质透明，无色无味，适于洗浴。其各项指标均符合国家医疗、浴疗用热矿水的标准，能辅助人们治疗皮肤病、心血管病、神经衰弱等多种疾病。

拐

丽水
彩云归

一湾碧玉南明湖

　　一次出差，正好入住丽水市区。早就耳闻丽水的人工湖如何的璀璨，怀着一颗惊叹的心来到南明湖畔，一遇见它，我最先爱上的是这湖水的碧绿、清澈，或许是因为我心底对水的痴爱吧。

　　见过无数湖水的粼粼波光，但南明湖却能折射出烟花般的灿烂，照亮广阔的水域，而作为母亲一般的水轻轻吟唱着歌谣。那微风就是指挥，波光就是琴键，旋律悠远，音符点点，如梦如幻般飘荡着："把江留住，把水留住，一湾那个碧玉，叫你南明湖。把爱留住，把美留住，秀山丽水，那是绿谷……"这吟唱声里有着南明湖青山的浪漫，也有着丽水古城的温情。

　　沿着南明湖的湖岸自由地漫步，我的心中蕴藏的是对南明湖清澈湖水的敬畏。此刻，我真想变成一只白鹭在湖上飞翔，拥有拥抱四季阳光的心情和烂漫的心胸，将写给南明湖的诗句通过鸟儿的歌声翻译出来，轻轻地诉说人类对南明湖的情意。我要把生活中的高兴、哀伤悄悄地播种在静谧的湖里，和山水交融，似白鹭一般，高兴的时候，幸福盈盈地蹚得这湖水，于清风中流转，在白云间欢歌;哀伤的时候,倚靠在湖边,从眼里落下一滴尘世的泪。

想着想着,我不由得在湖边驻足,一片湖水见证一段时间的吉祥,一缕阳光凝成一段永恒的愿望,南明湖的湖水写满了丽水人大智若愚带来的福气,以及一颗纯良的心。如果聆听,就有古典小家碧玉的优雅;如果飞翔,就有比天空更加辽阔的况味。

此时,我深深地体会到任何一种相遇都是久别重逢。此刻,我怀着一颗相遇的心而来,与南明湖结缘。我心中久藏的绿一定是绚丽的,而它就在南明湖上,如当季的花朵在悄悄地绽放,灿烂着南明湖的碧绿,述说着南明湖的心情。那时光中凝结着闪光的人情冷暖,人世苍茫。

慢慢走到了防洪堤,湖边堤坝长得望不到头,有很多人在上边走动。丝丝的凉意,清新纯净的空气,令人身心舒畅。防洪堤路面很宽敞,有十多米,路面、围栏还有路旁供人休息的坐凳都是用花岗岩做成的,还设有十几米宽的斜坡绿化带,种着绿色和紫色的修剪整齐的矮树,一路上繁花似锦,绿草茵茵。草坪上,有父亲正在教儿子学走路;有老夫老妻坐在石椅上共享时光;有孩子们在一起嬉戏玩耍;有人在欢快的音乐中跳起了舞;有人穿着练功服,边走边比画太极的招式;有三口之家,拉着手,悠闲地散步;还有人随处走着、瞧着……突然觉得坚硬、冰冷的花岗岩一下子有温度了。我想南明湖这样的千秋伟业一定会像李冰父子修的都江堰一样流芳百世。

这天的天气不错,风和日丽。处州多秀山,湖边的山实在是太玲珑清秀了,湖边的应星楼,今夜或许可以让我"手可摘星辰"。且走且停,在南明湖邂逅了不一样的风情。我找了一条长椅坐下,望着碧蓝的天空,陷入了深思……如果我们离开了快节奏的生活,停下匆匆行走的脚步,那会是怎样的一种情景呢?大家在某一个阶段都慢悠悠、慵懒而又诗意地生活着,有何不可呢?南明湖畔,就是这样一个适合慢生活的地方。在这里,能够寻找到不会错过的阔远、宽广,体味南明湖独有的清宁、深厚;能够感受人在水上走,湖水轻荡漾的感觉。潋滟波光,悠然惬意。古人喜爱"南明",喜爱就是这一片难得的山水清音和不一样的"静"。

走走,停停,坐坐,不一会,看到了现存的古城墙。它始建于隋朝开皇九年(589),此后历朝历代对府城都有修缮,到抗日战争时期,侵华日军两次占领丽水,古城墙被严重损坏。到1949年中华人民共和国成立,城墙已破败不堪,城楼已不复存在。2005年10月至2006年9月,当地政府对南明门及两侧古城墙做了修缮,复建城楼,恢复其历史面貌。南明门坐北朝南,南面围以瓮城,平面呈半圆形,占地面积约三百八十二平方米。古老的城墙矗立在南明湖畔,千年沧桑历史在此一览无遗,它在静静地诉说着那战火纷飞的岁月、那繁花似锦的年华,诉说着处州城洗净铅华后的平常人的本色。

走过南明湖游轮码头,看见两把火炬式的灯盏竖在码头上,有七八米高。我站在码头上,南明湖宽阔、碧绿、干净、平稳的水面再次涌入我的眼,微风吹动我的头发,我的心好像浮在了湖面上。往前方远处看去,有一个岛屿,这个岛屿名叫古城;再眺望,远处的山上有一古塔,这是丽水夏河塔,是丽水最古老的建筑之一。

我不禁想到这南明湖的源——瓯江,从上游的涓涓细流到百川归一,从奔放纵流到以"利万物而不自争",一江碧水终于在历经千滩万险之后来到丽水市区,汇聚成一湖清波。

低头看着手中的地图,紫金大桥、小水门大桥、溪口大桥、桃山大桥、厦河公路桥仿佛是湖上的五条彩带,把南明湖这个少女打扮得飘逸灵性,与两岸的万象山、南明山、少微山、白云山、金山塔、厦河塔、观音岩、应星楼、大水门打着招呼,让人仿佛置身热闹的赶集中。原来我穿行在八百里瓯江中最璀璨的绿色长廊里。眼前的南明湖,显得那么年轻,就像一个刚脱稚气的姑娘,红扑扑的脸没化过妆,虽然身材还不够丰满,却正是小荷初露,朝气蓬勃。

南明湖,是有灵魂的,因此如此熠熠生辉。想来它也是丽水城市的灵魂,如此才能映照出丽水历史的古朴浑厚,折射出现今的青春活力。

走着走着,离紫金大桥已越来越近,桥架上"紫金大桥"四个字已依稀可见。湖中高大的拉索桥架倒影渐渐地清晰了起来,仿佛南明湖的水也随着变深了。来到丽水,生命就像被意象烘焙着,清澈的水就像一支有灵气的画笔,画出灵魂的清澈和轻盈。一半山水一半城,山在城中,水绕着城,满天的蓝与水辉映,满山的绿与水交错。

我走回酒店。没有带走南明湖旁的摩崖,也没有带走任何一片树叶,带走的只是一种婉约与质朴的心境。水波摇曳着浅浅的笑,青草点亮了火焰,照耀南明湖上空一群飞翔的白鸟的幸福。水在天上流,山在空中移,丽水也真成了一座空中楼阁。一波又一波的风浪撞击岸边,仿佛上千只帆影。

深夜,我忽然懂得了南明湖的水深了又浅、浅了又深,浅吟低唱的故事。因为虔诚,所以仍是一泓清澈。

南明湖是新建的人工湖,位于浙江省丽水市南部瓯江边,由瓯江上游大溪开潭水电站蓄水而成,面积约六平方千米,相当于一个老西湖。

深情不渝的鼎湖

有一天,我偶然看到了南宋状元王十朋的一句诗"皇都归客入仙都,厌看西湖看鼎湖",随即,我对家人说:"西湖常去,过年我们去仙都鼎湖沾点仙气吧。"我主要是想去静静,洗洗沾染俗世的心。

某年大年初二,阳光一拐弯,照在我们去丽水的路上。其实我还没好好"造访"过丽水仙都风景区,只知道它隶属丽水市。"鼎湖"又在何方?我也不甚知之。一查"仙都",发现它就在浙江省缙云县城东约十千米处,"鼎湖"则是仙都山的相依相伴。当地人这样说:"不观鼎湖,不知仙都。"

据传在唐朝天宝八年(749),有一天,缙云独峰山上,突然霞光四射,五光十色,只听得丝竹之声,仙乐鸣奏,朵朵彩云徐徐下降,围绕着独峰山萦回飘荡,直至夜深才渐渐隐去。玄宗皇帝感到非常惊奇,随手挥笔写下了两个大字"仙都",从此缙云独峰山遂改名仙都山。我们的先祖常常喜欢用荒诞不经的神话去解释自然的奥妙,其实从几亿年前到几千万年前的那段时间,仙都山一带曾几度成为海洋世界。在那漫长的岁月里,大自然就像是精巧的石匠,用神斧仙刀把岩石修饰成了各种奇特的形态，或形成石林、溶洞，或形成地下河、石钟乳等别致的地貌风光。我对大自然佩服得五体投地——绝对是一位非凡的雕塑家啊，罗丹和他老人家比那是"小小巫见大大巫"了，它的艺术作品简直无与伦比，不可复制，也无法偷师！不是吗？

我们乘车在依山傍水的公路上缓行，不久就来到"天遣林泉"的仙都主要风景点——鼎湖峰。沿着好溪南岸的山石路慢行，鼎湖峰拔地而起，直冲云霄。过年期间的鼎湖峰一变平时坦荡、明朗的性格，似乎有些羞答答地罩上了一层喜纱，难得呈现妩媚动人之处，好似和大家一起欢欢喜喜过年。阳光的照射让雾气在湖面上、峰顶上不断升腾、嬉戏。一股湿润的风从附近的步虚山吹来，像变魔术似的，歪歪斜斜地织成一条白丝巾，一缕缕地围绕在我们的脖颈上。

鼎湖峰高约一百六十八米，它壮如刺破青天的龙泉宝剑，也像破土而出的春笋，因此当地人又称它为"石笋"。据说这是世界上目前发现的最高的石笋，素有"天下第一笋"之称。听着当地人华美的介绍词，仰头却见眼前拔地而起的一孤峰，仿若擎天一柱，又仿佛是一支摩云笔。据传，黄帝曾置香炉于峰顶炼丹，丹成，跨龙升天飞去，而这湖被丹鼎压陷，聚水成湖，故称为"鼎湖"，此峰就随之称为鼎湖峰了。白居易也频频称赞这"天下奇观"，诗云："有时风激鼎湖浪，散作晴天雨点来。"仰观这神奇的石笋，石笋上成片的树林就像长在云端。底部石壁上"鼎湖胜迹"四个直径三米的大字，浑厚刚劲。

听当地人说，鼎湖峰山上山下是一片茁壮的龙须草，相传是黄帝炼丹成功，跨龙升天时，群臣也要跟去，争攀龙须不放，结果拔落龙须，坠地而生草，故名曰"龙须草"。李时珍《本草纲目》上也有对此草的记载。当地人对我们说，龙须草还可以织席。

我们路过仰止亭，直奔黄帝祠宇。欣赏完眼前这座雄伟的号称"天下第一祠"的建筑后，我们又参观了大殿侧面的黄帝史迹展览馆，了解黄帝降服炎帝、打败蚩尤、统一中原，创造音律，教人们种植养蚕、捕鱼狩猎、建房制陶。之后，止步于伟岸的、仙气盈面的黄帝雕塑前，我分明感受到一条滔滔的历史长河，载着数千年的中华文明和民族精神及人文始祖的丰功伟绩朝我涌来，然后驶向遥远的未来。

还沉浸在对先祖的崇敬中，我们一行人随着当地人从鼎湖峰右侧，沿着步虚小道，朝着步虚山顶的步虚亭迈进。一路幽静苍翠的步子，我们走至半山腰，抬头看脚下，只见潺潺的溪流，仿若一条飘逸的丝带，而倒映着的蓝天白云、湖光山色恍然如一片海市蜃楼，一切似梦非梦。柔和光线下的鼎湖峰是林风眠笔下的一幅刚刚完成的水墨画，缥缥缈缈，若有若无。一阵带有阳光味道的雾气被风卷来，我顿时欢喜得不知所措；一阵风卷走，我看着这些淘气的雾气竟然飞奔向另一座山峰，还有一丝怅然呢！回望鼎湖峰层松叠翠的一片倩影，低头看着自己站在一块犹如一叶扁舟的岩石上，遂迈开步子撑开一篙驶向鼎湖中间。不由得吟起清代袁枚的"风吹山似来，云动山如往"。

我们经过一个多小时才登上步虚亭，远眺黄帝跨龙飞升的鼎湖。其实自唐代起就在这里就建有"庆皇鼎"，又名"仙境一览"，后来荒废。现在的步虚亭于 1979 年重新落成。走过百年石桥，我站在亭子里极目远眺对岸傲然挺立的鼎湖峰。峰顶绿茸茸的松柏是羊毫笔头，峰下的碧湖是现研的墨，天地作宣纸，巨笔在我们眼前画下一幅壁立千仞、苍翠欲滴、碧波传情的水墨画。远处半空中的缕缕炊烟，峰前的一架古石条桥，桥下淙淙的流水，一缕缕艳艳的阳光，打动了我心底深处的温暖，将我久久停驻而望的目光拽回。

鼎湖，一个圆润又充满神奇色彩的名字！用软玉填平了历史的陨坑，用留恋记录了沧桑巨变。粼粼波光上则泛着江南的婉约与古朴。

"山上一日，世间一年。"做得半日神仙后，我们也"飘飘欲仙"地下山了。行至山脚湖边，有一仙水洞。我们鱼贯而入地进了月牙门洞，站在清澈见底的一池泉水前，临水而照。久久伫立，闪闪的清水将我俗世的容颜，渐渐洗出心灵纯粹的翠绿，我都不舍移步。家人花了一点钱，给我买了一瓶这里的泉水，我欣然转身，出得洞来。清风徐徐拂面，我蓦然回首，仿佛窥见一位长须飘飘的仙圣，在朝我们挥手致意。

这些神明的印记与天降的神物秉承了鼎湖的稳重，信守、留守与归于江河的生命态势，坐在山顶上，永不挪步！鼎湖，是天上落在仙都的明珠，她安静地卧于仙都的版图上，终日闪烁着仙都的风情。

如果西湖演绎的是情深意长，鼎湖演绎的就是从一而终，深情不渝！

鼎湖是整个浙江省缙云县仙都风景名胜区的核心。传说，黄帝在峰顶用鼎炼丹，鼎重达千斤，把峰压成了凹形，下雨积水成了一片湖。黄帝升天后，这个地方就被人们称为鼎湖峰。山巅苍松翠柏间蓄水成池，四时不竭。唐代大诗人白居易曾用"黄帝旌旗去不回，片云孤石独崔嵬。有时风激鼎湖浪，散作晴天雨点来"的诗句来描绘这个天下奇观。

恶溪乎？ 好溪也！

你从溪畔走过，每一次的停顿，都会有不同的感悟；每一次感悟，你都会发现新的幸福。

城市因为水而灵动。到达一座陌生的城市，我总想找寻滋养这座城市的水。在一个城市里，一条清澈的河流缓缓地伴城流淌，湿润、静谧，江南的气息扑鼻——这样，就是一种幸福。好溪就是如此。

当地人对我说，好溪以前叫恶溪，我一直很奇怪，为什么如此清美的溪水以前叫恶溪？现在又这么感恩宠爱地称它为好溪？这溪水难不成也有浪子回头金不换的过往？

眺望四周，浙南多崇山峻岭，莽莽苍苍，绵延数千里。东边，巍峨的括苍山俯瞰东海万顷碧波；西边，莽莽的仙霞岭紧依千里岗山；南边，峻峭的洞宫山簇拥着百山之祖；北边，高耸的大盆山向南流淌出一条游龙般的溪流。这溪流从前经常洪水泛滥，溪道怪异多变。数千年前，溪道往东一摆，直逼羊坎头的崖壁。数百年后，溪道往西一甩，横扫坑沿村一带的千家山。往东摆时，留下深深的长澜湖为证。往西扫时,抛下蜿蜒的北山溪可考。溪道东移时,西边千家山一带曾有数千烟灶。溪道西荡时,东边羊坎头上下曾是热闹非凡的集镇。但是,只要遇到大雨,定然山洪暴发,那浊浪说来就来,铺天盖地,汹涌澎湃,有如排山倒海冲决一切。多少家园被恶溪的沙砾埋没,多少子民被恶溪的狂涛卷走。在那种时节,我能够想象溪水携着泥沙污垢,呼啸而来,冲过门前,奔向远方。田地和树木被冲毁,甚至还有活生生无助的鸡鸭牛羊猪,在洪水中沉下浮上。站在房顶的老人、孩子被洪水阻隔在房顶上,出不了门,一片凄惨。

原来这溪水是恶出了名啊,不叫它"恶溪"才怪呢!你看,连唐朝大诗人李白都惧怕当时的溪水。话说李白一开始来到缙云,觉得"瀑布挂北斗,莫穷此水端"。他目睹咆哮的溪流,想沿溪探寻踏访,却被他当知县的叔叔拦住,说这溪水"品行不良",有三多,即险滩多、水怪多、岩洞窠多,劝他小心为妙。但是却没挡住李白探溪、访溪的好奇心,他也因此留下了"咆哮七十滩,水石相喷薄"的诗句。当时溪水被人憎恶的模样,在《送王屋山人魏迈还王屋》一诗中还有"却思恶溪去,宁惧恶溪恶"感叹!看来,在古代,恶溪确是名副其实。

据史料,原来这条溪水是缙云与丽水之间的交通水路。对于这样作恶多瑞但仍可利用的溪流,唐宣宗大中年间,括州刺史山东临淄人段成式主持修建了好溪堰。他实地查看河道,制订方案。一面组织民工疏浚水路,排除险阻;一面筑坝开渠,引水浇灌,完成了兴建好溪堰的工程。处州人民为了纪念段成式的功绩,在好溪畔建立了思贤亭。南宋状元、龙图阁学士王十朋在丽水时曾瞻仰过思贤亭,有诗说"段公不到溪岂好",也说明段成式之后,好溪之名才流传于世。如今在好溪堰边的灵山寺内建有段公亭，以纪念造福于民的段成式。

今天，站在夕阳西下的好溪堰，上游青山绿水，碧波荡漾；下游水流浅浅，芳草萋萋，幽幽静静，如淡淡的抒情歌曲。好溪的水总是碧绿碧绿的，呼唤这我们这些脚步匆匆的都市男女扑进它的胸怀，让竞相飞溅的水花，在夏日的阳光下，映出千万条灿烂绚丽的彩虹。不过，好溪边最美的是早晨。太阳从对岸风光秀丽的翠微山上升起时，一波碧水，映衬着青山和朝霞。那情那景，会让一些从家门出来步入新一天的人们，驻足陶醉地看上一阵子，而更多的人，会在晨风中，踏上如彩虹般横跨好溪的石丁步桥，笑看那一群群在清清浅浅的溪水中任意嬉戏的小鱼儿，享受着一种说不清的美好与欢乐。我在赏景的途中，停下匆匆的脚步，凝视那一群群五颜六色的小鱼，从它们那迎着激流奋力溯游的身影里，好似看到很多年轻人在奋发进取。不由得，我摘了一片夏天的绿叶，轻轻地放在平缓流淌的溪水上，让溪水也拥着自己朦胧的理想和追求。

流年似水，为了将来的理想，不管如何累，如何苦，也不管对朦胧的未来如何焦灼、懊恼，此时的我倚着树干斜坐在溪边的鹅卵石上，看看娴雅的好溪，干脆让自己的记忆和想象，化成一条条小小的鱼儿，融进这迷人的溪流里。

好溪水面有点开阔，溪水边几十棵垂柳，已经是满树夏意。远方的村落、丛林都隐没在烟雨中。令人感兴趣的是，偌大的好溪上竟然有三三两两尖嘴的溪凫出没，见到我到来，一下就钻进水里去，很快又从不远处的水中钻出来，确也生动非常。

现在是水流潺潺的季节。看山、看云、看村、看溪凫、看簇簇烟树，还有这大坝、远村、野草……两岸山青水碧，秀峰奇石之上，云飘岚逸。我仿佛间看到了古代无数文人骚客泛舟溪上的身影,有书圣王羲之、诗人谢灵运……

我一路听到一些不知名的鸟儿的歌声,声音婉转。于是一个人很轻松、很愉快地沿溪而行,慢慢地走,说不定会进入一个如五柳先生见到的一模一样的"桃花源"呢。

桃花源,最终没遇到,但现在的好溪是慈眉善目的,滋润了壶镇的土地,增添了仙都的妩媚。好溪是温顺的,她轻流潺潺,淡雅装扮。好溪也是有个性的,她倔强而坚贞。你再没见她恶浪滚滚过,因为她懂得感恩,用宁静和秀美来守护这一方寸土。

好溪旧名恶溪,好溪源头来在大盆山,为瓯江的支流。溪流连绵约四十五千米,中有五十九濑。两岸岩山峭立,高岩壁立,处处景色入画卷。仙都,位于浙江省丽水市缙云县境内。境内九曲练溪,十里画廊,山水飘逸,云雾缭绕。

玖

衢州 孔家礼

乌溪江的穿越之行

乌溪江，一个在钱塘江支流上流淌的诗意情结。乌溪江古称东溪，又称周公源，为衢江一级支流，上游有遂昌县之住溪、周公源、洋溪源、金竹溪，均流入1983年建成的湖南镇水库。水库以下向北经项家，注入1958年建成的黄坛口水库。出水库后，东岸有黄坛源水汇入，流经石室乡、花园街道、下张乡，在鸡鸣渡附近注入衢江。乌溪江蜿蜒盘旋于崇山峻岭之间，山水交融，山清水秀。

一

岭头，是仙霞岭的源头。到了晚田后之后，就沿着县道晚长线一路弯弯曲曲，车过焦坑口，我看到了一个奇妙的节理石柱，它是由一亿三千七百万年前火山喷发之后冷却结晶形成的，呈五边形或六边形。据说因为这种结构是最稳定的，乌溪江大片山体均是这种节理石柱，但仅有此处横截。欧洲的北爱尔兰海滨也有一片节理石柱，并有一个神话传说，因传说而称其为"巨人之路"。

兜兜转转来到岭洋境内，20世纪80年代，乌溪江流经小湖南镇（原名湖南村），被一座大坝拦腰切断，上游形成一个大水库。山谷里的村庄如今都没在水底，最深处百余米。不断地接纳溪水后，群山环抱出大片的水面，就是仙霞岭下的仙霞湖了。它是衢州市境内最大的人工湖。

溯江而上，我们乘船到了湖南镇水库，大家一阵惊呼！大坝全长四百四十米，高一百二十九米，十分雄伟。坝体有五个溢洪道和四个溢洪洞。每逢溢洪时，水从溢洪洞奔腾而出，翻滚而下，雾气腾腾，向外扩散，有遮天盖地之势，发出阵阵轰鸣，地动山摇，声震十里。远远望去，其壮观胜似银河落九天。

我们沿着静静的乌溪江走，乌溪江水面宽阔，对岸水杉成林，粉墙红瓦隐约其间。太阳慢慢从苍翠的山间升起，乌溪江上飘浮着一层如纱般的水雾，那虚无缥缈、如梦如幻的白沙奇雾，只见它轻浮于江面，系在山间，把此处装点得犹如人间仙境。难怪有说乌溪江仙霞湖是神仙居住的地方，是可以随时吟诗作赋的诗意之灵地。

湖上，没有一点人工的痕迹，湖水清澈凝碧，两岸奇峰怪石，临湖倒影，峻峭多姿。水天一色，自然天成。湖中有大网山、马路岗两岛，地势平缓，与两岸峰峦相映衬，素有"乌溪江风景甲富春"之誉。水位下降后露出的红土，在湖面与林线之间，如少女的彩绣腰带飘然湖畔，一抹如梦如幻的亮色。一路上仙霞湖都若隐若现、若即若离，实在是个好游伴。在此地可以深深体会"任侠平生愿，一叶边舟莲波滟。秋水墨色染，如见美人眼波怜"的意境。

岭头到洋口这一段，古藤横空，根须丝丝垂挂，我们仿佛穿梭在热带雨林中。在接近上高输古村的地方有一株松木王已有三百年树龄，粗壮遒劲，与一株合抱粗的香枫并立水口，还有一排古树守卫着村庄。

　　靠岸上行，行过吊桥，走过湖南镇，来到破石村。这是一座原汁原味的古村落，泥墙瓦房，门口高高的石坎外用竹片搭出晒台，构成了这里独特的原始风情。村里苔色满墙的古宅民居，守护着一段旧时光。翘起的飞檐、斑驳的山墙，都在向人们昭示着这座村落的古老和沧桑。几百年来，村里走出了两丞相、三学士、一都堂、五御史，许多家族耕读传家，匡扶社稷，万世流芳。我突然觉得好似仙霞湖突然来了一群仙人，和仙境的湖光山色交相辉映。这里诗意时光再现，原始纯净且纯朴，是浙江的圣洁"泸沽湖"。这里会有三生三世的浪漫故事发生吗？

　　我对细腻繁复的雕花窗格怀着一份天然的欢喜，它们有惊鸿一瞥的美丽和惆怅，是古民居建筑中最美的符号。古民居前的石级路旁，有几棵桂花树，据说有几百年树龄了。抬头仰望树冠，只见少许的阳光，星星点点地晃动着婆娑的碎影。我来到一棵最大的樟树下，体验到一种有别于他处的更深的幽静。我知道这是一棵树的宁静和淡然，而几百年的沉默加深了这种淡然，好似汇聚了乌溪江全部的宁静，也承纳了天空的淡然。

　　徒步山林，发现虽少了险峻高山、急流飞瀑，却有青翠的竹林，精致的梯田，安静的村庄，干农活的老妪，还有鼻间酸甜的柑橘气味。在翁源古村、洋坑畲族古村，我感受到的是一曲悠扬的慢板，慵懒放松，在灯影微弱处，与时光共同老去……

　　当晚，我们投宿于仙霞湖边的一家民宿。清凉、玲珑、灵动，让我在行走的每一步中，都收获惊喜。在草色烟光中，让心灵在大山之间自由自在地飞翔、流浪。没有日期，没有约定，只有这看不够的一帘山色。

　　我们居住的民宿有一个大露台，仰望星空，满天繁星，让人忘却人间烦心事,唯闻鸟鸣蛙叫声,何等惬意,能让人把他乡当故乡。我喜欢这种原汁原味的农家乐,不施粉黛,只得宁静!

再入夜,房间里静听溪水之音,<u>丝丝缕缕</u>,婉转不绝,我酣然入梦,进入乌溪江仙霞湖的仙境之中了。梦中,山上树木繁盛,郁郁葱葱,而乌溪江水清澈可人,日夜奔流,浩浩荡荡,在月色中闪着灵光。在此处可"吟风"、可"读月"。

二

第二天,我们乘船游于九龙湖上。九龙湖的水温常年保持在十五摄氏度左右,冬暖夏凉,库区形成冬无严寒、夏无酷暑的小气候。远方的峰峦间,云雾弥漫,正浩浩荡荡地朝这边飘来。清晨的露珠,在阳光的照耀下,仿佛在你争我赶,晶莹绽放。船儿在如碧玉的水间航行。绿布慢慢地向两边的山脚卷起,那样柔,那样轻。这一切就像翻阅一幅幅流动着的山水画,或白鹭飞着冲上青天,或黄牛摇尾睁着一双澄澈的眼睛,或野鸭无忧无虑地嬉戏,或鸟儿在山间飞翔盘旋。这里有许多木头房子建在湖上,有渔民在门口织网,还有几条黄狗望着我们,偶有一两条渔船从身边驶过。我伫立在山水之中了,和它清澈明亮的眸子对视着,静静地交流着,间或有船桨破浪声。整个世界是安静的,时间仿佛也凝固了。我想,化作一尾鱼也不错,抑或一朵浪花,或是绿意盎然的翠竹树林,或是水边摇曳的芦苇……这是一种与旧时光一致的根深蒂固的情怀。确是乌溪深处好人家!

湖岸的宁静、古朴的小村落显得格外淡泊与安详,没有城市的喧闹,没有匆忙的脚步。这里,只有溪水在流动,阳光在瓦背上跳跃,悠悠往事尽付流水中……

我们喝着高山白茶,茶叶柔软厚实,一股纯正香气满溢着唇齿间。无论是轻烟淡月下，还是劲风白荻中，或蒙蒙烟雨间，九龙湖倒映着群山，如一幅有淡淡墨晕的山水画。此刻，有几个在岸边垂钓的人，想来钓起的不仅是鱼儿，更是袅娜的仙气和诗意。

长期承受着都市的浮躁和喧嚣的我们，就着满山青翠和潺潺溪流，吃农家小菜、山野滋味，览乌溪叠翠，看雾霭烟岚，呼吸着沁人心脾的空气，那真是"此景只应天上有"了。时刻被焦躁和烦闷包围着的我们，有幸置身于与世无争的古朴山间，悉心聆听山村的天籁之音，将身心沉浸于农田溪涧，才发觉原来生活可以如此简单和美妙。

低头看那九龙湖的水，绿得发蓝。在船桨地拍打下一个个小圆圈向边缘一点点扩散开去，越来越大，又忽然撞到了别的小圆圈。江面像是一块有着奇特花纹的翡翠，仿佛每一个圆圈都有一个新的生命在颤动。这一片青山仿佛都融入了这水灵灵的绿中，绿得耀眼，绿得透明。这清新的绿色仿佛在船桨中流动，流进我的眼睛，流进我的心胸，乃是"江作青罗带，山如碧玉簪"。微风轻轻地抚摸着我的脸颊，我呼吸着如此新鲜又充满了泥土芬芳的空气。两岸青山对峙，向天边一路延伸，把湖围怀抱着，好似正在酣睡的巨龙。

抬眼，那山坳里、山坡上、悬崖边、峭壁旁到处盛开着不知名的红色花，仿佛是满山的野火在升腾燃烧。花枝上密匝匝的花朵在风中摇曳，又似满天的红霞流淌。

饭后，船夫带我们在月亮岛转了一圈后，便带我们到湘思岛去了，船是自家的小木船，木桨只有大约四十厘米长，左右手各执一个。船行到湖中央，周围是湖水，水是绿绿的，阳光斜斜地照着，我们坐在船上，两岸是绿色山林，轻风微微拂面。山里很静。每个人的心中都有一个隐居的梦:远离喧嚣芜杂的都市,徜徉在静谧的湖水间,没有闪烁霓虹,没有拥挤车流,只有潺潺的湖水从脚边缓缓流淌,清脆婉转的鸟鸣唤醒梦境……喧闹的都市路上,车轮扬起的灰尘,那是灰尘;孤寂的船上,船桨卷起的涟漪,那是自由。那种自由是未经修饰的纯粹自然。我们和热情的山民话家常,看古树、听泉鸣,呆呆地坐在船上,一下午都不觉累。碧波中银光万点,木壳船在水面随意漂流,那一刻,所有人都不说话,只有风声、水浪拍打声,鸟鸣虫唱……

　　这里住的居民是幸福的,打开窗户,是满眼的苍翠,还有清澈的湖水。

　　空气弥漫着一丝甜味,顺着一条曲折的石子小路我们来到了九龙湖边的一片芦苇滩,高高的芦苇跟着微风在跳舞。再看湖里,水很清,能看到水里的石子和水草,旁边很多小鱼在开心地玩游戏。从亭子里往外望,九龙湖真的就像一条银色的巨龙,在太阳的照射下银光闪闪。丢一颗小石子在湖里就荡漾起了一圈圈波纹,好看。听说,这里住着神仙。看着湖对面的山上,淡淡的云雾不断地飘来,再慢慢散去,在天边与远处的朦胧山影相交合,忽隐忽现,令人神往。湖水是清澈的,也是厚沉的,更是灵性的。当我不禁轻轻捧起湖水,莹亮的水悄悄沿着指缝流出手心,遂伸长了舌,舐上一口,微甜。我想,这便是衢州母亲河的味道了。船在细流汇聚的湖面上航行,画出一串长长的波痕。水波,朝东,朝远方,朝岁月深处,生生不息。散落在水畔的村庄,零零星星地点缀在江河的两侧。细细想来,这千年的江河,千年的漂泊,唯有这延绵不绝的河水,流着,淌着,奔涌着,咆哮着,那是它们涌向大海的姿势,那决绝地离开实际上是真实的回归。

　　在那泛白的悬崖下，夕阳余晖柔柔地穿过水面，鱼鹰和那些叫不出名儿的水鸟一起翻飞，晚归的白鹭低低地飞过浪尖，那一抹金光闪闪的江流，就这样朝我们奔来，又离我们远去。人间岁月，就像是一条川流不息的长河，在永不停歇地奔流着、回旋着、冲突着、激荡着，我就在这迎来送往之间。

　　流淌在乌溪江上，我们是一个个行色匆匆的过客，飘然而来，翩然而去，在这方葱茏的烟霞之地，在这山水间，让心透进片片光亮后，重新启程……

　　乌溪江古称东溪，又称周公源，为衢江一级支流，乌溪江主流长约一百六十二千米，流域面积约两千六百三十二平方千米。乌溪江发源于衢南仙霞岭山地，主源在浙江省丽水市龙泉市，有大小景点三十多个。

风姿绰约灵山江

4月，湛蓝的天空，时而飘荡着几片云彩。我神游于龙游的灵山江边，灵山江穿城而过，巧妙地写了一个"丫"字。龙游，是一个县城的大名，是一个令人神往的名字。成语"麟凤龟龙"等似乎昭示着龙游这个县城的大气和不凡。我们一行向右拐弯过大虹桥，在桥码头乘船，沿"丫"字右侧的灵山江主流而行，凝和阁、乌石庵伴随灵山江跃入我们的眼帘。

站立在船头，碧波千顷尽收眼底。这里车水马龙，似乎印证了这个地方是商帮聚集之地。春秋时期这里早建有"姑篾"古国，距今已有两千多年，是浙江省历史上最早建制的十三个县之一。几千年的悠长历史，留下了丰厚的时光积淀，而龙游商帮曾是明清时期唯一以县域命名的全国十大商帮之一，有"遍地龙游"之美誉。

灵山江像一位文静的姑娘，静静地流淌着，伴着起伏的群山，伴着善良朴实的人们。清澈的溪水倒映着青山，倒映着蓝天，令人醉心。蓊郁的树林，很宁静；汩汩的流水，很宁静；徐徐的清风，很宁静，天地间一片清纯。我们的船拐弯到了村口，那里站着的大樟树还探出点儿尖梢,彰显着灵性。

　　船行过上塘小镇,听时任龙游副县长的陆民介绍,上塘小镇旧时曾为灵山江古码头,屋宇古朴,街上是热闹非凡,熙熙攘攘。明清之时,在浙江西南部突然崛起了一个颇有影响力的龙游商帮。龙游商帮埋头苦干,不露声色,在珠宝古董业、印书刻书贩书业中占有一席之地,还在海外贸易中颇有建树。

　　站立船头,我眼前仿若出现这样一番情景:门庭若市、盛况空前,各种船只威风凛凛,显赫地露出一只只舵柄来,那些在灵山江码头掌着舵柄的舵手,就像一个个王子扣着骏马的下巴。结队的木船懒洋洋地荡过,有的是斜行,有的是前行,有的是后退。每一条船上都有人使用一双长桨在水中奋力地划动,船看起来很像是笨笨的大鱼;在一些抛了锚的船上,商贾们都在忙于绞缠绳缆,摊开帆篷晾晒,装货或者卸货;在另外一些船上,只有两三个男孩子逗留在那,也偶然有一只狂吠着的狗或者在甲板上跑来跑去,或者匍匐着望着船边,叫出更高的声音;中间行驶着出港的船只,帐篷在太阳光里闪耀,咯吱声传向四面八方……那时的灵山江,水和水面上的一切都在积极地舞动、浮荡、翻腾,噼啪的珠算声、船老大的吆喝声……

　　时光流逝冲淡了龙游商帮创立的辉煌业绩,如今不见了热闹的踪影,若隐若现的是一个个散落的、静静矗立着的古民居,默默地注视着灵山江畔的鸡鸣山。眼前只剩下清澈幽深的江水,偶有鱼儿游出水面觅食,泛起涟漪,圈圈点点的,微风吹过,慢慢地散去,也散去了对上塘小镇的遐想。

　　我倚着船栏,看着泛着灰黄色泽的马头墙,看看岁月留下了斑驳的印记。岸上的游客在布满青苔的石板巷子里驻足。我们在船桨激起的层层相叠的浪花中欣欣然自乐。

刚才还穿梭在千百年前灵山江上热火朝天的景象中，船一晃就就来到了灵山江畔的姑蔑旧城——荷花山。当我望着石头和黄色的泥土层层叠叠又相互交融的时候，我们一行突然觉得时空静止在那里了，最抵不过的是沧海桑田！我觉得心头涌动起一种冲动但又欲说还休。我静静地凝望着，然后慢慢匍匐在黄泥土上，和它说话，听它讲一些生动有趣的事儿……一位龙游的作家如数家珍地抖落着荷花山新石器时代的许多故事，他随手拿起地上一块碎石片说这块就是夹碳陶片，至少已经有六千多年历史了！我们居然在里面发现有稻壳，我轻轻握住它，觉得它有着太多的言语却来不及诉说。这段风雨满堂的历史，化作碎片，散落于山间村落、灵山湖畔之中，它沧桑、温润又不失厚重，等着我们慢慢拼凑，拼凑出千年前的小桥流水人家。

站在荷花山上，望着沉稳的灵山江，拙朴的古民居，遥想当年，龙游人向着灵江水消退的方向，一路勤劳，一路播种，一路收获江畔数千年的人间冷暖和前尘往事。不禁脱口吟道："千年龙游水长流，荷花千秋烂漫收。晓雾潋滟浮晶莹，风姿绰约灵江悠。"灵山江确是温婉的，她像九天仙女遗落人间的彩带，蜿蜒飘向远方；又像一位披着长发的恬静女子，沉醉在两岸浓墨重彩的故事中，在静夜里向远方深情凝望。任光辉斑斓在水面瞬息万变，我们从满山朦胧中和神秘的山水间发现了苍白岁月的深情守望和坚韧刚强。

灵山江又名灵山港，旧名灵溪、灵源、灵源港等，全长约九十千米，流域面积约七百二十七平方千米。河流上游遂昌县境内山脉连绵，山势陡峻，河道迂回曲折，入龙游县境后山体渐趋低矮平缓。至溪口镇以下,河道又迂回弯曲,成诸多积滩,出现不少"S"形或"丫"字形的湾道。明清时期,灵山江是龙游商帮与境外通商的主要航道之一。

一滴水的年华

　　乘上车,从杭州驶向神往已久的开化。开化是钱塘江的源头,虽然关于源头一说,学术界颇有争议,但无论如何,最靠近钱塘江源头的确实是开化。途中雨水滴答滴答,打着踏歌而行的节奏,落在汽车的玻璃上,犹如春天在低声细语,准备讲述一路的故事。"哇,开化好美!"我被团队中的一句惊叹驱逐了瞌睡虫,眼帘内一片浅雾包裹的山尖。一片片嫩绿、莹绿的叶子蘸着雨点在你跟前,沐浴的清新而亭亭玉立,几个小时的疲劳一下扫光,取而代之的是兴奋与悸动。到了齐溪镇秧田村,开化的天空用精心积攒的一滴滴水珠在山道上奏出了一串串的平平仄仄。红灯笼在微风细雨中摇曳,一片片张开着的杜鹃花叶子迎接紧一阵、慢一阵又停一阵的雨丝……梳理中的天色已渐渐昏暗,舍不得那样的景被黑暗邀请而走。

　　夜里,出奇的静,静得只听到蛙声一片以及潺潺溪流声和血液流动的声音。我带着兴奋,又带着些许疲乏沉沉睡去,不料半夜似乎听到了滂沱大雨的声响,更不料,不到三更时分听到了公鸡高昂的叫早声。我自言自语道,看来,我们齐溪镇秧田村的山民真是闻鸡起舞,看看外面还一团漆黑,雨声如层层叠叠的记忆夹杂着些许豪情侠气,急骤如瀑布,密声如碎玉奏石,这难免让我心头升起一阵惋惜,如此大雨,明日大概不能去莲花溪寻访钱江源了。在辗转的思绪中再度睡去,再睁眼已经是天亮了。雨声还是大得出奇,拉开窗帘,咦,没雨?这是什么声音?在万般好奇中急急忙忙穿好衣服,下楼,原来万丈豪情的溪流是昨夜跌宕水声的始作俑者,它尽力地展示着雄伟的一面,不掩饰,不掩藏!我不禁为之叹赏,早该原谅它昨夜对我睡眠的干扰了。二十位作家团员们兵分两路,我随着"钱塘江抒怀"采风团一团的团旗,拾级而上,寻访钱江源去了。我们每一个人在每一个台阶上流连,在每一个转角惊喜地欢呼。听家人介绍,开化的瀑布群下每立方厘米的负氧离含量最高是约十四万个,因此夸张的深呼吸是我们常有的动作,不曾烟醉,不曾酒醉,行走在烟雨迷蒙的山道间,我"醉氧"了。醉行于北纬二十九度至三十一度之间的山林古道间,清晨的阳光是温和的,云也变得亮丽起来,看着一茬一茬开得真艳的杜鹃,像是多抹了一把粉,连不知名的小草上露珠也透亮起来。幸福的痴念侵袭了我身体的每个毛孔。

突然听到了人喧马嘶的声音,抬头一望,意想不到地看到了一条神龙见首不见尾的瀑布,大家一起欢呼起来。我们仰脖寻找它的龙首、龙身和龙尾,但寻不见。瀑布的中部似银河倒泻,飞奔直下,气畅声洪,雪浪翻滚,水雾腾涌,好像千万匹白色战马,齐头并进,如千军呐喊,万马奔腾,浩浩荡荡,沟壑里万雷齐鸣。风吹过来,水呈一团团轻雾扑到我脸上,凉丝丝的。有几道水流好像有急事,匆匆下冲,一不小心,撞在岩石上,水花四溅,如飞珠碎玉般晶莹可爱,如调皮的孩子在朝你吐舌笑了笑。上端只见雨雾弥漫缭绕,下端有清可见底的水潭。瀑的下端滚珠撒玉,声如淙淙琴音。

这就是神龙飞瀑，落差一百二十五米。

溪水欢乐地撩拨起来，这一泓清澈晶莹的水，在阳光里闪闪发光，像个不朽的精灵在跃动。歇息片刻，我们继续上行。泉水从大山石缝中喷涌而出，随着山势的落差，顺着山涧而下。看到瀑布的三十多米处，有一块巨石横空出世，有一种一夫当关的霸气。而水不知从何而来，又汹涌又激烈，远看像一根根撑山支石的大水柱。又一股山泉从天际跌落在巨石的断层上，沿着山岩飞流直下，宛如玉带轻飘，演奏着一曲天然交响乐，水花飞溅在点点的阳光下。

终于渐渐地接近莲花尖了。"叮咚！叮咚！"，转角处一滴清亮亮的东西，从岩缝里滴落下来，这滴水从层峦叠嶂中的最高峰莲花尖顶那坚硬的山岩地表表层跌落，这让我仿佛听到了一种来自地壳深处的声音，那是婴儿脱离母体后发出的第一声啼哭，那是人类生命之源挣脱千年桎梏发出的不朽回音。无论是云雾所孕，还是树叶所育，此时它恰好落在一片舒展开了的叶子上，安静地闪着光芒。让我每一次触目，心头都升起被晃了眼儿的感动。我深深地醉卧在四月茂盛的生命里，一滴水在这里慢慢着色，渐渐斑斓。纵目远眺绿树轻风，虽说一滴水本不语不喧，却你一滴，我一滴地相聚在一起，安静地聚首，再从纵横交错的沟谷，欣欣然涌出，然后一路高歌而去。

很久，很久，我感动在一滴水的年华里，从轻盈的一滴水到成溪、成河，在这春意盎然的人间四月里能借倚春风，在莲花溪悠悠地低吟，流入齐溪水湖，向前汇入大江，一百年、一千年，看不到刀光剑影、听不到战马嘶鸣，然而一切都在断裂、挣扎、再生……虽是艰难曲折，但依旧是大气磅礴，一气呵成，谁说不是一件酣畅又淋漓的事儿呢？

　　久久放不下开化的那一滴水，只好感受着它在我的心中恣意地敲打着，时而嘈嘈、时而切切，奏起了一曲生命清澈的华章。

　　钱江源国家森林公园在浙江省开化县齐溪镇，该镇因汇集钱塘江源头的支流而得名。从源头第一镇到莲花山庄的全长约十八千米的溪叫莲花溪。沿溪而上，有天子坟、天子湖、九曲十八滩、钱江源大峡谷等景观。神龙飞瀑位于钱江源大峡谷内，该瀑布落差为一百二十五米。

心灵寄存地铜山源

　　清早，喝下药王山泉后，带着药王的养心之道，带着馥郁的负氧离子，我们一行在一路青山、一路碧水、一路满车笑语中到达铜山脚下。深深吸了一口漫山溢出的晴朗味的清新空气，看天色湛蓝，起伏的山掩映于薄雾之中，而我们一行则藏于绿树丛中，沿一条石路直上直下。天空中闪烁着明媚，颇带几分野趣色彩，好似穿越在历史的隧道间。枕着"岁久色苍碧"的古柏，闻着清凉味儿，此起彼落的鸟鸣声润泽了沿路而上的习习春风。

　　我们几个张开双臂"嗨、嗨"吼了几声，回声震荡山林，团队内不管男女老少都雀跃不已。远处林木丰茂，源短流急，雨量充沛。双桥溪和庙前溪自西北往东南注入峡谷汇合成铜山源，两岸青山又从北往南曲折延伸，至铜山紧收成东西对峙咽喉状的河谷。库坝设计者的生花妙笔将铜山源大坝紧锁于铜山里峡谷的咽喉处，由此形成口子小肚子大，控制流域约一百八十平方千米。俯瞰这蓝天碧云映衬的天池，铜山各峰有的相偎相依，有的群峰列阵，千姿百态，蔚为大观，瞬间给我们带来了一阵醍醐灌顶的清凉。

堤坝上游，一溪清水里白鹭憩息，我们的到来丝毫不影响它们或低头私语，或沉思遥望，或交颈嬉戏，一高兴了，冲向天空盘旋一番再俯冲下来，如花样滑冰选手一般。

一路向北，雄伟的大坝、巨大的泄洪洞、近万亩的水域面积，以及库区东侧连绵不断的露出绿色水面的金黄色低丘缓坡，如画轴般缓缓展开，山坡上一大片一大片不知名的花簇拥着库坝，花一朵紧挨一朵，挤满了一个个枝丫。它们像一群顽童争先恐后地让人们欣赏自己的丰姿，高点的、矮点的、浅笑的、大笑的、和水低声呢喃或高声朗笑着的。哇！连蜜蜂都来凑热闹了，真应了"沁香入脾瓣蕊白，云舒草碧溪水拂。"温煦的阳光照着空荡荡的山野，有着一层甜蜜的暖意，幽涧在草丛花丛下叮叮咚咚地自行其是。

站在高处举目远眺，群山环抱着一块巨大的明镜，水光染了翠，山岚设了色，水库里有快艇穿梭，画出条条闪光的水路。两山相连，拱手耸立于如门扉一般的高坝的双侧。高峡平湖，气象万千。波光粼粼的湖水倒映着山林、悬崖以及散淡的白云，它冲下石坝的巨大响声在天地间回荡。一湖绿水，托起诸多的梦想和愿望，耳畔仿佛旋转着柔软的方块字，但我却稳稳地读懂了一个水库的四季容颜。

我们往下走，便到水库下方的杜泽古镇，户户相连，片瓦相扣，中间只留下窄窄一线天。屋前一条溪水绿汪汪的，蜿蜒而下、绵延千里，成群结队的小鱼在清澈见底的溪水里悠闲自得地追逐着、嬉戏着。小溪边是大棵大棵的梧桐，芳菲四月的春天，梧桐树发芽了，碧绿的新芽像一朵朵绿色的小花。树干是那么粗那么直，好像脱了一层皮，那银白色闪着小点儿……隔一小段距离，就有一棵梧桐，矗立在水巷旁，像一位位杜泽水巷的"守护神"。梧桐护着清溪,清溪相伴着小镇,沿着溪道。古语曾说,"日月逝矣,岁不我与",而古镇街道和清溪以及梧桐仿若岁月的化石,将时间凝固成一道丰丽的风景。

突然视眼里突然出现一幅充满温情的天然油画——一棵满天飘着毛茸茸的黄色飞花的梧桐树前,一个躺在摇篮里的婴儿蹬着小脚丫,一边咿咿呀呀地自说自话,一边啃着自己的另一只小脚丫,而妈妈脸上洋溢着的幸福笑意凝固成一首温暖且经得起久吟的古典诗词。感觉不到时光的飞逝,我们都在这棵粗大的梧桐下流连,一阵"长枪短炮"狂拍,婴儿还时不时发出咯咯的纯粹如溪的笑声。这样的笑声拉近了我们原本还不熟悉的团友间的距离。在这里,我们几个也在山石桥上,蹬着脚放飞快乐,然后在古老的水巷中徜徉。毕竟是居住地,人气自然多一些,少了些寂静。窄窄的小路上孩童们手里拿着竹蜻蜓,嬉戏打闹着,好不热闹。

时光穿越到了一家安静的理发店,没有顾客,没有理发师。店内,随手抓起一样东西都是"古董",刮刀、推子、电吹风……顾客理发坐的椅子是铁转椅,它属于20世纪70年代,近百斤重,喷漆已大半脱落,但光滑如昔。挂在墙上磨刀用的老油牛皮也是老物件,洗头用的圆刷的淡黄色已成金黄色,还有在屋角躺着的一层一层煤球。看见这样怀旧的物件,真的很容易摁下尘封已久的记忆的按钮。唯一让我们觉得这家理发店具有现代气息的是一张静静守候的日历,上书"2014年4月16日",静静悬挂着,恍若看到居民曾在理发椅子上边剃头边唠叨家常,欢唱古镇的岁月。

我心里无端地清亮和欢悦起来,这里流淌的每一汪水皆是一方心灵的寄存地。即使有多少兴衰沉浮事,都会被这份源源不断地放射出的灿烂光辉染暖了、燃亮了。

　　铜山源古称铜峰溪。它位于浙江省衢州市衢江区杜泽镇，钱塘江上游衢江支流。铜山源水库距衢州市约二十三千米。水库集雨面积约一百八十平方千米。水库的功能以灌溉为主，结合发电、防洪和水产养殖。杜泽镇位于衢州市东北部。杜泽老街，由南向北延伸，长度约八百米，狭窄而悠长。一道流水穿街而过。

拾

台州
红梅吟

寒山一湖　天台几梦

去年 9 月，我们随着汽车颠簸了大半天，进入小路，看到指示路牌后，不过五分钟就到了天台县金满坑村。初秋抑或夏末的天台闷热依旧。路两旁栽满了桂树，几乎看不清的点点鹅黄小花随着轻风在郁郁葱葱的绿叶间微微地颤动，随后，便是一阵飘忽的、若有若无的清香，沁人心脾。打开嗅觉，用力感受一阵不易察觉的欣喜。

金满坑村是浙江天台的一个小村庄，村里朴素的屋舍被小溪环绕，大部分年轻人外出打工，只有老人生活于此，简单宁静。走进金满坑村，眼前的村庄宛如一张大画布，到处都是红红绿绿，各种涂料将村舍、溪岸、石阶等涂得五彩缤纷，就连灯柱、水泥路、瓶瓶罐罐，甚至村里的厕所、猪圈都不放过。这里既有风景画，又有花鸟画，更有大量的非主流画作。有的地方还用当地谚语涂写了打油诗、谜语，看得人忍俊不禁。那些涂鸦画带来了生机，使整个村庄变得活泼起来。有村民把涂鸦者当成了刷墙匠。刷墙匠将生活的点滴融入艺术，通过涂鸦淋漓尽致地展现出来。村民对我们讲，今后这里还将把附近寒山石径旁三千米长的岩壁和村里六千米长的道路全部变成可供创作的"画布"，迎接来自四海八方的涂鸦爱好者。

午餐后，赶往此行的目的地——寒山湖。寒山湖位于天台县与磐安县交界，旧称里石门水库。

我第一眼看到寒山湖，就觉得这湖美得让人发呆，湖水清澈有轻灵之性。初见面，它似乎还有些羞涩，两岸高耸的山崖间，一汪绿水清澈，安静、规矩地躲在青山的背影下。这使我自然地想到了唐代著名高僧寒山子。相传他出身于官宦人家，多次投考不第，被迫出家，三十岁后隐居于浙东天台山，长住天台山寒岩幽窟中，享年一百多岁。他与拾得、丰干号称"国清三隐"。寒山子是一位诗僧，隐姓埋名，出没在寒岩、明岩一带的野林山川间，戴着用桦树皮做的帽子，穿着木屐破衲，自得其乐。每每于丛林野径间得句，便随便题写于松林山石上、树上。恰恰如此，寒山子没有被正统理念羁绊，自由地在山水林泉之间行走，最大限度地挥洒他的才情。寒石山因人扬名，寒山子因山成名，寒山诗因山与人传诵。寒山湖也因寒山子云游定居至此而得名。全唐诗汇编成《寒山子诗阜》一卷，收录诗歌三百余首。一本寒山诗，充满草根气息，咏赞寒石山自然风景，宣扬日常生活禅意旨趣，激励世俗、启人心智。

再望寒山湖，油然而起的心旷之情难以言表。"一住寒山万事休，更无杂念挂心头"，我深深吸了口寒山湖的灵性。迫不及待地，我们泛舟湖上，两岸的青山伴着碧水，湖面上总是飘着一层薄薄的雾气，时浓时淡，似在仙境中穿梭。湖面波光粼粼，随着摇橹激起的涟漪圈圈散开去，湖水清得可以看见鱼尾嬉戏。一会儿，半空一只白鹭直冲云霄，让我们在"一行白鹭上青天"的诗行中沉醉，船只一转、两转、三转，我们仿佛置身于小三峡中，在"曲曲清溪绕山间，欢腾跳跃映白帆"的山水画幅间神怡、遐思。

寒山湖边一丛丛、一撮撮都是秋叶，将湖边的山、山下的水染成绚丽的七彩画布。远处的拦河大坝为双曲拱坝，似巨龙横卧在两山之间，锁住上游万顷碧波。此时湖面上萦绕着丝丝云雾，颇是平静，替代了喧嚣的都市带来的烦躁和杂念。

再度转弯时，寒山湖也渐渐地和我们熟络起来。它展现出活泼灵动的一面，时而淙淙地唱着山歌，时而在巨石阵里和我们玩捉迷藏。一路有水，时而潺潺，时而轰鸣，一路峰回路转，一路欢歌笑语，引领我们看遍两岸层峦叠嶂，怪石嶙峋。悠悠的水波自天边、自远山荡漾而来，把一片片清光送到身边，微波中闪射的光晕，照亮着许多精灵，它们载歌载舞，击掌而歌，反复吟哦。而寒山湖如同它的名字，虽然看似布满碎石清流，隐约间却窥见一丝丝坚韧的气息。

一晃，湖上缀满了绚丽落霞，船只靠岸在寒山湖码头，寒山湖度假区在此。一幢幢蘑菇状的小木屋错落点缀在湖边山坡的绿林之中，和着远山近水，一张泼墨画浑然天成。放下行李、安顿下来，梳洗一番去湖边的大露台。面对盈盈一水，远山近水皆在一望之中，丝丝缕缕微风，贴着水面徐徐而来，撩动满湖的清波，轻拂着脸颊。我似乎听到寒山湖的絮语，那么温和，那么亲近。几度浮躁的心终于安静了下来。

遥望西天，红霞绚丽，夕阳将落未落，落日的余晖透过山峦映照湖面，琉璃般瑰丽，树林木屋被镀上一片金色。太阳沉潜云层之间，给云霞山峦描上亮亮的金边，在云隙之间，道道阳光宣泄，如飘荡的纱绸。晚霞灼灼，在天地悠悠间，在亘古的空旷中，在我眼里化成了寒山子，或坐或卧或站或立，不失威仪，不发一语。我想，湖山中的每个人都沾染上了寒山和拾得的自在，看得到我们每一个人眼神里充满着的无限悲悯。阳光斜斜的，眯着眼看远处的别墅，若有若无，仿佛隐在画中。那一片绿湖，清可见底但不知深浅，树影倒映在水中，在波粼起伏的寒山诗韵中，回荡着昔日寒山问拾得的话："世间有人谤我、欺我、辱我、笑我、轻我、贱我、恶我、骗我，如何处置乎？"拾得答曰："只是忍他、让他、由他、避他、耐他、敬他、不要理他，再待几年，你且看他！"我的心弦随之颤动起来，曾几度压抑的心胸舒展了开来。

天色暗下来，身边的路灯和每个木屋窗口的灯一盏盏亮了起来，水边黝黑的林子，也成了火树银花。溪滩地上放了几个帐篷，生了几堆篝火，充满浪漫和欢乐。在寒山湖畔，我们围坐欢聚，品西乡米酒，尝湖中大鱼。我们坐在林子边的木凳上，随时可以低首倾听脚下的汩汩流水声，沐浴在微风里，可以仰头遥望山头的星月，低头凝视眼前静影沉璧。灯光星光波光交辉，把一片片温情送到我的襟怀，又将我的情思带到远方。抬头仰望那繁密闪亮的星子之中，有一颗是属于寒山子的，正如他自己所说的："众星罗列夜明深，岩点孤灯月未沈。"我们从都市带来的繁杂在星月依稀之夜或彩霞弥漫之时，落脚在寒山湖畔的一棵树、一座桥、一道菜、一处瓦房，一颗星、一首诗的宁静恬淡里了。

清晨起来，寒山湖在乳白色的雾中潜藏，时隐时现，如游龙飞腾，连草木云雾，甚至农舍，都那么灵动抒情。太阳升起，村庄屋顶明亮，反衬于黝黑逆光的山影里，更富神采，山水交融，异常美丽。在湖中的独木桥上行走，别有风味与情调，仿若穿越般置身古镇，丝毫掩盖不住的陈旧而余韵悠悠的气息，我在这里，又好似不在这里。随处逛逛,小桥流水人家的景随处可见,也幻想着在这里择一城终老。一阵风吹来,我激灵了一下,想来,纵然生活有千般无奈、万般不易,我们也依然要洒脱淡然地走下去。因为生活,总是不经意间充满喜怒哀乐。

我们游走于古木成林、古道幽静的寒山石径。山,有寒石山;洞,有寒岩洞;村,有寒山村;湖有寒山湖。山、湖、村、路就这样互相滋养。树下积了厚厚的落叶,我想跟随寒山子的足迹切实体会一下他当时的心境。旁边,一丛扶疏似树、高舒垂荫的芭蕉,静静地开花,默默地结果。抬头,看看辽阔明净的蓝天,点缀几朵白云,飞过一行大雁,安静祥和。不要说寒山选择这里,成为最有名的隐士之一,即使入世如范增者,一到此地,也会变成了隐士的面目。当我们对快节奏生活感到厌倦的时候,不妨来寒山湖畔做几天隐居者,濯去过多的名利尘埃,让生命回归应有的澄澈和明亮。

我站在山上看着山下的寒山湖,昨日下午初识寒山湖,觉得它是一幅足够灿烂鲜艳的水粉画;傍晚再识寒山湖,觉得它是一首足够禅意飘然的诗歌;今日细品寒山湖,才觉得它是一本足够厚重的书卷。

餐后,准备回嘉兴了,我与小伙伴一家道别,每个人的一生都要经历一次次别离,人生似乎就是一场场萍聚。你我或是归人,或是过客,每一次相遇都是久别重逢,愿彼此珍重。寒山湖的水带给我们的是随和豁达,宠辱不惊。

天台寒山湖即里石门水库,东距浙江省天台县四十千米,因寒山子曾在此徜徉而得名。寒山湖地处大磐山麓,与磐安县相邻。这里有港湾三十七个,岛屿九个。

半城烟雨长潭湖

穿过狭长的小道,踏着脚下沙沙作响的枯叶,从山脚下靠近长潭湖,阳光从高大茂密的树丛间照耀着湖水。间或有一群飞鸟从湖水上掠过,瞬时隐入不知名的远山中。来到长潭湖,仿如一下子远离了尘世喧嚣。

初夏满山翠竹嫩叶,遍野杜鹃花开。在微风徐徐下不断流动的波纹,还有立在湖中的郁郁矮山,都像是被收进相框里的画,有了可以触摸的立体感。坐在湖边,想着、看着,循着那一幕幕不断跳跃的画面,看着湖水从披着陈旧的外衣到穿起清亮的时装,从以前的鼎沸到现在的端庄,长潭湖承载了太多历史赋予它的东西。不远处,一里多长的水库大坝,如巨龙般横卧在长潭山与伏虎山之间。站立坝上,里面是湖光山色,外面是田园村庄,"满目青山皆为景,湖水清澈照人游"。紧靠大坝底部,有千余公顷的大花园,田间清一色是桃树,看那树的个头,至少有十岁,树身高大,虬枝纵横。我观望着,舒畅的心情便随着指尖不断流出,真乃是人面已不再,桃花可依旧。莫道夏意浓,剪裁此间游。长潭卧乌岩,峥嵘掩芳晖。

凝视这一平湖的水,想到"水能载舟,亦能覆舟"。史料记载,唐武德元年(618)以来,黄岩发生过较大的水灾约一百三十五次,每当洪水肆虐,民不聊生,哀鸿遍野。民国时期,水利工程界有识之士曾设想在永宁江上游建造水利工程,奈何国贫民弱,根本解决不了百姓吃水、农田灌溉的问题。特别是夏季,洪水来势汹汹。一场现代版的愚公移山、大禹治水声势浩大地于1958年10月展开了,数年之后的1964年,浙江省最大的水利工程之一——长潭水库竣工了。这一段峥嵘的岁月,是由数万人共同创造的奇迹。

一座水上巨门横亘在长潭山与伏虎山之间,隔断了洪水侵袭,储存了生命甘霖,一汪清泉从长潭湖汩汩而出,如一个大水缸源源不断地将水向千家万户输送。水库管理局边上竖有一石碑,是张爱萍将军手题:中国工农红军第十三军攻克乌岩镇纪念碑。旁边崖壁上摹刻一诗:"一坝截出山中瀛,两洞饱供灌和饮。洪旱魔头奈何去,流域百姓永安宁。"将军的书法气势磅礴,飘逸洒脱。饱经半个多世纪的风霜雨雪,长潭水库仍巍峨屹立。

这个五月的末尾延长了凉意,我乘了船,船窗外水雾正浓,此时的长潭湖犹如一幅水墨丹青:近处树色苍苍,二三渔艇自横港湾;湖上茫茫,水天一色;远处山峰,时隐时现在缥缈的云雾之间,起伏跌宕又虚实相生,让人感觉不在人间。幸好水声敲在船舷上像极了独白,带了点人间喧哗的味道。叶绿得很生脆,水在视野里被划出一道长长的水痕,层叠的颜色冲击着视野。不知往昔的初夏是怎样滑过的,记忆中已了无痕迹,只觉得在这个初夏的浅唱中有种悸动,在心波上一圈圈地起着涟漪。初夏的长潭湖,就像一本耐读的书,不由让人去细心地品读……

湖面上，薄雾缭绕，时有水鸟忽而掠过水面，画出一道银色的波光，忽而又隐入薄雾之中，消失不见，似在与人捉迷藏。突然晨雾散尽，一片耀眼的天光，一碧万顷，举目远望，苍山如黛。我陶醉在这片明净和蔚蓝的世界里。湖中有几座小岛，形体小巧，郁郁葱葱。这些名为木鱼、虎头、足狗、麻猩的小岛形如其名，憨态可掬。岸线曲折，在水湾山凹之处，有许多纵深港汊，形成幽闭小空间。

我返回船舱中，只听人语声以及橹桨的划水声，交织着静穆与流动。船往前走，一会儿，河面更安静了。而无边光景更是扑面而来，此时的长潭湖确是湖山若画月如钩，对镜鸟啾啾。一湖绿波，烟波浩渺。四周山体连绵起伏，如一条飘着的绸带。无意间凭窗远眺，便被一排绿影的水杉吸引住了。它们靠着小山，笔直地挺立在湖水里，那种层层叠叠的绿，真是一种能晕染、会流动、会说话的色彩。我忍不住从心底里发出一声欢呼。和着水，朦胧的倒影，令人无限神往。

倚着船栏，目及碧波，一种清逸、寂静的况味，从中溢了出来。忽然对初夏有了一种感受，那是从一种寂静时分生发出来的，竟发现它涵括了无数的故事。

凝望波澜不惊的湖面，仿佛能穿透湖水，看到当年为了建设水库而被"掩藏"在了下面的那个叫作乌岩的小镇，仿佛能看到被淹没在湖底的乌岩古镇店铺林立，民宅鳞次栉比。我在拼凑那个小镇的样子；隐匿在水下多年了，会不会像晶莹的龙宫？曾经通向无数个家门的石板上会不会长满了高高的水草？还有那些离开家园的人们，现在还好吗？一个小镇，隐匿在历史的皱褶里，一定珍藏着人们的回忆。

曾经的乌岩小镇没有想到，因为它的包容，水库像一颗剔透的明珠嵌在了台州的版图上,让几百万人口喝上了甘美澄净的水。看着穿行于湖中的船只,泛上心头的竟是对小镇敬佩的情怀了。眼前一片阳光下泛出金光,能看见水底金黄的沙粒和纯净的卵石。啁啾的鸟声唤起湖面清新而甜润的空气。深深呼吸一口,使人浑身舒坦。

长潭湖的美是不染尘埃的,它的晶莹、浩渺的面纱下显露出厚重的真颜,循着它的水痕,昨天、今天、明天,在恍惚中不停地交错着,岁月犹如白驹过隙,不管人世间发生多少的沉浮变迁,留下多少的忧伤和遗恨,循着自己固有的透明,用它自然平静的目光,默默地注视着大地上的沧桑变化。

我下了船,前往枕长潭湖而居的潘山头村,这村依山傍水而建。站在路上远眺,全村灰墙黑瓦的各式建筑尽收眼底。青青翠竹环绕着房前屋后,惊艳处是一湖漾绿碧波前,大片大片的稻田,沉甸甸、亮晶晶的稻穗,一派丰富的喜悦,给人以夏一般绮丽的梦。凭湖远眺,正是蒹葭葱葱的时候,小道旁茅草怒放着嫣红的花,停驻在湖中千百只欲展翅高飞的白鹭,翱翔在山岚萦绕的层峦叠翠之间,颇有渔舟唱晚的韵致。

看着湖面时而是波浪飞扬的激滩;时而是碧蓝如玉的澄潭;时而又是微波潋滟的漩流。远方一条雄浑宽敞的防洪大堤,展现出超凡俊逸的气势,让人眼前为之一亮,让人滋生出万分豪迈的情怀。这大坝成就了长潭湖的靓丽、湖的风韵、湖的光彩、湖的荣耀以及湖的优雅。并且,走着走着,近山也烟雾茫茫起来,灰墙黑瓦的村落被青山绿水所环绕,加上缥缈朦胧的水雾、古意悠悠的石径和绿带,清浅的初夏也随之盎然起来。

张开双臂,我用力拥抱长潭湖的一切,喜欢长潭湖这份勃发中带有的一份宁静怡然，浸透着淡淡的、稳稳的幸福。

　　长潭水库又名长潭湖，位于台州市西部，距市区约二十三千米。建成后，长潭湖水质纯净，能见度有四五米深。湖面宽广，南北长约十二千米，东西宽约三千米，四周山体连绵起伏而不高耸，与远山视线夹角一般在七至十五度之间。长潭水库是一个以灌溉为主，兼防洪、发电功能的大型水利工程。

谁知灵湖心，一湖碧波映

连续四十多天的阴雨暂时画上了句号。这个周末，暖暖的太阳光洒向大地时，心情也豁然开朗。5月我脚伤，初愈。周末来到台州临海，临海有众所周知的明长城、历史悠久的紫阳街、传承历史文脉的东湖，这次我却想去书写未来华章的灵湖。

我们的车踏着晨旭一路疾驰，身后甩下一地阳光。此时，快到灵湖了，我突然能感受到清新的风，空灵的音域，无法平静的心，时空转变，之前躁动的空气立刻也变得温润了！我元气十足地闯入了灵湖。这湖水绿得像女王主冠上的翡翠，在女主梳洗时一不小心丢落，嵌在临海新城中心区的核心里，镶在群山苍翠之中，如温婉动情的灵眸，脉脉含情。

我认识灵湖是从一声鸟鸣开始的，从稀稀疏疏、清婉娇鸣到高低对吟，心不禁一阵畅然。周围绿草如茵，在层层叠叠的兼葭处居然偶遇一两只振翅飞翔的白鹭，远处古塔斜映，恍然间我像是进入了梦境。

石岸吹过的风，很是舒服。一俯身，在我掌中的一捧是她的水、她的泥，而她最深邃的僻隐处，却躺在我奔腾的思维中。

正值夏天，邂逅了风情万种的荷。远远望去，荷塘中有一大片的荷叶。椭圆形的荷叶，向四面展开，挤满了荷塘，非常茂盛。云儿打开了明眸并沉思，而我独自步入被雨湿吻的荷塘畔，荷花澄明的光泽在我的心湖荡漾开去了……拂过满池碧绿的荷叶，拂过未绽的荷花，那些花苞看起来尤为坚韧，一层层紧实地包裹着，花瓣微微透着光，上面散布着红色的细丝，是生命的脉络，看起来既脆弱，又坚忍。比起一般的花卉，荷花的个头要大得多，香味各不相同，或浓或淡，淡的使人心旷神怡，浓的沁人心脾。这些还未绽放的荷花虽没有绽放时期的饱满丰润，却有它青涩的美好，红中透白，好似一只小铃铛，又仿佛一张羞涩的脸。微风吹过，吹皱了平静的水面，漾起了圈圈涟漪，花瓣的末端红的正盛，靠近花心处却留着白，甚至还带着叶的青色。荷叶随清风摇晃，可观"荷海"，更可听荷。我嗅着荷花仙子踏过丛林留下的馨香，行走或驻足皆有精彩，去追寻荷的智慧，带有灵魂诗意地栖居灵湖之上。

我一直认为湖是风景中最美、最有表情的姿容。她宛如大地的眼睛，湖边的树木是睫毛，四周翁郁的群山是她浓密的眉毛。夏天里，孩子们把灵湖作为天然浴场，他们化作天使般的鱼儿飞到湖面，吻触湖水的澄明洁清。早上一湖的雾氤氲在微曦中，湖水的澄明与沉思交融在一起，这还是一湖普通的水吗？

仲夏，风终于按捺不住寂寞，刮出了型来，撩拨着柳条叶哗哗作响，灵湖水面也异常躁动。一片蛙鸣和虫鸣交织着，一片生机此起彼伏，它们的天籁吟唱让灵湖更具有家庭味儿。空中的鸟儿倏地俯冲下来，淘气极了，鱼儿扭动它可爱的身体，撒娇地吻着橹，推着船儿四处游荡，金光在灵湖上荡漾，让我的内心愈加平静，思想的涟漪循着金光荡漾开去……

夏天的湖水越发清透，天空肆意洒下一湖金光，湖水那时而舒缓时而高亢的音律诉说着栖居在灵湖湖畔的美好与恬淡，和着湖上空的清风、伴着历史的风铃，润着谧林中天赐的吟诵，这是我所渴望的简朴而又深刻的生活。

我站在高石上，看着斑驳的树影摇曳着，仿佛是对我微笑着。我对初心的守护，让我成为一个傻气的人。在初心面前扮演着独一的豪气，觉得付出一切都是值得并富有价值的。女子似水，以岁月沉淀成湖，湖泊清澈得清然，荡漾我灵魂的倒影，宛如这里有一朵花的颜色，一片云的悠闲，一株柳的缠绵，一座山的坚硬，一颗星的孤独，一声鸟的清籁，藏匿在水里，自由地舒展。

望着，望着这一湖深邃，带着静谧和醇厚的味道，足以让我的灵魂真实地沉醉与安睡，放下那些尘世的不甘，不再挣扎，不再徘徊，清明如镜。在灵湖的怀中被滋养，那些遗失的，不再想及，那些错过的，不再念及。一种情愫，不转身、不追逐，静候未来的岁月。

偶尔，我掀起眼帘，看一眼天光云影，如此的清亮。

那梦幻般的画卷，以群山的苍翠作底色，以不知名蓓蕾的鹅黄为渲染，生命呈现难以置信的美丽。轻柔的风仿佛为花儿的绽放而来，拂过花的额、眉尖，一次摇曳，落英展开翅膀旋舞，以归燕的姿势贴水掠过湖面，轻扑在灵湖的怀里，就这样什么也不说，悄悄地、轻轻地，将时光定格，见证流年。

一抹阳光将我刺醒，沉醉的灵魂睁开眼眸，看见所有的痛惜与忧郁都烟消云散，只剩暖色的浅黄。怦然心动，拈一指流水为弦，掬来清风，拂动琴弦，愁绪也悄然隐退。

着一叶扁舟，载一座青山，荡漾于湖面，艄公一直觉得我心情不佳，不敢太快，怕船有太大的起伏，搅动了波澜，不敢太响，怕有太大的动静。看着艄公轻握手中的青篙，慢慢插入湖底，阳光下，水中的青篙有了最美妙的折射，如笔，入了诗一般，书写着自己的模样与姿势。低头，水中的倒影与自己对视，静听我的倾诉。恍然间，天空中的白裳雪衣倒影在荷塘中，仿佛与叶叶荷绿罗裙的身影共舞。

游在灵湖上，与涌来的大团水气相携手。此时，水载着船，雾裹着水，我也像雾中细细小小的水珠，融在灵湖里，越来越轻灵，眼前的奇峰异岭渐渐隐身，我想我是融在灵湖里了。南岸古典江南园林"临湖邀月"的轻灵、优雅，伴随着湖风吹来一股清静幽深的古朴情怀。前方山脚下一座座错落有致、白墙黑瓦的民居雅致地出现在我的视野里，眼下一汪清澈宁静的湖水，四周青山环绕，层峰叠翠，一草一木一石都生出了情致。这一派黛绿的秀山美水，这不正是陶渊明笔下的桃花源吗？我咧嘴笑了。

艄公见我笑了，也笑着和我聊起来。他说，在这里可以晨练，环湖骑行，乘船赏湖，欣赏音乐喷泉，观看黄沙狮子、大石车灯、临海词调等非遗表演……另外，还有东山岛、临湖轩、灵湖广场、洋头河港区、柳堤、曹家肆、碧波广场等好多景点，你们一天都逛不完……我朝热情的艄公笑了笑。上午一路逛过来，确实，时光在环湖的游步道上流淌，跑步的脚尖、太极的推手、旋转的车轮、横搁的鱼竿构成了灵湖的交响乐。波光粼粼的湖水，荡漾在阳光下。近处的草滩，白茫茫一片，包裹了夏的外衣。偶尔有微风从肩头掠过，放眼望去，远处的山峰在向我呼唤……只见水光潋滟，山色空蒙，山无言水无语，安静、祥和，阳光照得直白，让人心情舒畅。

靠岸，西边的天空，略带阴沉，远山、近水，宁静安详，落在眼里的景色，朦朦胧胧，如同一幅油画……

我坐在"再望咖啡"临窗的桌边，看着彻底清亮的灵湖，仿佛换了副模样。白墙黑瓦，一处隐没于烟雨柳色之中的江南园林逐渐显出身影。似乎随意推开一扇门就可以寻得一本好书、品到一杯好茶、结到一段良缘，远处的新城俨然成了陶渊明笔下的东篱。

余晖下，我们又要准备起程了，远处的山和湖依然那么庄严、那么安静。我将这些画面尘封，深深烙在我的脑海里，或许多年后，再重来灵湖的怀里，一切还是那么唯美且相融。

灵湖之名，因临海而得音，因灵江而得意。灵湖位于浙江省台州市临海市中部，湖水面积不到一平方千米。人工挖掘，有调洪、蓄洪的作用。从一滴水到一片湖，承载着人们对田园生活的向往与耕读传家的寄托。游客可以乘船去湖中。湖中有一湖心岛，湖心岛是一个以植物造景为主，集文化、休闲、生态、旅游为一体的滨河生态休闲公园。

石梁水暖

去年至今的一大段时间里，我走到了人生路上的十字街头，朋友对我说："来一次照亮黯淡人生的远行，去一次佛家天台吧。"于是我"仗剑"走天台，直抵天台山石梁飞瀑，潇洒地走出一条寻仙访道、诗意盎然的"唐诗之路"。

公路盘旋而上，路边是层峦叠翠。夏雨初霁，浓雾弥漫在前往石梁飞瀑的山路上，能见度不超过二十米，好在对面来的车不多。车行驶在盘山公路上，犹如腾云驾雾。驶入景区之后，白雾逐渐变淡，似轻纱拂过潺潺的溪水。浓烈的夏意点染着溪畔的树林，树叶黄的黄，红的红，鲜艳多姿。溪水中的枫叶被卷入小漩涡中旋转着，瞬间就不见了踪影。天台山的水可真好看，不论是有名的还是无名的小瀑布、小水塘，都是一层层深深浅浅的绿色，显得很干净。顺阶而上，我们渐渐地听到了轻轻的流水声，越往里走响声越大，好像闷雷滚动。我在这里似乎经历了一场蒙着白纱的幻梦，只记得车辆在雾岚流动的山间穿行，山谷、溪流都变得朦胧起来，就像走进了一场不可预知的命运。

我将脚步放慢，将自己融入此山此水。在喧嚣的都市中逐渐枯萎的身心，开始在林间的白雾中苏醒过来。过去和未来都消失了，看见林间隐约露出的斑斓，仿佛化身为穿行在《绿野仙踪》中奥兹国里的小精灵。

我们只见有一古寺的飞檐在丛林中若隐若现。拐过一道弯，哇！一条白花花的瀑布从天而降，骤然出现在我们的面前，好似一条白色巨龙。我翘首仰望，只见一条石梁横跨在两岸的悬崖之间，那微微拱起的梁面，像一条匍匐的巨蟒。石梁自然形成，奇特无比。我想，就算胆大的人站在上面也会紧张。山谷的走势、奔涌的溪流在眼前一览无余。远方，被夏意穿透的森林色彩渐变，隐于薄雾之中。看见横跨山间的天然石梁近在眼前，我不由想问不知当年徐霞客是否曾从石梁上走过呢？

石梁是一块悬在半空中的巨石。从寺院这边看去，石梁是平坦的；从那头看过来，石梁是倾斜的。加上无人行走，上面长满青苔，两边峭壁对峙。一石横亘天际，这是大自然的杰作，是世间罕见的"花岗岩天生桥"。石梁全长六米，梁下有洞约两米。梁面宽不过几尺，如苍龙耸脊，横亘在两山峭壁上，飞瀑穿梁下而过，凌空飞下，恰似天上银河倾泻而下，色如霜雪，声若雷霆，洒落潭中，溅起碧玉般的水花。山风吹来，珠帘飘飘，水声哗哗，壮美之极。

这千古石梁飞瀑，瀑以梁奇，梁以瀑险，山、石、水奇妙结合，巧夺天工，人称"天下第一奇观"。据说是"一道金溪，一道不知名的溪，自北自东的直流下来。到了上方广寺前，中方广寺侧的大磐石上，两溪会合，汇成一条纵横有数十丈宽的大河，河水向西南流冲到了一块天然直立在那里有点像闸门的大石头上。不知经过了几千万年，这一块大石壁的闸门，终被下流之水，冲成了一个弓形的大窟窿",便有了今天的石梁。

溪涧岩石坎坷不平,水流随之层层折叠而下。每一次折叠,激起一阵雪白的水花,接着又往下折叠,就像万马结队,穿过石梁向下狂奔。凡是水被石头挡住的地方就一定会急怒,急怒就一定要吼叫。以飞落千尺的气势,被众多石头所阻挡,自然就会怒气冲天,喧声如同雷震,这样经过几次折叠后,溪流终于在阵阵白浪之中流到了石梁附近,聚集成一个巨大的雪浪团,向石梁冲击过来。一部分被打回,而大多数则从梁底穿过,坠入几十丈深的幽谷之中,发出震耳欲聋的声音,落下时浪花万朵,似堆雪撒珠,终年不绝。石梁瀑布附近还有宋代大书法家米芾所题"第一奇观"四字石刻、清末维新派领袖康有为的"石梁飞瀑"题刻,石梁腹部有清代郡守刘璈题的"前度又来"等。

奇特的石梁下,瀑布从高悬的山涧飞泻下来,像千百条闪耀的银链,在山脚汇成冲激的溪流,浪花往上抛,形成千万朵盛开的白莲,那响声如同山崩地裂,好像大地都被震得颤动起来。气势凸显,不似宽厚雄广的尼亚加拉大瀑布般令人震撼,却也宛若飞龙在天,自蓝天倾泻,力劈巨石两端。水呼啸而下,落地瞬间溅起的水珠,微风吹过,水如烟、如雾,飘洒到脸上,感觉凉丝丝的。

飞瀑下面,有一个碧绿清澈的水潭,在阳光的照耀下,像一块晶莹剔透的宝石,潭里面还有许多大小不一、形态各异的石头,有些石头上面长满了青苔,人踩上去准会滑倒,怪不得李白说:"龙楼凤阙不肯住,飞腾直欲天台去。"

石梁飞瀑依山的倾斜位置,曾棋布着三座寺庙。上方广寺,在瀑布之上,不过早已毁于大火。左侧的中方广寺在石梁瀑布之旁,即旧昙花亭址,为天台宗,隐于茂密竹林间,茂林修竹,掩映其间,为佛教五百罗汉应真之所。下方广寺,在瀑布下的溪流的南面,是"五百罗汉应真宝地",保存着东晋时期的楠木雕刻、国内历史最悠久的镀金五百罗汉像,弥足珍贵。

我走到掩映在茂林修竹中的中方广寺。古老的黄墙隐在蓝天碧竹之间,寺庙有与金庸武侠小说里一样气派的歇山顶和微微翘起的檐角,使寺庙轮廓曲线夺目丰富。中方广寺不是特别大,也没有恢宏的建筑,只是多了些秀美。院内有一幢幢小楼,目测大殿、偏殿、禅堂、藏经楼一应俱全。我能感受到古寺庙里的庄严肃穆,像一位清瘦的老僧。寺里有几位僧人,各自沉默地忙着,唯有瀑布声愈演愈烈,独自一人慢慢地走,渐渐感到心里一点点的平静,细细品味千年古寺的韵味。天高海阔,眺望远方,哪里是未来的方向?

寺庙各处陈旧斑驳,和四周的古树草木纠缠在一起,和我之前去的杭州灵隐寺不同,隐在山中别有一番清净无争的感觉。泉、石尽在,我竟依恋而不能离去。我找到了心灵的故乡:淡泊红尘、投闲山水。

清风徐徐,怡然自得间不自觉地已经走上了隐于寺中的观景台,中方广寺的昙华亭内,雕有栩栩如生的微型五百罗汉像。昙华亭内原有一副脍炙人口的长联:风声、水声、虫声、鸟声、梵呗声,总合三百六十击钟鼓声,无声不寂;月色、山色、草色、树色、云霞色,更兼四万八千丈峰峦色,有色皆空。这十分贴切地道出此地意境。登上中方广寺的昙花亭,可以俯视石梁,俯视石梁下的飞瀑,此时,我已完全无法言语,所有的声音都被巨大的轰鸣声掩盖,觉得自己贴近了群山的心脏,从天而降的瀑布宛如在山谷中奔流的血液,发出如风雷般的巨响,不错,这就是"山谷的心跳"。陪伴我的有满山竹木,还有满径山岚、满涧泉声。

下到谷底，走到瀑旁，水雾一下子笼罩着我们。仰望头顶天空，果然是名不虚传的一个奇景，一幅有声有色的浓绿山水画。脚下就是一条清溪。溪上半里路远的地方悬着那一条似乎有万把丈高的飞瀑。一条时隐时现的白龙，从天而降，仿佛要把我们吞噬。离瀑布五六尺高的空中，有一条很厚实很巨大的天然石梁，架在水上，石梁两头是架在石岩之上的。这瀑布与石梁的上面，远远还看得见几条溪流、一点远山，与半角的天光。在瀑布石梁及溪流的两旁，尽是些青青的竹，红绿的树，以及黄的墙头。在飞瀑的树林里还撑出中方广寺昙花亭的飞檐，一点玲珑，几许缥缈。我走上离瀑更近的岩石，不由得倒抽一口冷气。我想这条白龙是不是来自天上？这道瀑水是不是来自银河？阳光下的瀑布像一条白亮的缎带，而中方广寺仿佛为瀑布开了一扇黄色的窗。刚才瀑布还是气吞山河，眼前已经遥挂前川；刚才瀑声还是地动山摇，现在变得铮铮淙淙。

水流急缓变幻，漫步在充满负氧离子的空气中，多吸几口山间的清甜，绕过石梁往上走，看到了瀑布背后的样子。走到侧面的时候，我忽然想起有人曾说过石梁飞瀑是有字的，隐在竹子后面不容易看见，于是便停下留神找了起来，果然有！确实很隐蔽。我仔细分辨这两行字，上一行为"前度又来"，下面还有一行字，被树叶完美遮挡，难以分辨！

跟当地人聊天，我得知石梁飞瀑的水质极好。喝一口水，喝在嘴里，清凉在心，沁人心脾。太阳照在水潭，波光粼粼，如碎金子撒在潭面了。微风拂过，碧波荡漾。水潭溅起的银花打在脸上，使人神清气爽。据说泉水还有美容的效果呢！试一试，用山泉水拍在手上，手干后，皮肤依然滑腻柔嫩，毫无干燥之感。人在泉下，任水花扑面。当地生活节奏缓慢，人们偶尔带上功夫茶的茶具，在瀑布边随意找块大石席地而坐，直接取用石梁飞瀑的山泉水煮茶，闲看水开、云起、花落。

曾经，数百位诗人在此吟咏呼啸，溯溪而行，在山水中流连忘返，后人给予此地"唐诗之路"的美誉。走在李白、王安石等数百位诗人曾走过的山路上，在风中飘零的叶子中找寻诗中的山水，在两水夹径处品茗、听瀑，溪水的叮咚、清脆的鸟鸣不绝于耳。我们享受着行走的乐趣，山涧中绿水依然荡漾，但清猿的啼声是听不到了，取而代之的是偶尔的狗吠。有时候，路边的一棵树或者一块光滑的石头会召唤我们停下，让我们歇歇脚，让我们得以把这些景致更深地留在心灵中。

铜壶归来，下榻中方广寺。我们只能看见山的轮廓，只能听见水的溅鸣，一切都是影影绰绰、朦朦胧胧，但依稀能见水花的簇簇白光和寺檐的飞翘剪影。我们今夜头枕着石梁，怀抱着飞瀑，盖着星光而眠，徜徉在白居易的"天台山上月明前，二十四尺瀑布泉"妙境里了，我们连梦境中都有瀑布在激荡。

晨起，朝雾弥漫，飞瀑褪去了夜晚的神秘，曙光勾勒出石梁的轮廓。从石梁中吐出的飞瀑，沐着彩霞，披着朝阳归来，在朝霞下变成一匹美丽的锦缎。晨曦中的群山更加苍翠，庙墙更见明黄，溪水更显斑斓。我站在石梁旁的瀑布上，那瀑布在撕扯着我的身体，瀑声在粉碎着我的神思，我仿佛化作一片彩霞、一团弥漫的水雾，那不羁的灵魂和矫健的精神，在青山绿水间恣意翱翔。

通往下方广寺的步道上，远处青山因云雾遮挡阳光而呈现不同色彩，芦花已经慢慢张开，薄雾轻锁来时路边红绿相间的野果。

艳露点点、斑驳杂陈的是地衣，路边还有滋长的野蕨，路边溪流淙淙，溪边的石堤、石拱桥，全爬满了暗青的苔迹。青山一律披着浓密的绒毯，只有那花斑样的竹林是明亮的淡色，大自然赐予其另一种绝美。后面的小路便沿着瀑布的溪流前行，山石间萦回的溪流一路欢歌，曲曲折折地向人们展现出一幅幅深藏的画面。

有山有水，有声有色，有悬崖瀑布，有小溪峡谷，有山顶之湖和草地，还有鱼儿在水中。俯仰之间，我左右顾盼，举目所及，不断有惊喜让我眼前一亮，让我驻足欣赏。那清脆悦耳的溪水之声，更是如轻音乐一般，一路伴奏一路美妙。山下有徐霞客像，第一次看到老先生的长相，一副清瘦硬朗的样子。一代旅人跋山涉水，三上天台、六观石梁，一片痴情，现在的他站在这里将石梁飞瀑痴痴地守望。

石梁之瀑清到极致、静到极致、急到极致、曲到极致……也宛然成了风景。一滴水不成风景，百米飞瀑便会闻名世界。热闹有时是快乐的空气，凡人的欢乐永远带着体温。那里满山的诗句沾满仙气，山水不语。在山水面前，人类何其渺小？生命何等短暂？云天下面的群山一览无余，层层铺叠，渐远渐淡为一抹蔚蓝。生命总有小欢乐，向阳向光，恣意绽放，听阵阵梵钟清音，看远处云卷云舒。

瀑布自在那石梁下奔泻着，不关风月，不问春秋。

石梁飞瀑位于浙江省天台县以北的天台山中，是浙东"唐诗之路"的精华所在。它是崇山翠谷之中的一座天然石桥，横跨瀑布，被誉为"天下第一奇观"。

拾壹

舟山

蓬莱望

浅浅相遇，暖了岱山海的忆

在一个国庆假期的后三天，我们随着旅行团的车驶离了喧嚣的市区，上了高速。行驶在宽阔而平坦的高速公路，舒适而轻快。路两旁碧绿的树木、庄稼、河流从眼前掠过，车沿着跨海大桥和蜿蜒的环岛之路向前开着，我的心随着路的起伏跳跃着。这有些惊险，有些刺激，但我很开心。后又乘船，船窗外是一个个独立的岛屿，船下是蓝波万顷的海水，一阵阵咸腥味的风吹过，有些寒意，但却让人精神振奋。

年少时的我，曾无数次在大脑里勾勒出岱山岛如珠、大海如浩瀚星空的模样，想象海的宽阔无边、惊涛骇浪，以及岛沙滩、贝壳……当我们抵达岱山岛，恍如立即走进了大海家族里小家碧玉的房间一般，周围的山带着几分神秘、几分灵秀、几分韵味。抬眼远望，海天一色，茫无际涯。或许从凝望中已经找到了答案，这里是一个通过凝望可以让人抵达心灵的地方。

天，瓦蓝。空气中透着一尘不染的宁静。我们驱车来到摩星山景区，小巧秀丽、蜿蜒数里。我们沿石阶慢慢潜入岱山岛的树林中,荆棘之类的杂树都很绿,郁郁葱葱,枝枝蔓蔓地纠缠在一起,一阵阵清气调皮地直面扑来。慈云极乐禅寺掩映在东南边的绿树丛中,显得格外宁静,人也开始放松了起来。慢慢拾级而上,完全没了平日里的匆忙与浮躁。登上玉佛宝塔塔顶极目远眺,岱山海光山色、绿树亭阁尽收眼底。岛在海中,星罗棋布;海入窗扉,无处不在;人凭栏而站,云浮眼前。岛上建筑鳞次栉比,有些云雾缠绕在山上,舒缓、袅袅、时隐时现。远处的岛屿好似蜻蜓点水,星星点点地浮游在大海上,一会儿隐入水下,一会儿劈浪而出,仿佛跳跃的五线谱音符。此时,仰望,天高风清;远望,海蓝山青。时间静止了。"仰天大笑出门去,我辈岂是蓬蒿人"的诗仙李白来过岱山吗?

第二天,天有些阴,乌云匆匆而过,伴有零零星星的雨点,烟雨蒙蒙中更觉得是在仙境中穿行了。顾不得长途劳累,我们背起相机走出酒店,早早地赶到了传说中的"鹿栏睛沙",这里其实是一段长三四千米的海滩。很多海岛的花,我是不认识的,但多数开得白似玉,红似火,煞是好看,只可惜天气略微阴沉。踩在细细的铁板沙上,感觉相当奇特。海水安静地一波来一波去,细细的沙子呈现出波浪的形状,真实地记忆着涨潮退潮的痕迹。清代诗人刘梦兰曾有诗赞曰:"一带平沙绕海隅,鹿栏山下亦名区。好将白地光明锦,写出潇湘落雁图。"

这就是秋天的岱山海,远方海天相接处翻飞着几只海鸥,毫无顾忌而又带有韵律感地划过天空,有苍凉的美。此刻,我久久凝视着在这东海之滨叫"岱山"的海岛。我们来自大海,带着一颗海水般澄澈的心灵,我们重新亲近大海,荡涤俗世的污浊。经历大海的洗礼,我们的身心才会更接近我们的本真,有更温情的慰藉和更深刻的领悟!

不知不觉中,我们来到一处祭海的海坛。老远就看到了坛上直刺苍穹的"定海神针"。走近细看，"海坛"两字骨力遒劲，为大海平添了几分浩气。

而后，我们一行走进古镇东沙。满目都是起伏的山峦，和大山绿色的褶皱里隐现的古朴村庄，没有一点海的影子！然而，一排排临海而立的渔网，招摇醒目，扑鼻而来的鱼腥味提醒你：这是海的山。只是那山不够巍峨险峻，也不直插云霄，但每一寸都特别绿，间或点缀着极普通的栀子花。厚厚的绿色下，藏着神秘的风景。我被绿色震撼了。有了绿，就有了风景；有了绿，就有了灵魂。

漫步在如今的东沙镇，当年的繁荣发达已不复见，街上行人稀少，街道两侧旧时的店铺也多为破落，唯有整齐的石板路、街坊格局以及偶然见到的几处大宅子似乎在告诉人们这里往日的繁华。我们品味到了与历史一样沧桑的石板路和古民居，也感悟到了特有的古朴和沉静。眼前的房子依然古朴，斑驳的墙、破旧的门、生锈的铁栓，这就是东沙古镇的味道。青石板路、花格门窗、木柱、木梁、木屏风。我们在弄堂里穿行，就像穿过一条条时光隧道。应该说，东沙是千年岱山的见证者。东沙人与大海有一份亲近，一份来自骨子里的亲近，他们是古镇原生态的承袭者、代言者。

第三天，艳阳高照，大朵大朵的祥云卷来卷去，似在逛庙会，我们畅快淋漓地品味着素有"博物馆之岛"称号的岱山岛。如果要追本溯源，唯有博物馆，才能将这些历史的光影重新拉回到人们的视野。每一个博物馆都能在当地找到自己的"根"：海洋渔业博物馆，因为岱山是全国十大渔业县之一；台风博物馆，因为岱山拷门是浙江"抗台"第一坝；灯塔博物馆，因为岱山是中国灯塔最多的县；盐业博物馆，岱山是浙江最大的产盐县，浙江三分之二的盐产自这里。

　　怀着敬畏，我走进了盐业博物馆。一粒简单平常的盐，在我的面前突然伟大起来。我得重新审视一下盐。很难想象在历史进程中，如果没有盐，人类将会变得如何。中国有很多与盐、盐业有关的悠久印记，很早就有夙沙氏煮海为盐的传说。岱山"煮海"之源可远溯到四千年前。四千年的悠悠历史是一首不息的生命之歌。在古代，盐民"煮海"主要靠太阳的暴晒，在一片片盐田之中，将海水蒸发成卤水，再将卤水烧煮，直至结晶成为盐粒。

　　可以想象那时的盐民：日晒风吹，烟熏火烤，而获利微薄。盐民的生活无比艰辛。北宋著名词人柳永，曾在定海任晓峰盐场的监督官，他创作的《煮海歌》真实地记录了那些沧桑的历史。历史书里的渔民在盐场里晒盐时，光着膀子，晒得像黑炭，不知脱了多少层皮。我曾经看过那一块块盐田，把海水灌到每一块田里，直到晒出晶莹剔透的盐粒，然后小山似的堆在一起，如雪。那些咸涩的盐粒，还能变成栩栩如生的盐雕，与冰雕、沙雕等一样成为艺术品。

　　对大海的敬重，直接深入渔民的骨子里。赵行法便是这样的一个渔民。中国海洋渔业博物馆就是在渔民赵行法近三十年精心收藏的基础上建立的。海洋渔业博物馆在古镇东沙老街的一处四合院里，它是那样的古朴与安详。馆内展出的船模、网具以及鱼类和贝类标本让我们久久凝望。贝壳馆还专门开辟了一间日本友人神原真人赠送的贝壳标本室。内有贝壳七百多个品种，共计一千一百九十九件。其数量之多，品种之丰，形式之独特，让人叹为观止。也许是赵行法殚精竭虑的精神感动了这位日本友人，让他慷慨相赠占世界范围内所有能收集到种类的三分之二的贝类。

　　这样的一座小城，从 2003 年中国第一个台风博物馆开放起，又陆续开放了海洋渔业博物馆、盐业博物馆、灯塔博物馆、岛礁博物馆、海防博物馆，并将建设徐福博物馆、渔村博物馆、海洋生命博物馆、海鲜博物馆。小城的目标是最终建成十大博物馆。届时，岱山将成为中国名副其实的"博物馆之岛"了。

岱山岛上的博物馆在潮起潮落中记录与延续着历史，凝聚了渔民太多的质朴与淳厚。接近黄昏，海水依然哗哗地唱着白天的歌，礁石却变成了一只只举头向天的黑色海豹，是大海永不作声的伴侣。天色向晚，调头回身。向东一望，明月如一块铜镜挂在了海的上空，潮水也已淹没了一些礁石。我想这就是"海上明月共潮生"吧。

岱山岛于舟山本岛以北，地处杭州湾口外，南距舟山市政府驻地约三十千米，西南距宁波市约七十四千米。陆域面积约一百零五平方千米。岛上建有六个国家级博物馆。

漂洋过海遇见你——花鸟岛

很少人知道碧海蓝天的花鸟岛。抓着夏天的尾巴,在 8 月最后的一个周末,我和三位朋友漂洋过海去往花鸟岛。我们驾车一路开到了上海沈家湾码头,乘坐"嵊鹰 2 号"高速轮去嵊泗李柱码头,船行约五十分钟,再从嵊泗小菜园码头轮渡到花鸟岛。一点点接近码头时,竟然心跳得厉害了起来,我这只小小鸟终于将投入大鸟——花鸟岛的怀抱。

花鸟岛是舟山嵊泗列岛中最北边的一个岛。向东是一望无际的东海,海天一色,天朗气清。在这个夏天里,此次游玩或许只是一次浮光掠影式的游走,却与她不经意地邂逅了。

初见花鸟岛是站在花鸟码头时。这里是码塔线的起点,码塔线是花鸟岛的主要观海景大道,全长五千米,终点是花鸟灯塔。码塔线也是岛上唯一一条公路,岛上没有公交,全靠"11 路"——两条腿。沿途公路两旁低矮的山坡上是一望无际的翠绿树林,满天飞舞的芦苇花,白茫茫、轻盈盈。记得一位哲人曾说过:"人似芦苇,柔韧,坚强。"所以,每次看到那一片片芦苇花,我都会不自觉地感动。放眼望去，是漫山遍野的野菊花、野百合、野水仙等，还有星星点点的不知名的小花，宛如到了花的世界。忽然，我发现绿树丛中绽放着一簇簇粉红色的合欢花，格外娇美，像一团团绯红丝绒，又如绿浪上浮动的红缨。合欢花本是春末盛开，或许是岛上气温比陆地低了好几摄氏度，因此合欢也慢了花期。若说百合、合欢都是象征美好爱情之花，那花鸟岛岂不是天然的红娘了？自古唯有我们这些女子，总是喜欢和花花草草牵伴在一起。

岛上的房子依山傍海，高低错落有致，房与房大多紧挨着，或者以狭窄的过道相连，从一家到另一家只需走几步路就到了。岛上小径虽多，但无论走哪条道，最终都可以通向给予他们生活的蔚蓝大海。海边的休闲长廊被称为海上会客厅，是特别具有诗意的名字。坐在长廊里，倾听阵阵海浪声。这里没有喧闹，没有人群，只有你向往的简单生活：一花，一鸟，一世界。

花鸟岛有着一份独特的宁静。整个岛不大，就像一首精致的小诗，短小却让人回味无穷。各式各样的民宿为花鸟岛增添了许多别样的情调。我们一边走，一边放飞，色彩鲜艳的渔民画、叫不出名的小花盆栽、充满童趣的秋千……在它们的装点下，花鸟岛充满了惊喜。据渔民介绍，路过的花之屿宾馆位于岛的东北山岬，可以直接和大海拥抱。花鸟会所，独揽一片海角。"老兵之家"位于花鸟乡中心，由原乡长老叶经营，他还是拥军代表。我听说曾在这里当过兵的老人来"老兵之家"住宿是免费的，不由得升起一股暖意。

我们住的民宿叫"吾欢喜"，位于花鸟村的最西端，不远处有佛手石，后面是百亩地礁，有整洁的房间、崭新的装饰。在这里，弃用的轮胎是最好的装饰品。破损的酒坛是天然的花瓶，成为了庭院里一道亮丽的风景。在客栈二楼阳台上可以看到花鸟岛一角的风景:小渔港,远方的灯塔,简陋的码头,渔民朝拜的妈祖庙和瓦片上盖着渔网、压着石块的石屋。门前蓝蓝海,屋后青青山。这里的房子多半还是石头堆砌的,绿色的草爬上了墙头,却藏不住渔民家里浓浓的烟火……有时候,我会嫉妒在这里生活了世世代代的渔民,他们依旧住着石头堆砌的房子,依旧延续着祖辈们留下的生活方式。

花鸟岛由多座岛屿、礁石组成。天晴的时候,海面平静如湖,从山顶向远处望去,座座岛屿由近及远,渐次罗列,碧水连天间,风光无限,岛虽小,海天却大。置身岛上,每天要做的就是拥抱大海、沐浴阳光。下午,我们来到南湾海滨浴场,沙滩上到处是海浪的痕迹,水清沙细,海浪缓缓。可能因为远离陆地,这里的海水总是很蓝很蓝,蓝得和天难舍难分。彩色的礁石也更加衬托出大海的蔚蓝。这些礁石下的贝类在和我们捉迷藏,缝隙里有很多小螃蟹,爬行速度很快。悠悠地漂过来一只水母,在海水里看着很漂亮。这些小动物一下子使得这里充满了勃勃生机。

整整一个下午,我静静地看着这片海,看海浪拍打着岩石;看着岛屿,看反光透亮的海水,感受海浪和岩石的对话;吹着海风,听一听海浪拍打岩石的声音,感受这个世界的奇妙、自己的渺小。

在这里,不管你走到哪里,只要你开口,就会有人愿意帮助你。这里的人没有假面,也没有市井之气,有的只是一颗待人的赤诚之心。一顿晚餐,一抹微笑,一座小岛便完全俘虏了我们。老板娘对我们说,因为这里没有污染,所以夜晚在岸边总能看到荧光海,犹如仙境一般梦幻。运气好的话,在佛手石附近就能看见。我们四个小女子一下期待了起来。我们互相望了望,在这里,有诗有音乐有海有风有朋友，不再被生活捆绑，而是为了自由而活，并留有一缕芬芳。可惜那天，我们无缘看到荧光海，或许是花鸟岛想约我们下次相见。

饭后，我们几个继续漫步在灯塔村蜿蜒的路上，一切看起来都那么自然、清爽，似乎刚被海水洗过一样，一石一瓦，干净得不染纤尘。房屋四周绿影婆娑，前庭后院蔬菜满园。随处可见缠满藤蔓的石屋石墙，残留着海岛古村的遗迹。路旁的一株参天古树吸引了我们的目光，这里的村民对我们说，这是沙朴树，特色的海岛树种，至少有两百年历史了。树身高大粗壮，虬枝峥嵘，叶茂根深。翠绿的叶子，细细密密，伴着海风轻拂，飘来一股清新的凉意，让人迷醉。站在高处俯视，宁静的海面犹如一块巨大的翡翠，在黄昏霞光的掩映下，流光溢彩。港湾中停泊的渔船，高高支起的桅杆，在海风中轻轻摇曳。天然的金色沙滩上，老人们三三两两坐在石凳上拉家常，见我们几个背着包、拿着相机，便友善地微笑起来。一切的景致糅合在一起，无不流溢着诗情画意，却又充满了和谐安逸。生命，在这里，是那样的自由舒畅、纯真朴实！

海风夹杂着咸腥味，拂过面颊，海浪的声音萦绕于耳畔。大海，这位神秘者带给我的新鲜感至今难以退却，思绪所及之处皆溢满了海的气息。我们无意间捕捉到了海面上传来的歌声，循歌声而去。那歌声，空灵婉转，感觉很近，却又无限远，缥缈不可捉摸。大家席地而坐，远望大海。月光下的海泛着雪白的浪花，波涛声像是断断续续的喧哗，给夜色添了几分宁静祥和的味道。海浪声渐渐消逝，倏地，从那远岸的尽头又传来阵阵歌声。嗓音谈得上浑厚沧桑，听起来却很舒服，不沾染世俗，有与世隔绝的味道，沉淀了不尽的辛酸与悲痛。在目之所及的尽头，我看见了与月色一般皎洁的白光，在高处点亮，像一盏晶莹剔透的灯笼，又像悬挂在夜空中明亮的星星。是它——灯塔。

待我走近，那个沐浴在夜色中的灯塔愈发清晰起来，洁白的房子、整齐的布局，干干净净，大大方方。灯塔呈圆柱形，高约十六米，上黑下白两道横纹，以砖石、混凝土和铁板筑成。

这里是码塔线的终点站。这座英国人出资建造的灯塔，地处中国沿海航线和长江航线的交叉点，始建于 1870 年，被誉为"远东第一灯塔"，是亚洲第二大灯塔。1997 年被国际航标协会列为"世界历史文物灯塔"。据说，一砖一瓦皆从英国运至，它无疑是花鸟岛上具有纪念性的地标建筑。灯塔现归宁波镇海航标处管理，职工半个月换一次班。顶层使用巨大的玻璃作为墙体，安装有光源。聚光灯安装在灯塔顶层中央，采用两千瓦卤素灯。周围设置了四面透镜和旋转机组，每分钟旋转一圈，使聚光灯可以同时射出四道光线，射程为二十四海里。如遇浓雾、阴霾等天气，能见度差，塔内还装有大功率的"雾笛"，声音可传到十海里之外，以告来往船只。从这些细节，我们可以看出工业革命时的工艺了吧。

灯塔仿佛森林中的萤火虫，夜里灯火通明。夜幕降临，塔顶便射出一道锃亮的白光，给迷途的船只带来了希望和勇气。它庄重忠贞地坚守在这片海上，象征着不灭的希望。人生的路上，我们也许会有犹豫，也许会有迷茫。当我们踌躇不前、不知所措的时候，我们是多么希望有一座灯塔。无论在黑夜，还是白昼，它依就在心中巍峨地伫立着，照亮前程。它就在远方指引前进的道路，在我们绝望的时候，它就是绝处逢生的力量，就是希望，就是未来，就是那抹微弱又坚强的光。

我们走上灯塔，里面有燃机库、机房等大大小小的房间。这座高大沉稳的灯塔看起来有些破旧，年代久远，但维护、保养得很好，装饰风格俨然留着些英伦范儿。它静静屹立的身影，古朴纯粹却又神圣沧桑，像一位阅尽风霜的智慧老者，解读着岁月的孤寂、历史的凝重。冰心年轻时曾对她父亲说："我想当一个守灯塔的人。"守塔人是要经得起孤独，几近把自己也变成了一盏闪闪发亮的却沉默寡言的灯：习惯不说话，习惯寂寞，习惯孤独，习惯一个人守护一个岛的平淡，但这却又是一份很重要的工作。日复一日的枯燥寂寞时时刻刻打磨着守灯人。每一座灯塔的背后都是甘于寂寞的人，他们有太多的故事如这永远孤悬矗立的灯塔一般，只能与大海私语。实则都是普通人，是什么赋予了他们坚守的力量呢？或许就是他们在守护的灯塔！一个个普通人造就了灯塔的矗立，灯塔又给了他们力量和慰藉，让他们不再平凡。而这种力量和慰藉的缘起对于守护灯塔的人们来说莫过于保一方海域平安。桃李不言，下自成蹊，人们会记住他们的艰辛守护，感念一生。翻开历史的一页，航船在不倦地前进，遥远的小岛使我们再度认识了灯塔。我开始理解和敬畏守塔人。

夜深了，静，穆静，寂静，宁静。伸向大海的山岬，浪花扑打着的滩礁，辽阔的海疆，缓慢行驶的巨轮，晃荡的小船……

归途中，远处西北角的灯塔上亮起了一束光，像探照灯一样穿越远方，光柱转了过来，忽然间照在"如来神掌"上，接着照亮了海岬，也照亮了我。灯塔依旧静静地矗立在星空之下，涛声渐弱，灯火融入星光，星光燃起万家灯火，如此灿烂，心中俱是暖意。我突然想起歌曲《灯塔》的歌词："海浪不停，整夜吟唱。孤独陪着我守望。忐忑徘徊，执着等待。我要穿越过这海，灯塔的光就在彼岸。那屹立不变的爱，忽然领悟，铭心刻骨。勇敢地放声痛哭。披星戴月,日夜追逐,哪怕一无所获⋯⋯还有灯塔,刺眼夺目,那是最后的归属,那是最后的归宿。"

第二天凌晨三点,大家约好起来看日出。我拉开窗帘,发现期待的海景竟然躲在一片雾气之后,才想起花鸟岛的别名是"雾岛"。站在岸边,一股股清新的湿气扑面而来,也令我退去了睡意。叶上的露珠在自娱自乐着,两边的芦苇摇荡着,原有的热意被凉爽的海风吹散,靠近海岸边的小船或是停留或是慢慢漂过。慢慢地,初升的太阳伴着朝霞,跳出层层云雾,天上的云朵层次分明了起来。霞光穿过云层,照在海面,气象万千,光芒四射。此时此刻,只有兴奋,没有一丝杂念。从雾里、云里穿梭回来的我们去了岛上唯一的一家位于小菜场对面的早餐店,解决"人间烟火"去了。白白的墙,蓝蓝的窗,宁静、与世无争、慢慢悠悠的海边生活真的很舒适,一边吃着丰盛的海鲜面,一边听着海浪说声早安。每一个向往自由生活的人,不一定渴望"诗",但一定向往"远方"。

沿着我们居住的民宿内的塘边小路,不一会就到了外嘴头海岬。一抬头就见到了"如来神掌",这块巨石从一个花岗岩的小山包顶上直立起来,像是并列的五根手指,有人叫它五指石,又称它是"佛手"。"五指"下的石缝间长着艾草,这草呈灰绿色,像是在细长的绿叶上凝结了一层霜似的,我们尝了本土居民用艾草泡的茶,清凉甘冽。

花鸟岛的渔民一直以大海般宽阔的胸怀,包容着来自五湖四海的人,他们天然质朴、勤劳善良的性情,带着海水的咸腥。渔民们过着与世无争、宁静遗世的生活,而这些正是浮躁时代,身处繁华的都市人内心深处一直渴求的。

在花鸟岛的两天,我们做的最多的事情就是面朝大海,吹海风、聊天、发呆。不刻意,也不证明到此一游过。在回程的船上,想起这两日的行走,远离城市,远离车马,好像是生命画卷上泼洒的一片蓝色水墨画,纯净、圆润,溢散着一抹淡淡的诗意和温情。

　　花鸟岛是一个古老的渔村,位于舟山群岛的最北端,海岸线曲折多弯。岛俯瞰宛如一只飞鸟,岛上又花草丛生,因此得名花鸟岛。由于岛上终年云雾缭绕,故人们又称此岛为雾岛。花鸟岛所在地属嵊泗县所辖,是花鸟乡所在地,下辖花鸟、灯塔两个行政村。花鸟岛陆地面积约三平方千米,环岛海岸线长约十七千米。岛上没有学校和幼儿园,没有交通用车,是一座宁静、纯美的小岛。

那一抹蔚蓝的海，那一个红亮的枸杞岛

　　有一片海，它不仅水蓝，而且沙细，是远离污染的一片桃花源。我们在 9 月这个好时节前往枸杞岛，去一睹那片海的真容。枸杞岛以枸杞命名，是因为枸杞岙附近遍地生长着枸杞灌木。此时海清沙白，澄澈蔚蓝的海水沁人心脾，这里的海，蓝的超乎想象。如果说，嘉兴乍浦的海是泥黄色，泗礁的海是浊绿色，东极岛的海是蓝色中混着一点绿，那枸杞岛的海就真的可以用蔚蓝色来形容了。无论是亲眼看还是从照片上看，它的海都呈现出一片宝石蓝色，在阳光下，层层叠叠、层次分明。

　　这是一个盛产海鲜的时节。贻贝、海蜒、生蚝、黄螺、沙蛤等数不胜数，枸杞岛周围的海域是全国著名的贻贝养殖基地，因此，枸杞岛又有"中国贻贝之乡"的美誉。如果说美丽的海域与独特的海岛风情是枸杞岛的魅力，那鲜美的海味绝对是这个季节来枸杞岛万万不能错过的。我们随意找了一家餐馆解决午饭，吃好后便去了沙滩。时间正好，气温不高，视野清楚，9 月恰是枸杞岛一年中最美的时节，我仿佛海醉了。我们来到大王沙滩附近，这里的海水质量经得起挑剔。往海水里走两三步就有小鱼在游泳，偶尔，还有死去的海蜇被冲上海滩。可以说，这样的海除了让人惊喜外，还令人放心。由于水质透明、坡度和缓、风浪又不大，很适合在大王沙滩抓鱼、挖沙，或坦然地在海里游泳、嬉戏、玩水。

那一抹蓝，真的很令人向往！

枸杞岛有一座山峰叫五里碑，五里碑上有一块高大挺立的巨石，上面镌刻着"山海奇观"四个笔力刚劲的大字。这字出自明朝将领侯继高的手笔，是当地人引以为傲的古迹。我们从高处眺望，海面上星星点点，全是贻贝养殖地或渔船，"海上渔场"的盛景颇令人动容。

第二日凌晨 4 点 15 分，我和住在同宾馆的一家人拼车去嵊山岛上的东崖绝壁看日出，东崖绝壁位于嵊山岛最东面的悬崖上。据说自此往东，我国境内就再也没有有人居住的岛屿了，是真正意义上的"东极"。清晨，这片海给人一种自然清新的感觉，安静、神秘。而这一次，我为了看日出，与这片海相遇。这时太阳还没升起，四周是黎明前的景象。好久没有起这么早了，所以好久没有见过这样的天，那墨色的云、微微的风，都好像是阔别已久的旧识，不用太过热烈的客套，仅仅是简单的寒暄。我正想着，眼前一片红晕，东方的天边现出了一片金色的光，太阳破云而出。一轮红日一点点地跳出海平线，冉冉升起，很美，很美。那情不自禁的感动由心底升起，只感到鼻子酸酸的，泪水在眼眶里转动，从心底涌起的感慨与欢呼情不自禁地发出！站在海边，向前望去，蓝天，大海；大海，蓝天。天上一个太阳，海里一个太阳。太阳露出海平面时，一艘渔船悠悠地经过，美得像海市蜃楼，太不真实了。

嵊山岛上有个"无人村"，也叫"荒村"或"绿屋"，以前叫"后头湾"，名字怪吓人的。从大王沙滩出发，汽车沿着公路行驶十分钟就来到了无人村。枯木竟发花满地，半城萧瑟半城"春"。爬山虎是这里的主角，眼前一片青绿，这原是一个渔民居住的村落，前面有一个很漂亮的海湾。因为交通不便，居民们都舍弃了这里的房子搬到镇上去了，这里就变成了无人村。一栋栋靠海的小别墅似的房子已经空无一人，墙壁上、地面上爬满了各种藤蔓。我倒是很喜欢这里，好想拥有一栋这样的小楼，这可是名副其实的海景房啊！微风拂面的午后，阳光依旧温暖，当海浪拍打沙滩，当海风把云吹散，想想自己费劲地在海浪翻腾中寻找绿色之源，站在废弃的房屋内看出去，是一大片一大片的层层叠叠的绿，心还是安静的。望尽天涯路，这里的大片绿海就是我生命中的一双隐形的翅膀，把心灵放在宁静的绿海时光里，那是一种灵魂的放松，那是一种醒着的睡。此时此刻，站在蓝天下，遥望远方嵊泗群岛，面朝大海，期待每一个春暖花开的时节碧海蓝天，站在爬满爬山虎的窗前，看最蔚蓝的海，体会最柔美的风，如果现在有一杯浓郁的咖啡，一纸喜欢的文字，一个人的枸杞时光……

回到有人间烟火的枸杞岛已经接近下午 2 点了，其实在晋朝就有人居住在枸杞岛上了。岛上凡是面朝大海的平地角落本来都是枸杞灌木的地盘，现如今都被人类给占了，全都"种"上了房子。房子看上去像镶嵌在山崖上一样，宽敞明亮，层层叠叠，好似"海上布达拉宫"。除了房子，其余都是原始绿化。来之前我做过功课，这座岛屿的森林覆盖率竟然达到 53％ 以上，家家都实现了诗人海子向往的"面朝大海，春暖花开"的愿景。

小憩后，我们一行去了枸杞岛小西天顶峰西侧，这里为枸杞岛的最高点。夕阳西下，波光粼粼的海面上停泊着渔船，耳边传来

《听海》这首歌，原来是一个女孩子手机里传出来的，很是应景。那时正是涨潮之时，阳光下、沙滩上，海浪一次又一次扑了上来，渐渐地，我融入海洋，融入天和地。海鸥独自飞翔，海浪的气息漫过我的身体，漫过我亦在翻滚的思绪。一卷卷海浪犹如沙场上的骑兵一般汹涌而来，漫过整个世界的迷茫和沉郁，留下五彩斑斓的贝壳作为礼物。我呆坐在岩石上，听着涛声，听懂了它的从容。

这里很小，两天的信步漫游足以领略岛上的所有风光；这里很远，摇晃四个小时的海程让无缘的人望而却步；这里很静，未开发的海岸村庄带着原始的魅力。它不如东极、普陀显赫，也没有蓝眼泪的奇迹，只有简单的行舟海上，渔暮归来，静静地挥发着海浪的咸味，而我的心情却狠狠地落在中国最东岸的海角时光里。那一片蔚蓝的海，一抹亮红的枸杞岛，我们下次再相遇！

枸杞岛位于嵊泗列岛东部，是列岛中仅次于泗礁的第二大岛。枸杞岛的东端有大王沙滩，另外，岛上还有小西天、山海奇观碑等胜景。岛的形状呈英文字母"T"，森林覆盖率达53％以上。此岛是枸杞乡区域内唯一有人居住的岛屿。

舟山南洞水韵更绵长

　　年少时,总有着各种各样的梦想;年纪渐长,再谈起梦想突然觉得很是奢侈。此次之行我们从册子岛上的西堠门大桥和桃夭门大桥穿过。金黄色的西堠门悬索桥、天蓝色的桃夭门双塔斜拉桥、崎岖的海岸基岩和辽阔的蓝天碧海融在了一起。或许有梦想的地方不一定有大海,但有大海的地方一定会有梦想。海洋,孕育了生命,也孕育了梦想。汉末,诗人曹操立于东海之滨,写下了自己宏伟的梦想。这次,我要在舟山太阳谷(又称南洞艺谷)当两天谷主,重燃梦想。

　　一下车,我们寻路上山,穿过小道,面积近四万平方米的南洞水库大坝穿上了"衣裳"——用 3D 呈现的桥洞、瀑布以及"南洞艺谷"四个字。我和衢州来的许彤老师偏偏不走阶梯,走乱石,慢悠悠地晃着,从下头到上头,走过不远不近的距离,终于踩到了上面平坦的水泥大坝,往下一看,各自拍了拍胸,哇!我们两人是怎么爬上这么陡峭的坡的?我们对视着笑了起来。

　　秋日的阳光,暖暖地照在身上。抬头看天,竟然明晃晃的刺眼，赶紧低头，不经意间，视线扫过前方。一排排白墙黛瓦的徽派建筑矗立在山坡之上，在山风中从容自然地站在那里，犹如一位穿着白色羽纱的长发飘飘的女子，不管从哪个角度看过去都如此娴静脱俗。我们一群人都欣欣然地与她合影，或许是这滔滔东海，哺育了群岛的地灵。再朝前一看，更加惊喜，只见南洞群山环绕着一片清澈的湖水，到处皆是空灵。这清澈的湖水便是南洞水库，一个淡水库。周围都是绿，满目的绿。山坡是绿的，山峰是绿的，库水是绿的，密密层层的绿把四周的一切都遮盖了。回望山坡下的村庄，蓝天白云绿树青山，白墙青瓦，如世外桃源般。我坐在这宏伟的大坝上，抛开了一切世俗的烦恼，吹着微微的风，呼着清新的空气。

大坝的磅礴气势和湖水的纯净清澈拖住了我们几个人的脚步。透明如翡翠的湖，时隐时现的山间房屋，令我们自然地驻留，只听得王益军秘书长喊了一句："快跟上，小心掉队了。"这才把我们几个从如仙如幻的景致中拽了出来。

一条清澈的小溪穿村而过，我们沿着小溪往前行走，天色瓦蓝瓦蓝的，云在集体跳着芭蕾，简直和 G20 杭州峰会期间，西湖上的芭蕾舞表演有的一拼，让你炫目，让你沉迷，让你悦目。我一望，大家都是"抬头一族"，拿着手机不断地咔嚓拍照。"天真蓝！""是啊，这都是我们青海人民带来的青海蓝！""对对对。感谢青海人民，感谢青海的牛羊都跑来舟山的天空跳芭蕾啊。""哈哈哈……"一阵阵久违的明朗笑声伴随一路。

远处群山环绕村落，近处小鸭戏水，风景此处独好。继续沿着溪水前行，我们遇到了时光的礼物"绿皮车"，不过这可不是一辆简单的绿皮火车，她来自戈壁滩——嘉峪关，是当年研制"两弹一星"

的科学家们乘坐的专列——功勋号。在这些科研人员中，有一对浙江夫妻，妻子是舟山人，然而在一次试验过程中，这对夫妻不幸牺牲，而他们的孩子被送回舟山抚养。知悉了这段往事，我心中的钦佩之情油然满溢。我们几个当然都不愿错过这场旧时光里的美好，在瓦蓝的天、白白的云下，我登上高高的绿皮车，挥动起双手，似乎在迎接什么，又在告别什么。不过生活中的我们，不正是每一天都在不断地告别与重逢吗？那些哐当哐当的岁月一下子就又呈现在了眼前！

"哇，这就是你们浙江的农居啊？好像走在海洋里啊。"来自青海的杨老师的清音把我从思绪中拉了回来。一看，南洞艺谷家家户户的外墙上都画着一幅幅色彩斑斓的壁画，穿行于民居小巷，就好像潜入一片汪洋大海的海底，海底有着浓郁氛围的艺术长廊。这些彩绘壁画的内容以舟山民俗为主题，主要包括反映农业劳动的"农耕文化"，展现舟山海洋作业和渔区生活的"海洋文化"，表现婚庆、节气、民间节日的风俗民俗等。站在祭海的壁画前，我们切切实实地体会到岛民对神圣的海有着一种敬畏之情，壁画也激起了我们丰富而美好的想象。

站在一幅画着孩子用鱼干换糖和水果吃的壁画前，我们都笑了，我想起小时候自己用妈妈新做的鞋子换糖吃的情景。除了以舟山民俗为主题，彩绘壁画也有以过去渔村儿童玩游戏为主题的"儿童时代"，让我们重温儿时的美妙时光；有以民间手工劳动、"非遗"文化为主题的"能工巧匠"，展现了远方的灯塔、复古的木质绿眉毛渔船和渔民劳碌的场景；还有以古老的传说为主题的，给了下一代一个了解舟山传统文化、了解父辈生活状态的机会，同时，也能让不是舟山人的我们了解舟山的本土文化内涵，体会舟山的风土人情。我们居然还看到了 3D 壁画，我和郭梅、吴文君老师在一幅巨大的渔船出海壁画前停留，只见一条条渔船傲姿待发，亲人在岸边目送自己的家人出海捕鱼。星星点点的渔船，仿若让我们听见了船起锚的轰隆声、机器的震动声，这些声音与海浪声形成了一个和弦。船尾处，犁开的海浪打着旋儿，涌动着大朵的浪花，呼啸欢叫，破灭消失，再升腾再卷起再落下，海浪拍打着船体，我们好似听见了哗哗的水声，震人心弦，这景令人百感交集。

我们用 3D 渔具画倒出了汩汩清水，雀跃不已。我们"潜"在里面不愿出来，最后都沉醉在"海底"的画廊中了。这些奇异的壁画，加上迷人的故事，无疑化为一条条美丽的梅童鱼，在我们的脑海深处刻下难忘的记忆。

最后杨菊三老师带我们"游"出了"海底"，来到了地面的群岛美术馆，这是舟山市首个村级海岛美术馆，好奇心让我们踏了进去。这里展览着近百件由当地村民创作的工艺美术作品，一幅幅色彩斑斓、充满海洋渔民生活气息的画作和一件件手工艺品很有海洋的味道。在这里，游客还可以坐下来跟着名师学习剪纸，学画充满海岛风情的渔民画。我买了一幅渔家姑娘在岸边织网的画作。在美术馆里，我们还正巧遇到了当时陪同习总书记考察的村书记，村书记爽朗而谦和，让我们多为南洞艺谷做宣传。

回来的路上，穿过"海底"的画廊，我们来到渔人码头，发现在水面上、沙滩旁和木栈码头边停放着十几艘海岛传统木质渔船，色彩斑斓的传统木质渔船盛放着渔民捕捞的回忆和时光。在徽派的明清建筑里，古朴的廊桥、静谧的宅院，与青山绿水融为一体，我们仿佛置身于海洋里的世外桃源。这里的每一个房屋都取了雅名，"常相会""画春园"……漫步其间，以为穿越到了明清时代。其中，

"画春园"还是习总书记考察舟山农家乐的地方。

晚饭后，我们听到了蛙鸣一片，入住清新别致的南洞民宿，院门向外，是远山叠翠，绿意浓浓；院门向内，是白墙灰瓦，花香满院。房间屋内干净整洁，晚上的蛙鸣和晨起的鸡鸣仿佛能将人抽离这个复杂的世界，享受一夜宁静惬意的农家时光。

清晨，我轻轻地站在沿路的溪水（山上的淡水库里流下来的涓涓溪水）旁，捧起一汪溪水，水很清澈，从指缝流出，在眼前溜走，定海的海水和南洞的溪水早已经清澈了我的身心，清澈了我的灵魂。

从定海到杭州，有近三个小时的行车路程。南洞山脚下的绿皮火车和恍如徜徉海底世界的民居渐渐模糊，思绪飞扬在现实与历史、山岛与平川、陆地与海洋之间……我的心里一直记挂着它，难以忘怀，情深深，海茫茫。

南洞水库位于舟山市定海区干览镇境内。干览镇三面环山，西与马岙接界，北濒海洋，东到龙皇宫，南接白泉，盆状地形，中部为十平方千米的海积平原。南洞水库又名南洞艺谷，三面环山，一面临海，陆域面积约三平方千米，环境优雅，山野景色秀美，拥有自然的生态野趣和乡村农趣，曾经偏僻的小山村渐渐熏染上了海洋文化的气息。

后记　因为敬畏，所以澄澈

　　我与浙江水缠缠绵绵了十余年。我的身进了水，心进了水，脑也进了水。十余年间，水的柔顺，水的清洌，水的醇香，水令我遐想、怡情，心绪跟随水的流动至远、至纯。

看见水

　　山，有水则灵；园，有水则秀；木，有水则青；地，有水则绿。水就是我们浙江的血液，更是世界的血液。和水初识且慢慢与之交往后，我一直在想，有很多事物，我们之所以永远都无法看见，不是它们没有出现，是因为我们的无所谓，没有与之建立起能相互看见的关系，自然就没有让心灵与之连接、沟通。比如水，比如在浙江流淌、奔腾的水，正因为我们的无所谓，便没了与之的心灵对话，使得我们无法揭开水的表面而探其"水善利万物而不争"的本质。

　　这五年来，我把走过的浙江境内的水域通过并不稚巧的手指敲打出来。前三年，我写了两本关于浙江水的书：一本是诗集《流淌的诗画》，内容是以诗歌的形式描绘了十一个地市的水域，呼唤和润泽了浙江的水，让浙江人在记忆中看见水；另一本是散文集《流淌的时光》，这是一本以浙江的八大水系、四大名湖和浙江沿海为轴线写就的散文集，并在 2016 年的 G20 杭州峰会上向各国友人推荐。一直到 2017 年 8 月 5 日的下午，敲完了《半城烟雨长潭湖》时，我已完成了我流淌系列的第三本书——《流淌的江南》。我合上笔记本端起一杯红茶，走到宿舍的阳台，低头看着热气腾腾的茶水，不禁百感交集。

我没有设想过再写一本关于我们浙江水的书，因为写作实在是耗尽了我所有业余的时间和精力。为了让大家看见日渐被遗忘甚至被抛弃的水，2011 年我查阅一百多万字的资料，创作关于浙江水的诗歌，深深地潜入了我们浙江的水中，脑子也真正"进水"了。在 2014 年年底我的诗集《流淌的诗画》出世，2016 年我的散文集《流淌的时光》面对参加 G20 峰会的各国友人时，我就暗想在我有生之年一定要把我曾走过的浙江境内的溪、泉、湖、河、江、湾、海等以文字的形式让世人看见。我不曾向任何人许诺，不为别的，就为了让浙江人民甚至世界人民知道浙江的水有无畏向上的力量。

走进水

我知道再次写同一个题材的文章是不好把握的，关于水的文章尤为难写，即便我的名字和水有关，我的生活、学习和工作之地也都在水边，我还是感到底气不足。同一个题材的文章中词汇容易重复不说，查阅、学习、消化这些资料是一个考验身体和毅力的事情。但是水的韧性仿佛牵扯着我的身体、我的心，我要坚持用文字延续它们的生命和挖掘它们的灵性和勇敢。我坦承，写每一条河流时，要把这条河的前世今生和来龙去脉整理得清晰、清楚，单单靠我实地考察是不能达到的，得通过翔实的资料的渗透和头脑里留下的记忆。我叙说和描写每一条带有名字和个性的水流，这不仅仅局限于我脑海中再现的拜访水流的过程。

因此，无论篇幅长短，从一开始我就顺藤摸瓜、刨根溯源，我写的就是水的印象而非水的影像；写的是水的七情六欲而非水的脸谱。写每一条水时，虽然困难重重，但是一旦写就，我的内心都会充满难以抑制的快乐，总觉得可以让每一个爱浙江水的人看见这些用文字呈现出的水，让他们在享受市井繁华的同时，也可水边净心；在欣赏水的同时，也可拾起遗落在水中的永驻心头的点点滴滴的乡愁。

写作是我的业余爱好。因为业余，所以也就自然地只能在下班时间或节假日时间写这些水的点滴。去年正是我人生的低潮期、忙碌期，同时在两个单位锻炼，本职工作也是和文字打交道。导师和家人调侃我：每天早晚在机关文字频道与文学文字频道切换挺自如嘛！注意身体和大脑的休息哦！家人知道我每天工作加班到晚上十点，之后才开始和水的灵魂交流。2016 年，我在写水期间，因 4 月底用四天四夜快速地完成了一篇近三万字的长篇工作调研报告，导致 5 月初我的眼睛一直模糊和痒痛，至 9 月 5 日右眼睛"抗争"爆发，我蒙上右眼继续工作和写作，等到 10 月双眼疲劳全面爆发，除了工作，我迫不得已停止了千字以上的业余写作。到了 2017 年 2 月，我的右脚踝骨折并有一根韧带断裂。直至 2017 年 5 月，我一直牵挂着这些静静地等待着我去描写的水流。知道自己的眼睛脆弱，于是约五天时间写完一篇水的散文。水从不争强好胜，它能忍让一切。石头挡住了它的去路，它会绕开，继续奔流。因此，每当在键盘上飞快地敲打着、敲打着，我都会深深地被水看似柔弱的力量推进着，原来水的另一个名字叫刚强。

我的内心告诉我，浙江的水给我了澄澈的使命，于是，我迈上了

"上善若水"的使命之旅，不管怎样，我都将耐心而坚定地踏水而歌。

敬畏水

水虽然无形无色，但她看似柔弱的力量却超越了一切。水使我明白了厚德载物、雅量容人的道理。能容天下之人才能为天下人所容。在与水亲密无间的互动过程中，我是逐一体会到了老子对水的所有褒奖："上善若水""天下莫柔弱于水，而攻坚者莫之能胜"……

外表上，水很柔弱，她没有争斗的心愿，所以她能够滋润万物，使万物茁壮成长。她又是那样谦虚，她从不轻视低的地方，总是往低处流，从而汇成了江河湖泊。同时，水也让我认识到，在工作、生活、学习中要有海纳百川的胸怀，为学日益，才能精进有为。希望浙江的水能通过我灼灼的文字让世人看见，透过我感性的叙述与描写，让世人能理性地把握人的生存境遇和追问当下的精神价值观，哪怕是一丝一缕的水波能洗涤世人的浮躁之心也是值得的。这就是我，一个被浙水浸染的女子，偶尔也会很柔软，或许因花落；或许因叶黄；或许根本就是毫无缘由地写下了对水的爱意、闲愁和水的阴晴圆缺。

在此感谢一直鼓励和支持我的家人、导师和朋友。感谢责编沈娴、费一琛为此书的顺利出版付出了很大的心血，在相互沟通中也成了我的朋友，我心里一直倍感温暖。特别感谢在百忙之中为我题写书名的浙江省政协原副主席陈加元先生和书法家沈建荣先生，没有他们的鼓励、支持，我就像鱼离开了水一样困难。

选择诗歌和散文的形式让浙江水被大家"看见"也是缘分。我以自己纯粹的专注和投入，来换一个朴素的希望——让这几十条浙江水流成为一个个浓重的岁月印记，想来那必定是我难以言说的欣慰。

沈晔冰

2018 年 10 月 22 日

写于金石书院